거미입니다만, 문제라도? 12

저자 바바 오키나
일러스트 키류 츠카사

contents

마족군

Character
INTRODUCTION

❖ 마족군

브로우 피사로

제7군 군단장

이전에는 제4군의 부군단장이었으나 마왕에 의해 숙청과 재편성이 이루어졌던 결과, 반란 분자를 모아 둔 제7군의 군단장으로 임명됐다. 시로에게 한눈에 반한 뒤 처음 가지게 된 연심을 주체하지 못하는 모양.

라스

제8군 군단장

일본의 고등학생이었던 기억을 가지고 있는 전생자. 전세의 이름은 사사지마 쿄야. 고블린으로 다시 태어나서 행복하게 살아가던 중 제국군의 습격에 의해 마을도 가족도 전부 다 잃어버렸다.

규리에디스트디에스

제9군 군단장

세계 및 시스템을 관리하는 관리자 중 한 사람. 자신의 권능으로 모든 용종을 다스리고 있다. 물론 관리자인 만큼 지니고 있는 힘은 절대적.

발트 피사로

간부

이전에는 제4군의 군단장이었으나 아리엘이 마왕의 자리에 오른 이후부터는 측근에서 비서로 활동하는 때가 더 많아져 군단장의 자리를 내려놓았다. 선대 마왕 시절부터 마족의 정치를 도맡아서 꾸려 나갔던 유능한 인물.

사나트리아 〈제2군 군단장〉

코고우 〈제3군 군단장〉

다라드 〈제5군 군단장〉

휴이 〈제6군 군단장〉

❖ 마족군

아리엘

마왕

고대의 신수이자 마왕이며 폭식의 지배자. 진짜 정체는 거미형 마물 타라텍트종의 원점, 오리진 타라텍트.

시로

제10군 군단장

진명은 시라오리. 일본의 고등학생이었던 기억을 가지고 있는 전생자. 전세의 기억은 와카바 히이로. 대륙을 파괴할 것이라 일컬어졌던 폭탄 에너지를 흡수함으로써 신화를 이룩했다. 마족군 제10군 군단장으로 밀정 임무 중.

소피아 케렌

사리엘라 국 케렌 영주의 외동딸. 일본의 고등학생이었던 기억을 가지고 있는 전생자. 전세의 이름은 네기시 쇼코. 이번 삶에서는 더 이상 세계에 존재하지 않는다고 알려진 흡혈귀 진조로 태어났다.

아그너 라이세프

제1군 군단장

선선대 마왕 때부터 마족령 중 인족령과 인접해 있는 변경의 라이세프 영지를 다스려왔던 영주. 마족 가운데에서도 문무 쌍방에서 커다랗게 한 발짝 앞서 나가는 존재이자, 마왕으로 지명되어도 이상하지 않은 실력자.

메라조피스

제4군 군단장

케렌 가문에서 집사로 종사한 인족이었지만 궁지에 처했을 때 소피아에 의해 흡혈귀로 바뀌게 됐다. 과거에 섬겼던 케렌 영주가 사망한 뒤 이제는 소피아를 끝까지 지켜내기 위해 목숨을 걸고 노력을 거듭한다.

인족

Character

INTRODUCTION

❖ 모험가

쿠니히코

본명은 타니가와 쿠니히코. 마족령과 인족령의 경계선, 통칭 인마 완충 지대의 부족 출신. 어릴 적 메라조피스에 의해 부족이 괴멸되었던 이후부터 강한 힘을 바라며 모험가가 됐다. 마검을 보유하고 있고 물리 공격이 특기이다.

아사카

본명은 쿠시타니 아사카. 쿠니히코와 함께 인마 완충 지대의 부족에서 태어났다. 전세에서도 사이가 좋은 소꿉친구였지만, 전생 후는 서로를 대체할 수 없는 파트너로 인식하고 있다. 마법 공격이 특기이다.

❖ 제국군

로난트

인족 최고의 마법사. 렝잔드 제국 마법 부대의 지도자 격 입장에 있고, 용사 율리우스의 스승이기도 하다. 십수 년 전 엘로 대미궁에서 거미 마물과 조우했던 경험이 스스로를 인족 최고까지 성장시켰다.

오렐 슈태트

제국의 가난한 시골 귀족의 막내딸. 로난트의 제자 중 한 명이며 마법 센스는 스승도 놀라서 눈을 커다랗게 뜰 만한 수준.

뉴도즈

제국에서 검성의 칭호를 받은 노기사. 유감스러울 정도의 근육뇌를 지녔다.

율리우스 재건 애너레이트

애너레이트 왕국의 제2왕자. 어린 시절부터 용사로서 인족의 평화를 위하여 세계 각지를 바삐 돌아다녔다. 인족 가운데에서는 물리 전투 및 마법 전투 모두가 일부 예외를 제외하면 비견될 만한 대상이 없다.

야나

표리가 없고 고지식한 성격이라는 이유 때문에 성녀로 선발됐다. 능력은 회복 마법 및 지원 마법에 특화되어 있고, 이러한 능력과 평소의 밝은 성격 덕분에 용사 파티에서 빼놓을 수 없는 존재로 자리매김했다.

하이린스 쿼트

애너레이트 왕국, 쿼트 공작가의 차남. 용사 파티의 믿음직한 방패수이자 율리우스와는 소꿉친구. 단 한 번 죽음을 모면해주는 아이템 「불사조의 깃털」을 소지하고 있다.

호킨

과거에 괴도 천본 나이프라는 별명으로 불렸던 의적. 용사 파티의 교섭 및 조정자 역할을 맡아 애쓰고 있는 음지의 공헌자. 육탄전보다는 아이템 및 기책을 쓰는 교묘한 전법을 선호한다.

지스칸

다양한 무기를 능란하게 다루는 전직 A랭크 모험가. 단순한 전투 횟수만 갖고 보자면 아직 미숙하다고도 말할 수 있는 율리우스에게 적확한 조언을 베풀어주는 지혜 주머니 같은 존재. 모두의 형님 비슷한 입장에서 존경을 받고 있다.

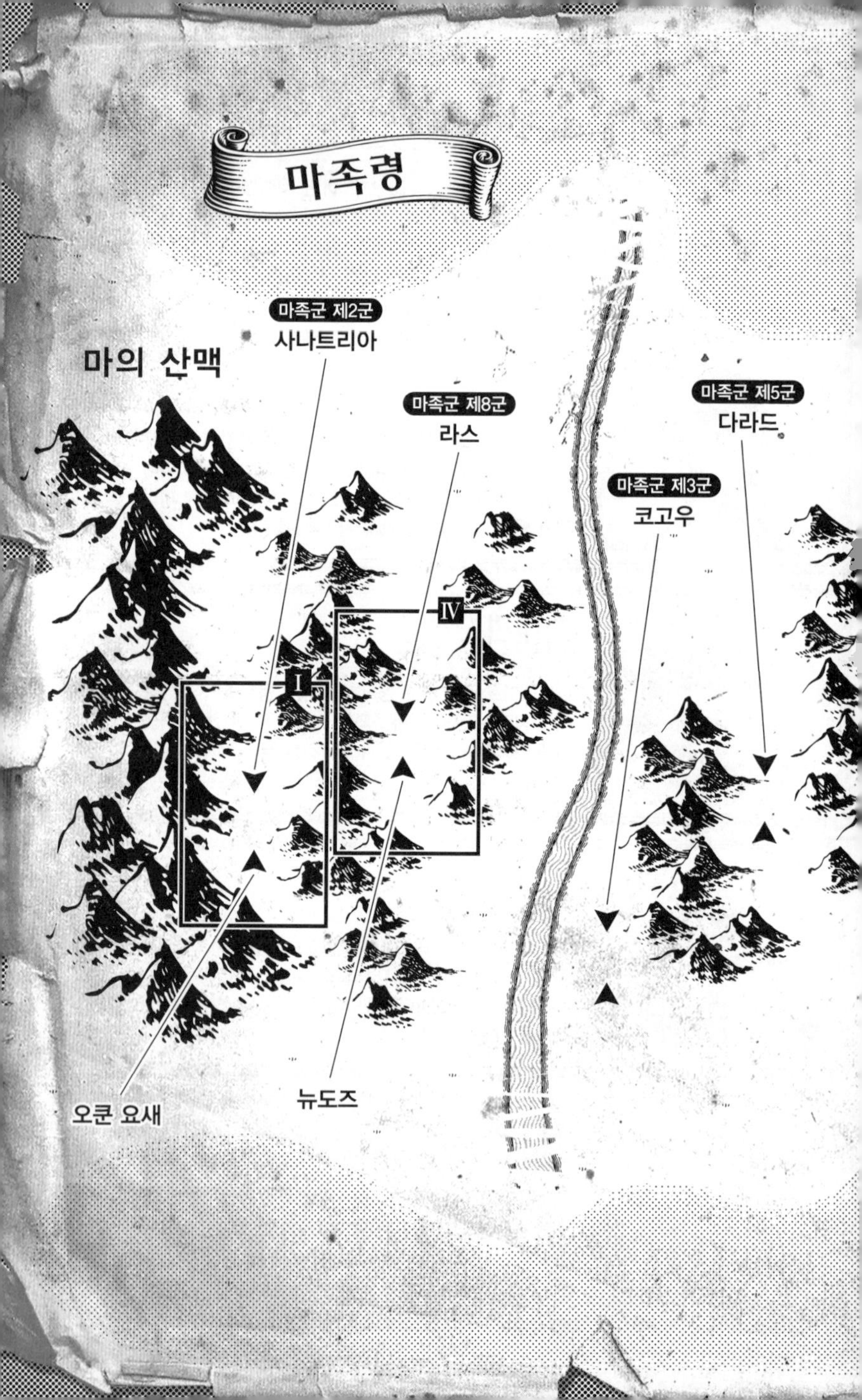

마족령
마족군 제2군
사나트리아
마의 산맥
마족군 제8군
라스
마족군 제5군
다라드
마족군 제3군
코고우
IV
I
오쿤 요새
뉴도즈

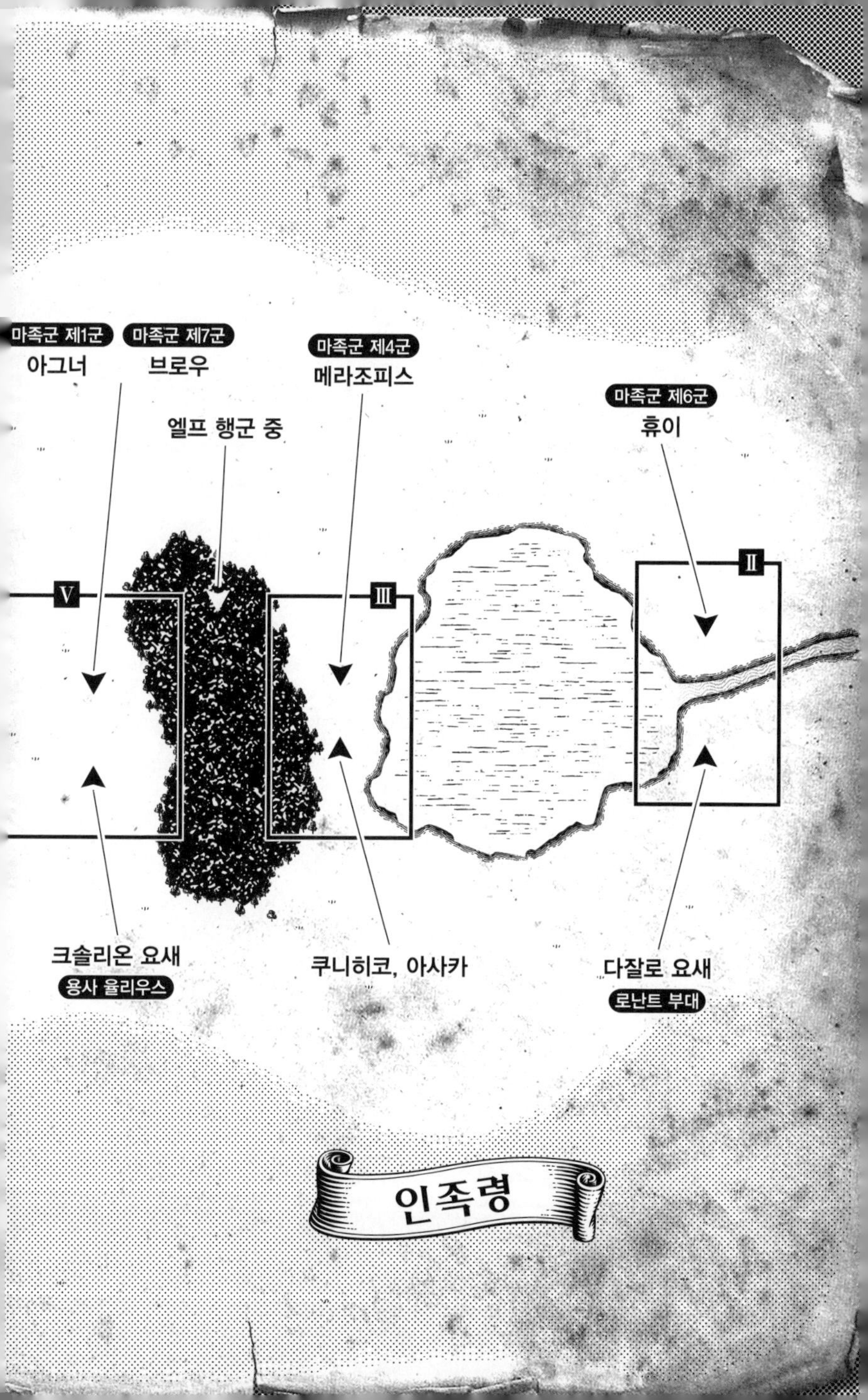

마족군 제1군
아그너
마족군 제7군
브로우
마족군 제4군
메라조피스
마족군 제6군
휴이
엘프 행군 중
V
III
II
크솔리온 요새
용사 율리우스
쿠니히코, 아사카
다잘로 요새
로난트 부대
인족령

후세의 역사가는 이렇게 말했다, 전편

인마대전.

오래도록 지속된 인족과 마족의 전쟁 중 인마대전이라 불린 전쟁은 단 하나뿐이다.

그만큼 특별한 대결이었음은 역사를 공부하는 인물이 아니더라도 상식으로 알고 있을 터.

인족과 마족 쌍방이 종족의 존속을 걸고 충돌했던 전쟁. 그야말로 대전이라고 불러야 할 전쟁인 만큼 당연한 인식이다.

직후의 격한 혼란 때문에 자료가 거의 남아 있지 않아서 정확한 숫자는 불명확하지만, 동원된 병력이 인족 및 마족 양쪽 다 일곱 자릿수에 다다랐음은 분명하다는 것이 통설이다.

어쩌면 양군을 더했을 때 여덟 자릿수에 다다르지 않겠냐는 학설마저 있을 지경이었다.

가장 가까운 대규모 전쟁, 자트너의 비극에서 싸운 오우츠 국 연합군과 사리엘라 국, 양군을 더해도 여섯 자릿수에 못 미친다.

사리엘라 국이라는 대국의 군대, 그에 대항하기 위하여 긁어모은 주변국의 연합군.

당시 인구를 감안하면 상당한 대규모의 전쟁이었음은 명백하다.

지난 사례가 흐릿해질 만큼 큰 전쟁.

그러나 그토록 큰 전쟁이었음에도 불구하고 소요된 일수는 놀랄 만큼 짧았다.

동원된 병사의 추정 숫자로 말하자면 몇 개월, 어쩌면 연 단위로 전쟁이 지속되었더라도 이상할 게 없었다.

다만 실제 소요된 일수는 불과 며칠뿐이다.

정확한 일수는 이 또한 자료가 남지 않았기 때문에 불명확하나 역사학자들 사이에서는 길어 봐야 열흘 전후에서 이 대전은 종결되었으리라는 견해가 일치된다.

이런 규모의 전쟁에서는 상상할 수 없을 만큼 빠른 종결.

그러나 인마대전의 가공스러운 점은 병력의 규모도 빠른 종결도 아니었다. 병사들의 사망률이다.

거듭 언급했듯이 남은 자료가 적기 때문에 정확한 숫자는 불명확하나 적어도 양군 다 5할의 인원은 사망했다는 것이 통설이다.

적어도 5할.

전후 살아남은 마족의 인구로 역산했을 때 최저한으로도 절반은 전사했을 것이라 추측된다.

더욱더 많이, 7할이나 8할을 주장하는 학자도 있다.

일곱 자릿수에 달하는 병사들 중 최저한으로도 5할이 불과 며칠 사이에 전사했다.

이 수치는 인마대전이 얼마나 격렬했던 전쟁인지를 잘 대변해준다.

몇 안 되는 당시의 자료인, 어느 병사의 일기에 기록된 말은 너무나 유명하기에 많은 사람들이 들어본 적이 있을 것이다.

“희망은 사라졌다. 오직 절망만 남았다.”

白 1

마침내 이때가 왔다!

그래, 내가 만들어 낸 작전 본부 지령실이 첫선을 보일 이때가!

“시로야……. 이게 뭐야?”

마왕이 기막히다는 목소리로 묻는다.

마왕을 뒤따라서 들어온 발트도 실내의 광경을 보곤 어안이 벙벙한 모습이었다.

후후후.

어떤가? 놀랐는가!

벽면 하나에 가득 설치해 둔 수많은 모니터.

거기에 비치는 것은 각 군단이 파견된 인족 요새의 라이브 영상.

어떻게 촬영하고 있냐고?

물론 제 분체를 써먹었죠.

손바닥 크기의 작은 거미 분체를 미리 요새 근처에 풀어놓았다.

나의 분체가 소형 초고성능 자동 카메라의 역할을 수행한다는 말씀!

그리고 분체들의 눈에 비치는 영상을 고스란히 이곳 작전 본부 지령실 모니터로 출력한다.

음성도 전달받을 수 있다.

마왕은 전장과 아득히 멀리 떨어져 있는 이곳에서도 현장의 상황을 자세하게 확인할 수 있소이다!

스킬 따위가 있어도 현대 지구만큼 정보 전달 체계가 발달되지는 못한 이쪽 세계에서, 이러한 작전 본부 지령실의 존재는 그야말로 전장에 혁명을 불러오리라!

아아, 무서워라.

하늘을 뚫을 만큼 솟구치는 나 자신의 유능함이 두렵구나!

"아니, 뭐, 알았어. 깊이 생각하면 지는 기니까."

짧게 말한 뒤 마왕은 방 중앙의 특등석에 자리를 잡고 앉았다.

……조금 더 신나는 반응을 보여줘도 벌 받지 않을 텐데.

괴, 굉장하다~ 요렇게 말야.

그에 비하면 발트의 반응은 꽤 마음에 든다.

방문 앞에서 어리벙벙하게 굳어버린 채 못 움직이잖아.

"발트."

그런 발트를 마왕이 부른다.

"언제까지 멍청히 서 있으려고?"

"며, 면목 없습니다!"

마왕의 말 한마디에 제정신을 차린 발트가 방 안으로 들어왔다.

이쪽저쪽 마구 흔들리는 시선을 봤을 때 아직 완전히 제정신이 돌아온 건 아닌 눈치지만.

이거야, 이거!

내가 마왕한테 기대한 게 이런 반응이라고!

대체 왜 태연하게 쓱 순응하는 건데?!

"……시로가 일을 벌이는 것에 매번 반응했다간 끝이 없을걸?"

"……네."

엄~청나게 실감이 담긴 마왕의 충고를 듣고 간신히 발트도 평정

을 되찾았다.

……내가 매번 마구 엉뚱한 일을 벌이는 건 아니란 말야.

아니라면 아닌 줄 알아.

그렇다 치고 넘어가자.

“어디 보자. 그럼 난 여기 느긋하세 앉아서 다들 열심히 싸우는 광경을 관전하도록 할까.”

마왕이 미소를 띠며 모니터를 쳐다봤다.

복수의 모니터, 여러 영상들 안쪽에서는 지금 막 전투가 개시되려는 참이었다.

마족과 인족, 양쪽 다 대규모 전력으로 맞부딪치는 전쟁이…….

“그럼, 시로야. 너만 믿을게?”

마왕의 지시에 한쪽 손을 들어서 알겠다는 뜻을 전했다.

그리고 전이를 써서 장소를 이동.

자, 나도 할 일을 해봅시다.

I
마의 산맥
마족군 제2군
사나트리아
오쿤 요새

오쿤 요새 공략전, **여기가 포인트!**

시로의 해설 코너!

가슴 여자가 공격을 맡은 요새는 보는 바대로 산!

산이라네, 산!

산을 우습게 보면 안 돼!

전투에서 높은 지형을 차지한 쪽이 유리하다는 건 상식이잖아?

활 같은 무기도 높은 곳에서 낮은 곳으로 쏘는 건 간단하지만, 반대는 중력을 거슬러서 날려 보내야 하니까 엄청 큰일이거든.

보병들도 공격에 나서자고 언덕을 쭉 올라가려면 얼마나 많이 힘들겠어.

헉헉 열심히 산을 타고 올라간 끝에 가만히 기다리던 적이랑 싸운다는 게 조금 불쌍하지 않아?

안 그래도 요새를 공격하려면 방어군의 세 배쯤 인원수가 필요하다는 말들을 자주 하는데, 산에 건설된 요새면 더욱더 난이도가 상승~!

지구의 여러 성채들도 높은 위치에 지어 둔 이유는 이런 사정들 때문이야.

결코 임금님이라는 인종이 높은 곳을 좋아하기 때문이 아니야!

아마도! 분명!

저렇게 산에다가 지어 둔 요새를 가슴 여자는 어떻게 공략할 것인가!

모쪼록 기대하시라!

사나트리아

"사나트리아 님, 포진을 완료했습니다."

"그래."

부관의 보고에 간략하게 대답했다.

굳이 말 안 해줘도 뻔히 보이는데 당연히 알지.

내가 지휘하는 제2군은 인족의 요충지 중 하나인 오쿤 요새를 내다볼 수 있는 언덕에 포진했다.

오쿤 요새는 마의 산맥과 제법 가까운 위치에 건설된 곳이라서 마의 산맥만큼은 아니라도 기복이 심한 지형의 보호를 받고 있었다.

우리가 포진을 마친 언덕에서는 장벽처럼 사이를 가로막는 벼랑과 반쯤 동화되어 있는 오쿤 요새의 위용이 잘 보였다.

오랜 세월에 걸쳐 마족의 침공을 막아왔던 저 요새는 언뜻 보기만 해도 공략하기가 상당히 어려움을 알 수 있을 만큼 견고한 구조였다.

이제부터 저 요새를 쳐서 함락시켜야 하는 처지라는 게 우울하구나.

그렇다 해도 여기 하나만 특별히 어려운 곳은 아니었다.

인족에게는 줄곧 마족의 침공을 막아왔던 역사가 있고, 그런 과정에서 보강을 거듭했던 방비 수준은 이곳이든 저곳이든 난공불락이라고 말하기에 부족함이 없었다.

즉 공세에 나서자면 어디로 간들 별다를 게 없단 말이지.

결국 어디에 가 봤자 모조리 꽝이라는 뜻이다.

진짜 못살겠다니까.

후우, 한숨을 토했더니 부관이 내색하지 않고 눈을 피한다.

내가 군단장이 된 이후 줄곧 부관을 맡아 따라다녔던 저 남자도 아직 내 몸짓에는 적응이 안 되나 보다.

얼굴빛에 살짝 붉은 기운이 감돈다.

나의 일족은 서큐버스족이라는 이름으로 불린다.

희귀한 스킬인 음기(淫技)를 단련하고 그것을 무기로 써서 귀족의 위치를 대대로 유지하고 있는 가문이었다.

음기는 명칭대로 이성에게 효과가 높고 이성을 사로잡는 몸짓에 기반해서 스킬의 효과가 올라간다.

그러니까 우리 일족의 일원은 철저하게 몸짓을 연마했다.

더욱 요염하게, 매력적으로 보일 수 있도록.

그런 덕분에 의식하지 않아도 색향을 마구 흩뿌리니까 남자가 잔뜩 넘쳐나는 군대에서는 마주 대하는 게 고역이라는 말을 듣는다.

음기 스킬의 효과는 세뇌.

상대를 세뇌해서 자기 뜻대로 조종하는 스킬.

다만 유감스럽게도 효과가 무척 한정적이지.

세뇌는 시간 경과에 따라 간단하게 해제되는 데다가 이쪽의 말을 다 들어주지도 않아.

상대가 강한 기피감을 가질 만한 명령을 내리면 세뇌가 풀려버리는 경우도 있고…….

그렇게 제약이 많은 주제에 세뇌의 성공 확률까지 낮다.

불편하기 짝이 없는 능력인 데다 스킬 레벨도 올리는 게 쓸데없이 어렵다.

그뿐 아니라 세뇌라는 능력, 이런 걸 보유한 상대를 진짜 신용할 수 있겠냐고 물어봤을 때 누가 고개를 끄덕여주겠어.

혹시 나까지 깜빡 세뇌당하면 어쩌지? 물론 걱정될 거야.

그래서 음기 스킬을 굳이 단련하는 사람은 거의 없었다.

우리 일족은 이런 사정을 오히려 이용했지.

이른바 틈새 산업이라는 녀석이야.

그래도 결국 세뇌라는 능력을 갖고 있으면 괜한 의혹을 뒤집어쓸 수밖에 없다.

그러니까 우리 선조님들은 정말 열심히 힘껏 역대 마왕님에게 아양을 떨어 댔다더라.

마왕님뿐 아니라 다른 귀족한테도 말이야.

본래 별 대단한 능력이 아니니만큼 주위에 널리 알려서 세뇌로 누군가를 몰래 조종하거나 수작 부리는 게 어림없다는 말을 퍼뜨렸지.

자신들은 부리는 쪽이 아니라 부림당하는 쪽이라고, 아주 저자세로 아양에 아양을 떨고…….

그렇게 대대로 몸을 낮춰왔던 성과가 있어서 일족을 자처할 만큼 권세를 확보했던 거야.

지금 시대에서는 서큐버스족은 음기 스킬보다도 순종하는 자세를 높이 평가받을 정도니까.

그런 일족의 대표가 마왕님에 대한 충성심이라곤 티끌만큼도 없는 나라는 게 정말 우습지.

뭐, 전부 어쩔 수 없는 결과가 아닐려나.

선선대 마왕님이 붕어한 다음 곧바로 뒤를 이어서 마왕이 됐던 선대가 실종되어버렸으니까.

공경해야 할 마왕이 부재하는 상황에서 어떻게 충성심을 가질 수 있겠어.

그 후에 불쑥 튀어나온 아무 일면식도 없는 녀석, 게다가 외모도 한참은 어린 계집애가 마왕이니까 충성을 맹세하라는 말을 늘어놓아 봤자 알겠습니다, 라고 대답하긴 어렵잖아.

그뿐 아니라 전쟁이 없이 안락하게 평화와 삶을 누리던 와중에 다시 전쟁을 일으키겠다고 떠드는 마왕님한테는 더 어렵지.

다시 한 번 시름을 담아 한숨을 내뱉었다.

조금 떨어져 있는 곳에서 군침 삼키는 소리가 들렸다.

부관이 소리 난 방향에다가 손짓으로 저리 가라는 뜻을 전달한다.

이 부관 녀석은 처음 무렵에는 허둥지둥 당황하는 꼴이 귀여웠던 주제에, 요즘은 부대 졸병들한테 괜히 쳐다봤다간 죽지만 않을 뿐 고생하게 되는 독극물 비슷한 여자라면서 나에 관해 막 떠들고 다니거든?

도대체 이런 실례가 없다니까.

게다가 나한테 직접 「군기가 자꾸 해이해집니다, 어떻게 안 되는 겁니까?」라고 은근히 따져 묻는단 말이야.

나더러 뭘 어쩌라는 건데.

애당초 나는 군대의 임무 따위는 맡기 싫었어.

마족군의 임무는 물론 인족과의 전쟁.

그런데 저건 선선대 마왕님 시대에나 외치던 말이고, 사실상 빈자리로 남게 된 선대 마왕님 시대부터는 각 지역의 치안 유지가 주된 임무였다.

그때가 정말 좋았지.

마물이랑 범죄자 상대하는 게 인족과 전쟁을 벌이는 것보다 훨씬 수월한걸.

적어도 지휘관인 내가 죽을 위기는 없다.

하지만 인족과 진짜 전쟁이 벌어지면 아무 장담을 못 한다.

자칫하면 나까지 죽는다.

그런 건 싫어, 당연히 싫어.

그러니까 재빨리 전쟁의 원인을 제거하고자 나섰다.

즉 전쟁을 일으키려고 하는 당대의 마왕님을 제거하겠다고…….

그게 잘못이었던 거야.

와작와작.

귀 안쪽에서 환청이 들린다.

나와 함께 마왕님을 제거하기 위해서 움직인 본래 제9군의 군단장이었던 네레오 씨.

그 사람은 내 눈앞에서 마왕님에게 잡아먹혔다.

숙청을 위해 잡아먹혔다.

그때의 씹는 소리가 귓속 깊숙이 달라붙은 채 지금까지도 떨어져 주질 않는다.

나는 그걸 보고 뒤늦게 자신이 무엇을 적으로 만들었는지 깨달았다.

괴물.

나는 절대 손대서는 안 되는 상대에게 손을 대고 말았다.

진상을 깨달았을 때는 이미 손쓸 도리가 없었기에 나는 무작정 마왕님에게 아양을 떨어야 했다.
뜻밖에도 일족의 선조님들과 같은 길을 걷게 될 줄이야.
웃음밖에 안 나오는구나.
아무튼 이렇게라도 안 하면 살해당할 테니까 어쩔 수 없어.
자존심이든 뭐든 다 내다 버린 채 구두를 핥으라고 한다면 기꺼이 따라주겠어.
다만 마왕님이 아부를 떤다고 나를 용서할 것 같지는 않아.
애당초 마왕님이 마왕의 자리에 오른 시점에서 외통수였던 거야.
왜냐하면 마왕님의 목적은 전쟁에서 승리하는 게 아니라, 전쟁을 벌여서 더욱 많은 마족을 죽이려는 거거든.
아니, 마족뿐 아니라 인족까지 모두 다.
요는 얼마나 많이 죽는지가 중요할 뿐 승패 따위는 둘째 문제.
마족이든 인족이든 잔뜩 죽어 나가면 마왕님은 충분히 만족한다는 거야.
우리에게 떨어진 임무는 더욱 많이 죽이고, 더욱 많이 죽는 것.
그런 의미에서는 마왕님의 손에 숙청되어 살해당하든가, 인족과 맞서 싸우다가 죽든가.
죽음이 빨라지냐 늦어지냐의 차이일지도 모르겠다.
그래도 마왕님에게 덤벼서 무모한 싸움을 벌이기보다, 인족과 전쟁을 일으키는 게 차라리 생존 확률이 더 높다는 생각이 든다.
결국은 실낱같은 희망이지만…….
다시금 오쿤 요새를 쳐다본다.
재치 있는 비유는 못 하겠는데 저곳을 본 감상은 난공불락.

평범하게 공격하면 일단 틀림없이 고역을 치르게 될 거야.

불가능? 아주 불가능하진 않아.

그래도 승리하든 패배하든 상당한 희생이 발생할 건 확실하겠네.

평범하게 공격한다면 말이야.

“왔네.”

내가 바라보는 곳에서 변화가 일어났다.

다만 요새의 변화가 아니었다.

요새의 옆쪽, 더 멀리 산자락이었다.

산자락이 움직인다.

아니, 자세히 살펴보면 전혀 산자락이 아니었다.

무수히 많은 마물이 꾸물거리고 있었다.

산 전체가 마물들로 뒤덮여서 지면이 보이지 않을 만큼 큰 무리.

저것들이 똑바로 오쿤 요새를 향해 전진한다.

마물의 이름은 아노그래치.

다른 명칭으로는 복수 원숭이라고도 불리며 두려움을 사는 마물이다.

한 마리 한 마리는 별반 대단할 게 없지만 저것들의 진가는 무리를 짓는 특성에 있다.

아노그래치 무리의 결속력은 단단하다.

무리 중 한 마리라도 누군가에게 살해당하면 아노그래치는 그 범인을 전력으로 죽이고자 덤빈다.

설령 싸우던 중 무리가 전멸을 맞이할지라도…….

아노그래치를 화나게 만들었다면 무리를 전멸시키거나 최초의 한 마리를 죽인 사람을 산 제물로 바치는 수밖에 없다.

인구가 밀집해 있는 장소에 아노그래치가 쳐들어가면 사람들은 방어를 위해 싸우게 될 테고, 그렇게 아노그래치를 죽인 사람은 다시 복수의 대상이 된다.

자연히 복수 목표는 점점 더 확대되면서 결국 전투에 참가한 모든 인원이 대상으로 점찍힌다.

어느 한쪽이 전멸할 때까지 전투는 끝나지 않는다.

그래, 오쿤 요새에 있는 병력들은 저 수많은 아노그래치의 무리를 물리치지 못하는 한 전멸하게 될 거야.

아노그래치는 마침 지금이 번식기.

불어날 대로 불어난 아노그래치 무리가 마의 산맥 바깥에 흘러넘치는 터라 마족은 매년 골머리를 썩여야 했다.

그 녀석들을 몇몇 죽이지 않고 포획한 다음, 세뇌한 인족 병사를 시켜서 요새 안쪽에 들여다 놨어.

결과는 보는 것과 같다.

아노그래치 무리가 산을 내달려서 평야를 지나 요새로 몰려간다.

요새에서 요격 마법이 날아들어 아노그래치의 숫자를 줄였다.

그래 봤자 무엇이 달라질까?

아노그래치는 아직도 머릿수가 많고 많은데.

아예 산맥 전부를 뒤덮었으나 그럼에도 끊임없이 잇따라 모여들고 있다.

요새의 벽을 기어오르다가 동료가 마법을 맞아 추락해도 우직하게 한길을 간다.

압도적인 물량.

혹시라도 아노그래치의 공격 방향이 이쪽으로 쏠린다 생각하면 오싹해진다.

작전을 짠 내가 말하기에는 조금 뭐하지만 무척 애통들 하시겠어.

"제대로 먹혀들었네."

"네. 아무 차질도 없었습니다."

부관과 마주 고개를 끄덕였다.

처음부터 나는 제2군으로 오쿤 요새를 함락시키자는 생각을 하지 않았다.

너무 위험이 크단 말이야.

우리가 지켜보는 저편에서 아노그래치의 선두가 마침내 요새의 벽을 끝까지 기어올랐다.

이 시점에서 승패가 결정된 셈이구나.

요새 내부까지 진입을 허용한 이상 차츰차츰 밀릴 수밖에…….

아노그래치의 숫자에 압도되어 저 요새는 곧 함락될 것이다.

"그래. 덕분에 우리 쪽 피해는 0으로 끝낼 수 있겠어."

"그러게 말입니다. 물론 당분간 요새에는 접근도 못 하게 되어버렸습니다만."

그야 그렇지.

요새를 관리하는 게 인족에서 아노그래치로 바뀌었을 뿐 우리가 섣불리 쳐들어갈 수 없다는 것은 달라지지 않았다.

다만 특별히 의미는 없다.

"그건 어쩔 수 없어. 게다가 이번 전쟁은 침략 목적이 아니잖아.

이러면 충분해."

"그 말씀이 맞습니다. 아무튼 정말 훌륭한 수완이었습니다."

"별로 대단한 게 아니야."

음기에 의한 세뇌로 적 병사를 부려서 아노그래치를 요새에 유인하는 공작은 내가 맡았지만, 굳이 음기를 안 쓰더라도 아노그래치를 끌어들일 수 있는 방법은 달리 많았다.

내가 아니더라도 마음만 먹는다면 추진할 수 있었던 작전.

나는 군단장답게 마족 내부에서 제법 뛰어나다고 생각한다.

그러나 어디까지나 약간 뛰어난 축에 불과하거든.

마왕님처럼 초월적인 존재가 아니야.

평범한 마족인 내가 감당할 수 있는 목표는 한정적이다.

그래도, 그렇다 해도…….

"미안하게 됐어, 마왕님. 난 당신의 뜻에 순순히 따라주고 싶지 않거든."

거역해도 죽음.

복종해도 죽음.

그렇다면 가능한 한 복종하면서 빠져나갈 구멍을 찾을 수밖에 없잖아.

지시받은 대로 미련하게 다 실행했다간 머지않아 혹사 끝에 죽어버릴 게 훤히 내다보이는걸.

"마족의 일원이라기에는 잘못된 태도일 수 있어도, 할당량은 모자람 없이 달성했으니까 눈감아주지 않을까?"

얌체 같은 소망인 줄은 잘 알지만 자비를 바랄 수밖에 없구나.

부디 모른 척해주기를 바라며 나는 아노그래치에게 유린당하고 있는 오쿤 요새를 쭉 감시했다.

Thanatolia Pilevy

사나트리아

본명, 사나트리아 필레비. 마족군 제2군 군단장. 음기 스킬을 구사하는 서큐버스 일족의 수장. 스킬의 특성 때문에 색향이 저절로 배어나는 요염한 여성. 강한 힘 앞에서 굴복하는 인물형이며 귀찮은 일을 싫어한다. 마왕 아리엘의 정책이 못 견디게 거슬렸던지라 다른 군단장들과 결탁해서 쿠데타를 계획했었다. 다만 실행 전 파탄을 맞이하여 오히려 궁지로 몰려버린다. 좌우간에 아리엘에게 숙청당하는 신세를 면하고자 앞뒤 가리지 않고 점수를 따기 위해서 노력 중이다. 발트와 소꿉친구 관계.

Ⅱ
마족군 제6군
휴이
다잘로 요새
로난트 부대

다잘로 요새 공략전, **여기가 포인트!**

시로의 해설 코너!

쇼타 군이 공격을 맡은 요새는 보는 바대로 강가!

강이라네, 강!

강을 우습게 보면 안 돼!

강을 건너가는 건 엄청 큰일이잖아?

실감이 안 되는 사람은 파도치는 수영장이라도 가보도록 하자.

파도에 떠내려가지 않게 횡단을 시도하면 얼마나 힘든지 뼈저리게 느낄 테니까.

게다가 이게 행군이니까 무기를 들고 갑옷도 입고 짐 챙겨서 움직여야 하거든.

수심에 따라서는 푹 가라앉잖아.

기마병은 평범하게 떠내려갈 테고.

제아무리 능력치가 높든 어쩌든 대자연의 무시무시함을 가볍게 보면 안 되지.

게다가 건너가는 도중은 무방비하니까 상대의 원거리 공격이 마구 쏟아질 거야.

그러니까 강을 사이에 둔 채 서로 노려보면서 시간만 흐르는 상황이 자주 발생하지. 양쪽 다 먼저 강을 건너기는 싫어서.

쇼타 군은 아마도 강을 건너지 않고 마법으로 원거리 공격을 날려 적군에 피해를 주겠다는 작전을 세운 것 같아.

힘내라, 쇼타 군! 지지 마라, 쇼타 군!

휴이

마족군 제6군 군단장.

그것이 내게 주어진 직위.

나 자신도 분수에 맞지 않는 직책이라는 자각은 있다.

나는 마족 중에서는 젊은 축이다.

그에 더하여 외모가 어린 탓에 쓸데없이 더 얕보인다.

인족과 비교해서 오래 살아가는 마족은 성장 방식에도 개인차가 있다.

나는 실제 연령보다 성장이 늦은 부류라서 아직껏 소년으로밖에 보이지 않는다.

우리 가문은 몇 대인가 전에 엘프의 피가 섞였다던데, 이게 성장에 영향을 주었을지도 모르겠다.

확신이 아닌 이유는 동족 이외의 외부인을 싫어하는 엘프가 정말 마족과 아이를 만들었을까 의문이 들기 때문이다.

다만 엘프와 비슷하게 우리 가문은 대대로 뛰어난 마법 재능을 갖고 태어났던 만큼 헛소리라고 딱 잘라 말할 수도 없다.

실제로 나의 늦은 성장 속도는 마족 중에서도 특히 두드러져서 엘프를 방불케 한다.

남동생도 마찬가지이니까 나 개인의 특징이 아닌 가문의 특징이겠지.

이런 용모 때문에 학원에서는 선배나 동기생들에게 바보 취급을 당했었고 후배에게도 얕보이는 처지.

그리고 몸의 성장이 느리다는 것은 즉 물리계 능력치의 둔화를 초래한다.

육탄전에서 나는 매번 형편없이 패배를 겪어 큰 창피를 당해왔다.

하지만 어디까지나 마법을 못 쓰는 육탄전이었을 경우다.

나에게는 마법이 있다.

마법에 한정 짓는다면 마족 중 누구보다 뛰어나다고 자부한다.

그것이 마법의 명문 백작가에 태어난 나의 긍지.

그것만을 버팀목 삼아서 나를 조롱하는 녀석들은 마법의 힘으로 물리쳤다.

또한 마법의 힘을 인정받았기에 나는 마족군의 군단장 중 한 사람으로 임명되었다.

군단장은 마족의 실질적인 최고 지위.

나를 바보로 취급했던 녀석이 나를 받들어 모셔야 한다.

기분 참 괜찮았지.

그래도 동시에 나는 자신이 군단장의 그릇이 아니라는 사실도 깨달았다.

내가 군단장이 될 수 있었던 이유는 달리 적임자가 없었기 때문이다.

나라서 선발된 것이 아니라 소거법으로 어쩔 수 없이 적당한 인물이었기에 선발됐다.

그것이 진상.

인족과 전쟁을 벌이는 동안 우수한 인물들 대다수를 잃어버렸던 마족은 일손 부족에 시달렸다.

제1군 군단장 아그너 님 같은 고참 생존자가 적었던 탓에 쭉 전쟁이 이어졌던 선선대 시절에는 젊은이 취급을 받던 인물들이 빈자리에 올라앉아 군단장을 맡게 되었다.

그럼에도 인력이 모자라서 후진들 중 대충 우수한 녀석들을 일단 군단장 자리에 앉혀 놓아야 했고…… 그게 나였다.

즉 나는 임시변통의 인선이다.

물론 우수해서 선발되었다는 것은 사실이었다.

하지만 다른 군단장들과 비교했을 때 나는 압도적으로 전투력도 경험도 부족하다.

마법 실력만큼은 다른 군단장들에게 지지 않는다 자부한다.

그래도 실제 싸운다면 나는 군단장들 중 분명 최약이었다.

또한 경험이 부족하기에 부대 운영도 서투르다.

뒤에서 모두들 나를「도련님 군단장」이라며 험담을 늘어놓는 것은 잘 안다.

학원에 있던 시절이었다면 마법의 힘을 과시해서 입을 다물려줄 수도 있었다.

그렇지만 군단장이라는 직함을 갖게 된 이상 마법의 힘만 가지고 주위 사람들을 납득시키기에는 모자람이 많았다.

다른 군단장들을 명실공히 따라잡지 못하면 나를 조롱하는 말소리는 멎지 않을 것이다.

그렇다 한들 애송이인 내가 다른 군단장들을 따라잡으려면 적잖은 시간이 필요하다.

굴욕적이지만 견딜 수밖에 없었다.

그런 때였다.

마왕님이 나타난 것은…….

마왕이란 인족과 전쟁을 벌이고 싶어 하는 존재라고 들었다.

역대의 마왕님은 모두 마찬가지였고 예외는 행방을 감춘 선대 마왕님을 제외하면 딱히 없었다.

그래도 결과적으로 선대 마왕님이 행방을 감춘 덕분에 마족은 요행을 누릴 수 있었다.

오래도록 지속된 인족과의 전쟁으로 마족은 심각한 일손 부족에 시달려야 했을 뿐더러 더 이상 전쟁을 운운할 형편이 아니었기 때문이다.

그러한 일손 부족 덕택에 내가 이례적으로 젊은 나이에 군단장이 되었던 만큼 복잡한 마음이었다.

선대 마왕님이 행방을 감춘 동안에 이때다 싶어 인족과의 전쟁을 일시 휴전한 뒤 부흥을 위한 시간으로 활용할 수 있었다.

당대의 마왕님은 지난 노력을 망쳐버릴 작정이다.

마족의 미래를 전혀 고려하지 않고 과격하게…….

과거의 마왕님들도 쭉 인족과 전쟁을 벌여왔지만 당대의 마왕님은 적당히라는 말을 알지 못하는 듯싶다.

역대 마왕님은 분명히 마족 전체의 안위를 염려하면서 병력을 차출했다.

당대의 마왕님은 마족의 안위 따위야 알 바 아니라는 듯이 마구잡이로 병력을 긁어모으고 긁어모아서 인족과 싸울 작정이었다.

그런 방침에 군단장들 다수가 난색을 표시했다.

나한테도 이렇게 병력을 마구 차출했을 경우의 미래가 보였으니, 다른 군단장들이 난색을 표시하는 것도 당연하겠다.

그리고 분명히 도래하게 될 파멸을 가만 앉아서 지켜만 볼 군단장들이 아니었다.

아니나 다를까, 은밀하게 마왕님을 몰아내자는 움직임이 나타났다.

기회라고 생각했다.

두말없이 쿠데타에 참가하겠다고 결정했다.

악정을 펼치는 마왕을 타도했다는 실적이 필요했기에…….

승산은 충분했다.

마왕님은 언뜻 보아도 어리다.

마왕으로 임명된 이후 무작정 신이 나서 훗날을 내다보지 못한 채 무모한 전쟁을 벌이려는 것이 틀림없었다.

어리석은 녀석이다.

나는 은밀하게 계획되었던 쿠데타에 참가하라는 제안을 받아들인 뒤 신중하게 제7군 군단장 와키스 님의 관할지로 병력을 소집시켰다.

와키스 님이 반란군을 조직해서 쳐들어가면 나도 뒤따라 적절한 시기에 제6군을 움직인다.

사나트리아 씨의 제2군도 협력해서 안팎으로 마왕님의 아성을 무너뜨릴 계획이었다.

발트 님의 제4군이 방어를 맡고 있었지만, 발트 님도 마지못해서 마왕님에게 복종하는 눈치였던 데다가 병사들도 마왕님에게 딱히 충성을 맹세한 게 아니었다.

이쪽에서 소리 높여 설득하면 전향하려는 병사도 많을 것이다.

더욱이 인사를 담당하고 있는 제9군 군단장 네레오 님이 아군이었기에 인원들을 움직이는 과정도 매끄럽게 진행됐다.

마왕님의 의심을 사는 불상사 없이 정신을 차렸을 때는 어느덧 반란군의 조직이 완료됐다.

그때는 이미 손쓸 도리가 없었기에 반란은 성공한 것이나 마찬가지.

……성공했어야 되었건만.

막상 뚜껑을 열었을 때 반란은 맥없이 파탄이 나고 말았다.

수모자였던 와키스 님은 내가 보는 앞에서 자결.

그 후 곧바로 반란에 가담했던 모든 군단장들이 아그너 님에게 충고를 듣게 되었다.

그 시점에서 나는 깨닫고 말았다.

실패했다고…….

설마 아그너 님마저, 군단장 중 최고참이며 모두들 마족 제일의 실력자임을 인정하는 아그너 님이 마왕님의 편을 들었다.

아그너 님이 어째서 마왕님의 편을 드는지 이유는 알지 못했다.

다만 아그너 님이 마왕님의 편을 들고 있다는 사실만으로도 나는 반란이 실패로 끝났음을 납득하고 말았다.

그만큼 아그너 님의 영향력은 크다.

아그너 님이 적으로 돌아섰을 때 이미 승산은 희박했다.

나는 패배자들 틈에 들어가버렸다.

어떻게든 만회의 기회를 만들어야 할 텐데.

그렇게 조바심치던 때 나는 마왕님의 호출을 받았다.

그리고 나는 아그너 님이 마왕님에게 복종하는 이유를 깨달았다.

호출 대상은 나 하나가 아니었다.

네레오 님, 사나트리아 씨, 그리고 나.

몰래 반란에 가담했던 인원들.

의연한 태도의 네레오 님, 평소와 다를 바 없이 여유롭게 미소를 띤 사나트리아 씨와 비교하면 그때 나는 꼴사납도록 핼쑥한 안색이 아니었을까.

처형 통보가 떨어지는 게 아닌가 전전긍긍했지만 마왕님의 입에서 나온 말은 제9군의 군단장을 변경하겠다는 분부였다.

맥 빠지는 기분이었다.

제9군은 애당초 이름만 남아 있었던 군단.

군단장 네레오 님은 인사부의 수장 신분으로 관련 업무를 담당할 뿐 군단장의 임무는 수행하는 게 없었다.

새롭게 다른 인물을 군단장으로 세워서 군을 제대로 조직하겠다는 그런 이야기였다.

처형당할 수도 있다고 각오한 만큼 안심했다.

하지만 안심하기에는 아직 일렀다고 직후에 곧장 통감하게 되었다.

그런, 그런 건, 정상이 아니다.

"그런고로 현 제9군단 군단장은 더 이상 필요하지 않아."

마왕님의 말이었다.

그리고 그 말대로 네레오 님은 필요가 없는 인물로 분류되어 처리당했다.

그것은, 처형이라는 말로는 도저히 표현할 수 없었다.

그딴 것은, 사람의 죽는 모습이 아니었다!

흔적도 남기지 못한 채 잡아먹혀서 죽는다니…….

사람의 죽음이 아닐뿐더러 사람의 소행도 아니었다.

마왕님은 외모가 어리다.

그러나 알맹이는 소름 끼치는 괴물이다.

어린 외모 때문에 괴로워했던 내가 마왕님을 외모로 얕보고 말았다는 것에서 웃음도 나오지 않는다.

그날부터 우리의 지옥이 시작됐다.

어디부터 잘못되었던가?

뻔한 물음이다.

처음부터, 마왕님에게 거역해선 안 되었던 것이다.

외모에 속아 넘어가서 말도 안 되는 방침이라며 조롱하고 제멋대로 우습게 봤다.

어린 바보가 혼자 신나서 멍청한 짓을 벌이려는 심산이냐고.

아니었다.

지금은 알 수 있다.

마왕님은 전부 다 알면서도 우리를 지옥으로 처박을 작정이었다.

저것은 괴물이다.

우리가 고통에 몸부림치며 죽어 가는 모습을 웃고 즐기는 괴물이다!

언제 변덕을 부려서 죽이려 들지 알 수 없었다.

어쨌든 마왕님의 명령을 받들고 순종하며 조금이라도 좋은 인상을 줘야 할 텐데…….

마왕님은 분부하셨다.

"잔뜩 죽이고 잔뜩 죽어."

그러니까 최대한 많은 적을 죽여야 한다.

죽이지 못하는 만큼 우리가 죽임당할 테니까!

“휴이 님! 이제 한계입니다! 철수하시죠!”

그런 처지이건만 부관이 철수 의견을 올린다.

인족의 요새 중 하나, 다잘로 요새.

저곳의 공략을 우리 제6군이 명령받았다.

전황은 분명하게 말해서 안 좋다.

솔직히 이런 결과는 예상 밖이었다.

내가 지휘하는 제6군은 마법 사단이다.

내가 마법에 열중하는 인물이었던 이유도 있겠지만, 그 이상으로 마법사는 많은 숫자를 모을수록 더욱 효과적이라는 이유를 들어 편성에 일부러 불균형을 만들었다.

군대에서 마법사의 역할은 대마법을 활용한 적군 섬멸에 있다.

광역에 막대한 피해를 초래하는 대마법은 숫자가 많은 군대끼리 전투를 벌일 때 결정적인 수단이 된다.

대마법을 얼마나 많이 적군에게 적중시킬 수 있는가.

그것이 승패를 가른다고 말한들 과언이 아니었다.

또한 대마법을 행사하려면 복수의 술사가 연계 스킬을 동원하여 서로 협력해야만 한다.

그래서 더더욱 마법사는 많은 숫자를 확보하는 것이 중요하다.

대마법을 사용 가능한 수준의 마법사는 귀중하다.

나는 군단장으로 임명됐을 때부터 자질이 있어 보이는 병사를 골라 철저하게 마법을 가르쳤고, 다른 군단과 교섭을 벌여서 재능 있는 병사를 빼내는 방법으로 마법사의 숫자를 불려 나갔다.

그런 덕분에 제6군은 특히 파괴력, 섬멸력에서 다른 군단의 추종을 불허하는 군단이 되었다고 자신한다.

그만큼 전선의 병사들은 숙련도의 부족이 눈에 띌 뿐 아니라, 야전이라면 돌파당한 뒤 정작 귀중한 마법사들이 위험에 처할 우려도 함께 가지고 있다.

그러나 공성전에서는 지니고 있는 파괴력을 유감없이 발휘할 수 있었다.

상대가 요새를 버리고 돌격하지 않는 한 이쪽이 일방적으로 대마법을 쏟아부음으로써 요새 자체를 파괴하여 승리를 거둘 수 있다.

분명 확신했었다.

그런데 이런 꼬락서니는 도대체 뭐지?!

"제길!"

"휴이 님! 철수를!"

욕설을 뱉는 나에게 부관이 다시 한 번 철수 의견을 올린다.

부득이하게 철수해야 할 만큼 제6군단은 궁지에 몰린 상황이었다.

부관의 조바심 가득 찬 말투가 지금 얼마나 심각한 상황인지 대변해줬다.

분명 승리를 거둘 수 있었다.

왜냐하면 마법 사격전이 펼쳐졌으니까!

그래, 상대가 선택한 것은 마법 사격전이었다.

제6군단의 가장 뛰어난 분야, 하필 마법으로 승부를 걸어왔다.

나는 득의양양한 미소를 지었다.

승리를 확신했다.

그랬는데!

어째서 우리가 되레 밀리고 있단 말인가?!

대마법은 한 발도 얻어맞지 않았다.

아군도 대마법은 구축을 모두 방해당한지라 적중시키지 못했지만…….

전쟁은 적에게 대마법을 적중시키는 것으로 승부를 판가름한다.

대마법은 그 성질상 어쩔 수 없이 발동까지 시간이 걸리는 데다가 방대한 마력 때문에 대마법을 발동하려는 시도도 금세 상대에게 발각되어버린다.

아군이 발동하려는 대마법을 지켜 내면서 어떻게 상대의 대마법을 방해하는가.

경우에 따라 대마법을 미끼로 내세워서 상대의 주의를 흩뜨리는 전법도 있다.

그것이 전쟁의 힘겨루기다.

이번 전투, 대마법의 견제 측면에서는 호각.

아군의 대마법은 발동 전 전부가 구축에 실패했으나 상대의 대마법 역시 마찬가지로 방해하는 데 성공했다.

아군도 적군도 공격의 주축은 기능하지 않는다.

요컨대 평범한 마법 사격전을 계속하는 것이 전부다.

그런데 어째서 아군만 자꾸 피해가 발생하는 거지?!

능력치는 인족보다 마족이 더욱 뛰어날 텐데!

서로 마법을 날려 댄다면 능력치에서 뛰어난 우리의 승리가 당연하다.
그런데 결과는 반대.
이상하다.
어떻게 된 거지?!
적의 대장은 로난트라는 인족 마법사라고 들었다.
선선대 마왕님 때부터 살아왔던 인족의 영웅 중 하나라던가.
우습게 보는 마음은 없었다.
그래도 마법이라면 지지 않는다는 자신감을 갖고 있었다.
그랬는데도, 그랬는데도!
어금니를 악물었다.
이대로 가면 마왕님에게 죽는 처지를 면할 수 없다.
"철수는, 불가능하다."
"어째섭니까! 이대로 가면 손해만 계속 누적됩니다!"
"불가능하다, 불가능하단 말이다!"
이렇듯 딱히 전공을 세우지도 못한 채 맥없이 철수한다면 마왕님은 우리를 용서하지 않는다.
살해당한다.
잡아먹힌다.
그따위 꼴은 싫어!
그따위 죽음을 맞이하기는 싫어!
어떤 방법을 동원하든 결과를 만들어 내야만 한다.
그러려면—.

"대마법을 쓰겠다. 보조하도록."

"지금 대마법을 써도 무의미합니다! 철수합시다!"

"보조를 맡아라."

나 자신의 손으로 대마법을 적에게 때려 박겠다.

그렇게라도 하지 않는다면 전황을 뒤집을 수 없었다.

내가 준비에 착수했는데도 주위 병사들은 아무도 움직이려고 하지 않았다.

이런 얼간이 녀석들!

"빨리 거들어라!"

무심코 발을 굴렀다.

순간, 무엇인가가 머릿속에서 터져 나갔다.

"흐억?"

그렇게 무엇인가가 무엇인지 깨닫기 전에 내 의식은 어둠 속으로 떨어졌다.

Huey Guidek

휴이

본명, 휴이 기덱. 마족군 제6군 군단장. 대대로 마법 실력을 갈고닦아온 백작가의 현 가주. 순수한 마족 군단장 중에서는 최연소이고 외모도 소년처럼 어려 보인다. 이러한 외모 및 부모가 어린 시절에 타계했던 등 여러 사정 때문에 고생을 거듭했다. 많은 장벽을 실력으로 넘어온 노력가이기도 하다. 그러나 다른 군단장들과 비교해서 뒤떨어진다는 사실도 자각하기에 따라잡고 앞지르기 위해서 적극적으로 행동하고 있다. 그 때문에 마왕이라는 호랑이의 꼬리를 밟고 말았고 어떤 수단으로도 넘을 수 없는 벽과 부딪혀서 공포에 사로잡힌다.

로난트

"오랜만이구나."

"오랜만에 뵙습니다, 스승님."

나는 간만에 제자 1호, 용사 율리우스와 만났다.

이렇듯 얼굴을 마주하는 것이 몇 년 만이던가.

신언교의 간섭 때문에 진득하게 만날 시간도 못 가진다니…….

거참, 괘씸한 녀석들이로고.

"건강한 듯 보이니 다행이구나."

"스승님께서도요. 이제 나이도 적지 않으신데 아직껏 현역에서 힘차게 활동하신다면서요?"

"나를 누구라고 생각하는 게냐? 죽는 순간까지 아득바득 현역일 게다."

"스승님답습니다."

품위 있게 웃는 제자 1호.

내가 맡아서 돌봐주던 시절에는 아직 앳된 모습도 남아 있었거늘 이제는 어엿한 사나이가 되었구나.

"율리우스, 어이쿠. 로난트 님? 언제 방문하셨답니까?"

문을 노크도 없이 열고 들어온 저 녀석은 아마 하이린스라고 했던가?

제자 1호의 친구 겸 동료 중 하나이지.

"방금 막 왔느니라."

"불쑥 전이로 나타나셨어. 깜짝 놀라니까 자제해달라고 아무리 말씀드려도 소용이 없네."

"전이의 조짐도 알아차리지 못한다면 아직 갈 길이 멀다는 뜻인 게지."

제자 1호의 불평을 흘려듣는다.

이렇게 몰래 만나지 않으면 신언교가 시끄럽단 말이다.

"변함없는 분이시군요."

하이린스 꼬마가 한숨 쉬지만 나 또한 최저한의 미풍양속을 나름 준수한단다.

"그런데 무슨 일이야, 하이린스? 스승님께서도 뭔가 볼일이 있어 찾아오셨겠죠?"

"아무렴. 다만 하이린스 애송이의 용건부터 먼저 듣도록 해라."

내 용건은 대단한 일이 아니다.

단순한 참견질이니까.

좀 뒤로 미뤄도 괜찮을 테지.

"애송이? 뭐, 로난트 님이 보시기에는 애송이가 맞지요."

"애송이를 애송이라고 부르는 게 뭐가 잘못된 게냐? 반론하고 싶거든 먼저 나를 이긴 다음에 떠들도록 하거라."

"제발 봐주십쇼."

애송이가 쓴웃음을 짓곤 진지한 표정으로 바뀌었다.

"로난트 님. 지금 여기에서 나누는 말은 일단 군사 기밀입니다."

"오냐, 알겠다. 이곳에서 듣고 본 내용은 달리 떠들지 않겠다고 약속하마."

애송이도 마음 같아서는 내가 자리를 비워주기를 바랄 터이나 내가 물러나주지 않을 것이라는 체념도 보이는군.

가까이 알고 지내지 않았을 뿐, 내 성질은 대충 파악했을 것이다.

아니나 다를까, 체념한 표정을 짓고 보고를 시작했다.

"척후 부대가 정한 시각에 복귀하지 않았어. 처리되었다고 보는 게 맞겠지."

애송이의 보고를 듣고 제자 1호가 침통한 표정을 짓는다.

인족의 최전선이라고 말할 수 있는 이곳에 소집된 부대는 근방의 흔한 부대와는 다르다.

정예 중의 정예.

한데도 척후 부대는 어떤 정보도 보내지 못한 채 복귀마저 실패했다.

그 소식이 의미하는 바는 상대가 더없이 위험하다는 말이 되겠군.

"흠. 복귀하지 못한 부대가 몇몇쯤이더냐?"

"전부입니다."

어이쿠, 이런.

이거 예상보다 더 많이 위험하겠군.

척후 부대는 이번과 같은 대규모 전쟁을 앞두었을 때 몇몇 분대로 나누어서 정보 수집을 위해 내보낸다.

부대 하나가 발각되어 전멸당하더라도 다른 부대가 정보를 갖고 복귀할 수 있도록.

한데 이번에는 부대 전부가 복귀하지 못했다.

요컨대 이게 무슨 뜻이냐, 상대는 척후들의 은밀 능력을 상회하는 색적 능력을 보유했을뿐더러, 척후 부대를 신속하게 처리할 수 있는 강력한 무력을 겸비했다는 증거일 테지.

게다가 분산되어 있는 척후 부대를 동시에 습격할 만큼 숫자가 충분히 확보되었다는 의미이렷다.

척후가 부대 상호 간 연락을 주고받지 않았을 리가 없거늘…….

어느 한 부대에 이변이 발생했을 때 신속하게 철수가 이루어지도록 분명 훈련받았을 터인데.

그럼에도 모두 복귀에 실패했다면 동시에 습격당했기 때문일 테지.

척후 부대를 발견할 수 있는 색적 능력.

척후 부대를 섬멸할 수 있는 전투 능력.

저러한 능력들을 지닌 적 부대가 적어도 척후 부대와 같은 숫자만큼 존재한다는 뜻이군.

"힘든 전투가 되겠구나."

제자 1호는 가라앉은 목소리로 짧게 중얼거렸다.

짐작건대 희생된 척후 부대의 대원들이라도 생각하고 있을 테지.

"제자 1호야."

나는 바보 제자에게 설교를 퍼붓기 위해 나지막한 목소리로 이름 불렀다.

"네 녀석 머릿속이야 뻔하지. 척후 부대의 희생자들 생각이라도 떠올리고 있을 테지만, 괜히 시간 낭비할 짬이 있거들랑 자기 걱정이나 하거라."

"스승님! 시간 낭비는 대체 무슨 말씀입니까?!"

평소에 제자 1호는 목소리를 거칠게 높이는 법이 없으나 유독 사람의 생사 문제에서는 민감하게 반응한다.

"지금 생각해야 할 것은 척후 부대의 희생 따위가 아니라고 말해주려는 게다."

"스승님. 스승님께도 할 말이 있고 못할 말이 있습니다. 그 이상 말씀하신다면 용서하지 않겠습니다."

"오호? 어찌 용서를 아니할 테냐?"

내가 위압하자 애송이부터 기가 질렸다.

제자 1호는 표면상 동요를 안 내비쳤지만 어디까지나 겉보기만 멀쩡할 뿐이었다.

"네 녀석이, 나에게, 용서를, 운운하느냐? 설마 나를 때려눕히겠단 자신감이라도 갖고 있었던 게냐?"

한 마디씩 일부러 강조하며 낮은 목소리로 추궁했다.

마른침을 삼킨 녀석은 제자 1호인가, 애송이인가.

"자만하지 말거라. 위에는 또 위가 있거늘. 네 녀석이 용사이든 무엇이든 간에 말이다."

위압감을 거둔 뒤 지팡이로 가볍게 제자 1호의 이마를 쥐어박았다.

"척후 부대의 녀석들 또한 마찬가지이니라. 그 녀석들은 자기 임무를 완수하려다가 힘이 미치지 못하여 전사했지. 그 죽음을 애도하는 것이 잘못되진 않았다. 한데 말이다, 그 죽음에 네 녀석이 책임을 느낀다면 아주 큰 착각이니라. 용사이기에 누구든 다 구해 내겠다는 게 어림 반 푼어치나 있는 생각이더냐? 아니면 네 녀석이 직접 척후를 맡아 출진했다면 좋았을 것을, 같은 엉뚱한 생각을 떠올리지는 않겠지? 그런 생각이야말로 죽은 녀석들의 임무를 빼앗겠다는, 그뿐 아니라 죽은 녀석들을 무능한 놈 취급하는 최대의 모욕이거늘. 설마, 설마하니 용사라 불리는 인물이 그만 쓰레기만 못하고 쌍놈 같은 생각을 갖고 있지는 않을 터인데."

내가 지적하자 제자 1호는 받아칠 말을 떠올리지 못하는 모습이었다.

아무 말 없이 고개 숙인다.

옛날부터 이 녀석은 이런 성격이었지.

떠안을 필요가 없는 책임까지 끌어안는다.

사람이 싸우다가 죽는다 한들 언제나 본인의 책임이거늘.

다른 누구도 아닌 싸움에 나선 본인만의 책임.

그런데 이 녀석은 무슨 착각을 하는 건지 모든 사람을 구해 내지 못하면 만족을 못 하는구나.

그따위 목표, 신이라도 아닌 한 불가능하건만…….

"율리우스."

제자 1호가 아닌 진짜 이름을 불렀다.

율리우스가 숙이고 있던 머리를 느릿느릿 들어 올린다.

"전장에서는 자기 안위를 먼저 챙기거라."

다른 데 주의를 빼앗겼다간 살아남을 판국에서도 못 살아난다.

"위에는 또 위가 있단 말이다. 그것은 너도 잘 알 터인데? 다른 자들을 지킬 수 있는 사람은 강자뿐이니라. 네 녀석은 약하지. 늙은 나조차 감당하지 못할 만큼 말이다."

"스승님은, 강하시니까 그렇게 말씀하실 수 있는 겁니다."

율리우스의 힘없는 반론에 나는 헹, 웃어 보였다.

"어디, 나보다 위가 없다더냐? 네 녀석도 잘 알 터인데?"

그분을 같이 겪어서 아는 율리우스라면 이해할 수 있을 테지.

우리들 인족 따위는 도저히 저항할 수 없는 강대한 힘이 존재한다는 사실을…….

"잘 듣거라. 위험해지거든 망설이지 말고 도망치거라. 네 녀석은 어쨌거나 용사이지 않더냐. 용사가 도망쳤다는 소식보다 용사가 죽는 사태야말로 훨씬 큰 문제이니라. 이러한 주변 사정을 머릿속에 잘 새겨 두거라."

"괜찮습니다. 율리우스는 제가 꼭 지켜낼 테니까요."

애송이가 웬 허풍을 입에 담는군.

"제자 1호보다도 약해 빠진 녀석이 말한들 설득력은 없구나."

"어이쿠, 가차 없으셔라!"

불쑥 능청 부리는 이유는 어떻게든 분위기를 밝게 바꾸기 위함일 테지.

이대로 제자 1호가 침울한 마음을 갖고 전장에 나서지 않게 북돋아주려는 처신이렷다.

전투력은 조금 못 미더우나 좋은 벗을 두었군.

"후후. 그러면 보호를 받아볼까."

"그래. 안심하라고."

애송이의 의도대로 제자 1호는 조금 기운이 회복된 모습이다.

"그건 그렇고, 로난트 님. 제자가 마음에 걸려 꾸짖으러 오실 줄이야, 제법 귀여운 구석이 있으시군요."

"누, 누구더러 귀엽단 말을 지껄이는 게냐!"

무슨 소리를 늘어놓는가, 이 자식은?!

제자 1호의 좋은 벗이라고 생각했거늘 전부 나의 착각이었구나!

"이런, 되게 쑥스러워하시네요."

"쑥스럽지 않다! 못된 놈! 난 이만 돌아가련다!"

"예, 스승님. 오늘은 찾아주셔서 감사했습니다."

"흥."

전이를 발동하여 그곳을 뒤로했다.

그것이 며칠 전의 일.

"적군, 철수합니다."

"흠."

제자 중 하나의 말에 맞장구를 쳐줬다.

나는 제자 1호, 율리우스를 제자로 거둔 이후에 직접 자신을 단련하는 대신 제자를 키우자는 쪽으로 방침을 전환했다.

이제는 나도 나이를 많이 먹었다.

이제 와서 단련해 봐야 앞날이 내다보이잖은가.

그렇다면 내가 살아오면서 배운 교훈을 후진에게 전해주겠다.

그럼으로써 어쩌면 제자 중 인간을 초월하여 강력한 힘을 습득하는 인물이 나타날 수도 있을 테니까.

옅은 기대감을 가지고 각국에서 지원자를 모집해 닥치는 대로 제자를 받아 수행을 시켜줬다.

대부분은 내가 준 수행을 견디지 못한 채 도망쳐버렸지만…….

이래 보여도 제자 1호를 반송장으로 만들었다는 지난 잘못을 되새기며 제법 수월한 훈련 과정을 준비해주었거늘…….

어쨌거나 덕분에 남은 제자 녀석들의 숫자가 적지는 않다.

내 수행의 초급 편을 견딜 수 있는 수준은 되었다.

공간 마법을 사용 가능한 녀석도 늘어났지.

뭐, 아무튼 아직 갈 길이 멀구나.

아직껏 제자 1호를 뛰어넘은 녀석이 없잖은가.

제자 1호는 용사인 만큼 어쩔 수 없다지만 제자 2호를 뛰어넘는 녀석도 없다는 게 이보다 한심할 수가 없군.

제자 2호 오렐은 본래 내 몸종이었던 녀석.

마법 재능이 있을 듯싶어 단지 변덕 삼아서 제자로 들였다.

그런 경위도 있어 제자 2호는 별 의욕이 없다.

의욕이 없는 주제에 실력은 제자들 중 율리우스의 다음이라서 다른 제자들의 한심함을 탄식해야 하는가. 더욱 성실하게 수행한다면 다음 도약을 기대할 수 있을 텐데, 아쉬워해야 되는가.

어쨌건 한심스러운 제자 녀석들이어도 마법사의 자질은 이전 시대보다 현격하게 향상되었다.

그 사실을 이번 한 번의 전투에서 실감할 수 있었지.

마족과 마법 사격전을 벌여서 압도하지 않았나.

마법은 위력이 일정하고, 능력치의 상하에 따라서 다소 변동할 뿐.

그것이 이전 시대의 상식이었다.

그러나 나는 그분과 만난 경험이며 이후 거미들과 수행을 겪었기에 마법의 위력도 끌어올릴 수 있음을 알았다.

이때 필요한 것은 마력 조작의 스킬 레벨.

이제껏 마력 조작 스킬은 마법을 발동하는 데 필요한 만큼만 확보하면 충분하다는 생각이 대세였다.

그러나 마력 조작의 스킬 레벨을 더욱 올리면 마법 구축에 직접 간섭해서 위력을 상당히 끌어올릴 수 있다고 나는 발표했다.

이후부터 마법 이론이 바뀌었더랬지.

복수의 인원이 협력하며 긴 시간까지 들여 발동해야 하는 대마법을 굳이 안 쓰더라도 적에게 치명적인 일격을 가할 수 있는 마법.

적 마족 군대도 마법을 주체로 쓰는 구성인 듯하나 이전 시대의 대마법을 주축으로 삼고 있었다.

그래서는 우리를 당할 수 없거늘.

적장이라 짐작되는 소년의 외모를 지닌 마족을 나는 위력을 높인 장거리 저격 마법으로 쏘아 죽였다.

그 마족은 자신이 죽었다는 사실도 깨닫지 못했으리라.

마족의 실제 연령은 겉모습만 봐선 좀처럼 짐작이 어렵지만 저리도 어린 외모였다면 꽤 젊은 축이었을 테지.

병력 운용에서도 경험 부족이 보였다, 틀린 추측은 아닐 것이다.

저러한 젊은 나이에 장군으로 발탁되었다면 재기가 가득 넘치는 인물이었을 텐데.

애석하구나.

그러나 적에게 자비는 오만일지니.

나 또한 대장으로서 부하들의 목숨을 책임지고 있는 입장이잖은가.

아무쪼록 원망하지는 말거라.

그러나 명복을 빌어주는 정도는 용납되겠지.

“저희 쪽 피해는 경미합니다. 유례없는 대공세였던지라 걱정이 많았습니다만, 이런 분위기로 지키면 이 요새는 수비할 수 있겠군요."

"그러게나 말이다."

제자가 밝은 표정으로 말을 꺼낸다.

실제로 적의 숫자는 많았다.

격렬했던 마법 사격전 와중, 내가 단련시킨 제자들이 마법 실력에서 이전 시대를 벗어나지 못한 마족을 상회했던 덕분에 승리를 거두었을 뿐 결코 낙승은 아니었다.

만약에 이곳 다잘로 요새에 있던 부대가 나와 제자들이 아니었다면 저 마족들의 마법 앞에서 요새째 붕괴되었을지도 모르지 않나.

우리의 승리는 단순하게 운이 좋았던 것에 불과하다.

다른 요새에도 이곳과 같은 규모의 군대가 들이닥쳤다고 가정하면 몇몇 요새는 함락당할 수도 있겠구나.

게다가 왠지 가슴이 자꾸 들썩거리며 진정이 되지 않는다.

혹여나 무엇인가 안 좋은 사건이 발생하려는 징조 같아서 자꾸만 불안해지는군.

"긴장을 풀지 말거라. 상대는 마족, 우리 인족보다 능력치에서는 우월한 상대이니라."

"아! 물론입니다."

승리에 들떠 있던 제자는 내 말에 다시 긴장을 불러일으켰다.

"부상당한 인원들을 서둘러 치료하도록."

"네!"

척척 움직이는 제자들.

어서 대비를 갖춰야겠군.

자, 이러한 가슴 들썩임이 기우로 끝나준다면 좋으련만…….

III
마족군 제4군
메라조피스
쿠니히코, 아사카

메라조피스의 전투, **여기가 포인트!**

시로의 해설 코너!

메라가 공격을 맡은 요새는 보는 바대로 호수와 숲의 사이에 있다!

호수라는 말에 수상전의 예감이 드셨는가!

뭐, 생각이야 들 수 있지만 이 세계가 사실 선박 기술이 발달되지 않았거든~.

왜냐면 물이 넓은 장소는 이미 강력한 마물의 거주지인 경우가 대부분이라서.

바다 같은 곳은 잠깐 헤엄만 쳐도 수룡이 안녕하세요, 하고 튀어나오는 마경인걸.

그나마 호수는 살짝 형편이 괜찮지만 배를 띄우면 빠짐없이 침몰을 못 면한답니다. 뭐야, 그게. 무서워.

그런고로 호수는 양군의 입장에서 단순히 진입 금지 지역밖에 안 된다.

요새 측은 호수 방향을 신경 쓸 필요가 없이 육지에만 주의를 기울이면 된다는 이점을 갖고 있기는 하네.

하지만 호수의 반대편에 있는 숲을 우회해서 요새 배후로 돌아든 다음 협공하는 사태가 벌어질 가능성이 없진 않으니까 요새 측도 마냥 방심해서는 안 된다.

지형의 유, 불리는 양군 다 비슷비슷한 상황.

스스로의 힘을 시험받는 장소겠구나.

그런 점에서 메라는 괜찮고말고~.

쿠니히코

내겐 전세의 기억이라는 게 있다.

지구란 별의 일본 어쩌고 나라에서 태어나 자란 기억이…….

거기에서 난 고등학생이고, 음, 이런 표현은 좀 그렇지만 아주 평범한 놈이었다.

유일하게 평범하지 않았던 걸 꼽자면 소꿉친구가 있었다는 정도일까.

소꿉친구인 쿠시타니 아사카. 아사카하고는 특별히 사이가 좋았던 건 아니다.

그렇다고 사이가 나빴단 말은 아니고…….

굳이 말하자면 좋은 편이었나?

집이 가까워서 유치원부터 중학교까지 쭉 함께였고, 약속을 했던 건 아니지만 고등학교까지 똑같은 데다 덤으로 반도 똑같았지.

요컨대 질기고 질긴 인연이다.

아침마다 집까지 깨우러 와줄 사이는 물론 아니고 등하교 또한 일부러 같이 다니는 사이는 아니었다.

아니, 내가 지각을 꽤 자주 하는 바람에 아침에는 별로 못 마주쳤다.

가끔씩 아침 일찍 일어나서 우연히 마주쳤을 때 같이 다녔을 뿐 그게 전부다.

다만 신기하게도 난 아마 나중에 이 녀석과 결혼하게 되지 않을까, 막연하게 생각을 떠올리고는 했다.

음, 뭐라고 해야 하나. 이 녀석이라면 굳이 말을 안 해도 알아줄 거 같아서 안심되는 마음이 있었달까?

스스로도 뭔가 애매하다는 건 알고 있었고, 마냥 여유나 부리다가는 웬 말뼈다귀가 불쑥 나타나서 채어 갈지도 모른다는 생각은 했다.

그렇지만 결국 우물쭈물 소꿉친구 관계를 질질 끌며 지냈던 게 고작이다.

이렇게 소꿉친구 사이였다는 것 말고는 딱히 얘기할 만한 거리가 없을 만큼 평범했다.

거기에 특별히 불만이 있지도 않고.

평범한 게 최고라고 말들 하잖아.

그래도 뭔가 답답하다는 마음이 들었던 것도 분명하다.

이곳이 아닌 다른 곳에서 마음껏 대모험을 떠나고 싶었다.

게임이나 라이트노벨처럼 두근두근하는 전개를 맞이하고 싶다.

뭐, 이룰 수 없는 소망이라는 건 아주 잘 알았지.

전부 꿈같은 소리니까.

……그랬어야 했는데 말야.

정신을 차리고 보니 이 세계에 전생한 상태였다.

솔직히 말하자면 죽었던 기억도 없는 데다가 다시 태어난 직후의 기억도 살짝 애매하다.

뭔가 꾸벅꾸벅 졸던 느낌이었는데 문득 정신을 차렸더니 갓난아기였다.

의식이 분명해졌던 순간에는「흐억?!」하고 놀랐었지.

그야 전세의 마지막 기억은 평범하게 고전 문학 수업을 받던 게 전부였거든?

딱히 죽을 이유가 없잖아.

수업 듣다가 왜 죽었는지 영문을 모르겠다고.

느닷없이 갓난아기가 됐다니까.

혼란에 빠지는 게 아주 당연하지.

뭐, 혼란스러운 와중에도 착란 지경까지는 안 갔던 이유라면 옆에 아사카가 같이 누워 있었기 때문이겠군.

음, 뭐, 맞아.

같은 교실에 있었던 소꿉친구 아사카.

아사카도 어째서인지 전생해서 이번 삶에서도 소꿉친구로 곁에 있었던 거야.

생김새는 달랐지만, 음, 그냥 갓난아기였는데 왠지 몰라도 첫눈에 아사카라고 알아볼 수 있었다니까.

나중에 물어봤더니 아사카도 마찬가지였다고 했다.

그야 깜짝 놀랐지, 뭐.

그래도 그 이상으로 운명이라고 생각했던 거야.

마치 하느님이 일부러 붙여준 인연 같잖아.

그런고로 전세에서는 미묘하게 거리감 있었던 우리는 전생한 이후 확 가까워졌다.

전세의 지난 기억들을 잊을 수 없었던 아사카는 나와 함께가 아니면 자기 자신을 잃어버릴 것 같아 불안했다던가.

나도 아사카가 같이 있어준 덕택에 「모험이다!」 같은 속 편한 소리를 늘어놓을 수 있었고.

다시 태어난 이 세계는 이것저것 판타지답게 마물도 있고 모험가라는 직업이 존재하는 점이 전세의 내가 쭉 동경했던 세계였단 말이지.

장래에는 모험가가 되어 전 세계를 여행하면서 돌아다니고 싶다며 거리낌 없이 맘껏 떠들고 다녔다.

아사카가 없었어도 내가 그렇게 떠들 수 있었을까 자신이 없군.

달랑 혼자서 아무것도 모르는 세계에 휙 내동댕이쳐지는 신세를 상상하면 되게 무섭거든.

아사카가 같이 있어줘서 참 다행이야. 진심으로.

입이 트인 이후에 제일 먼저 아사카한테 고백의 말부터 꺼냈다니까.

"나는 너 없이는 못 살아. 그러니까 나중에 꼭 결혼하자."

대낮에 어머니들의 눈이 있는 와중에 당당히 고백.

그냥 공개 고백인데 아사카는 당시의 기억을 공개 처형이라고 말하곤 한다.

나도 그때는 많이 성급했다고 반성하는 마음이다.

옆쪽에서 어머니들은 황당하다는 시선으로 쳐다봤었고…….

쬐끄만 게 벌써~ 이런 느낌이었지.

뭐, 설마 알맹이가 이세계의 고등학생인 줄은 몰랐을 테니까 어쩔 수 없지.

오히려 어린애의 고백놀이라고 봐줬던 게 다행인지도 모르겠다.

아사카는 많이 부끄러워했거든.

고백의 대답으로 그곳에서 곧장 OK를 받아 냈다는 게 기적 같았다.

전세에서도 언젠가는 제대로 결판을 내야 하지 않을까 생각만 했을 뿐, 결국은 계기가 없어서 애매하게 질질 끌었던 관계.

설마 전생이라는 뜻밖의 사건을 거쳐 관계가 바뀔 줄이야 상상도 못 했지만, 뭐, 결과적으로는 다 잘 풀린 거잖아.

계기치고 전생은 좀 많이 극적이기는 한데…….

어쨌든 간에 난 나름대로 성공했으니 전생도 나쁘지 않군, 이라고 생각했었다.

아사카는 나랑 다르게 미련이 꽤 있는 눈치라서 전세의 기억을 떠올리다가 눈물 흘리는 때도 많았지만 말이야.

그런 때는 곁에서 묵묵히 달래줬다.

그야 나처럼 딱 잘라 새 출발을 하자는 게 오히려 이상한 녀석이지.

물론 아사카는 야무진 녀석이니까 침울하게 구는 시간은 천천히 줄어들었다.

……침울해할 때 아사카는 부끄럼 없이 어리광 부리니까 귀여웠는데 말이지.

아사카가 다시 힘을 냈다는 게 다행이지만 살짝 아쉬웠다.

동경했던 판타지 세계에 전생해서 소꿉친구와 무사히 결혼 약속을 하고…….

뭐랄까, 미래는 밝다는 느낌?

장래에는 아사카와 함께 세계의 곳곳을 여행하는 분명 엄청나게 즐거운 나날이 기다리고 있다.

그렇게 믿어 의심하지 않았다.

……그날이 찾아올 때까지는.

"오~ 오~ 왔구나, 왔어."

"쿠니히코. 뭐야? 좀 기뻐 보이네."

요새 위에서 적군을 내려다보는 나에게 아사카가 살짝 질색하는 느낌으로 말을 건넸다.

"왜 아니겠어. 저거 보라고. 굉장하지 않아?"

내가 손가락질하는 저편에 있는 것은 마족의 대군.

이 세계, 아니, 지구에서도 좀처럼 목격할 기회가 없을 숫자의 무장한 군대가 이곳 요새를 목표로 진군하고 있다.

"아주 장관이잖냐."

"그런 감상이 이해 안 되는 건 아닌데, 저 군대랑 직접 싸워야 하는 게 우리거든?"

성대하게 한숨을 쏟는 아사카.

마족이 군대를 조직해서 쳐들어온다.

최근 들어 제법 진지하게 숙덕거리던 소문은 모험가 길드가 전쟁에 참전해줄 모험가를 모집함으로써 소문이 아닌 진실이 됐다.

게다가 B랭크 이상의 모험가는 강제 참가를 요구했다.

C 이하의 모험가는 자주 신고로 참가, 불참가를 결정할 수 있었지만 길드는 가능하면 참가해주기를 바란다고 거듭 권했다던가.

나와 아사카는 A랭크의 모험가라서 강제 참가였다.

고랭크 모험가를 아낌없이 참가시켰을 뿐 아니라 평소 주변의 마물 대책을 담당하는 중견 모험가들까지 동원하려고 아주 바빴다.

이러면 해당 지역의 안전성이 잠시 떨어지겠지만 그런 상황을 감수해야 할 만큼 이번 전쟁은 위험하다는 뜻이 되려나.

병력과 모험가의 수송을 위해 평소에는 일반인들에게 개방되지 않는 전이진을 아낌없이 사용한다는 게 좋은 증거다.

음, 사실은 전부 아사카의 말을 받아다 옮긴 거야.

난 저런 복잡한 생각은 안 하고 의뢰받은 대로 마족과 싸울 뿐이니까.

“헹! 나랑 아사카라면 숫자가 얼마나 많든 다 처리할 수 있다니까.”

“쿠니히코, 우쭐거리지 마.”

아사카가 또 한숨을 내쉬지만 나를 타박하는 아사카 본인도 별 부담감은 없어 보였다.

같은 장소에 소집된 모험가들은 긴장하고 있는 녀석들이 많았다.

마족은 인족보다 능력치가 높다는 말이 많은 데다가 저렇게 많은 숫자로 쳐들어왔으니 당연한 반응이기는 하지.

애당초 마족은 몇십 년 동안 쳐들어온 적이 없다고 한다.

그전까지는 1년 내내 국지전 비슷한 작은 전투는 치렀다던데, 그런 충돌도 딱 멈췄던 덕에 실제로 마족과 싸운 경험이 있는 사람은 나이 지긋한 노인장 정도라던가.

즉 나랑 아사카 같은 젊은이들뿐 아니라 대부분의 인족은 마족과의 전투가 처음이다.

모험가가 평소 싸우는 대상은 마물, 가끔 도적이라든가 범법자와 싸우는 때도 있다 뿐이지 전쟁에 참가한 경험은 딱히 없었다.

게다가 평소 파티를 구성해서 활동하는 녀석들 이외에는 단체 행동에 별로 익숙하지도 않은 모험가를 이렇게 잔뜩 모아다가 조직적으로 운용하겠다는 건 아마 무리일 거야.

우리는 훈련도 전혀 안 받았잖아.

경험도 전혀, 훈련도 전혀.

이런 사정은 군대의 높은 사람도 대충 파악했는지 우리들 모험가는 기본적으로 알아서 움직여달라더라고.

우리는 요새의 방어 병력들 바깥쪽에 모여 있는데 정면은 제대로 된 훈련을 받은 병사들이 맡아서 지킨다고 들었다.

암튼 우리는 이곳을 지키려면 지키고, 유격 부대로 치고 나가려면 나가고…….

하지만 멍청하게 굴다가 죽어도 자기 책임!

알아서 하라더라.

딱히 멍청한 짓을 안 해도 상대의 숫자가 워낙 많아서 많은 사람들이 죽을 테지만.

그러니까 다들 긴장하고 있고…….

긴장하지 않는 녀석은 자기 힘에 자신감을 가지고 있는 나와 아사카 같은 부류이거나 수라장에 익숙한 고참 강자이거나.

"쿠니히코, 아사카."

이름을 불려서 고개 돌린다.

"스승님, 오셨습까."

"오랜만이에요."

"그래. 그나저나 쿠니히코 이 녀석은 긴장감이 없구나. 좋은 건지, 안 좋은 건지."

이름 불리기 전부터 물론 기척으로 알아차렸는데 이곳에 나타난 사람은 아니나 다를까, 모험가의 스승님이 되어준 고트 씨였다.

고트 씨는 A랭크 모험가이고 나와 아사카를 꼬마 시절부터 이것저것 두루 돌봐줬던 은인이다.

나랑 아사카가 모험가로 진로를 정할 때 기초를 가르쳐준 사람도 고트 씨였다.

"너희들 소문, 내 귀에도 들려오더군. S랭크도 얼마 안 남았다며?"

"네. 이제 햇수만 채우면 돼요."

"헤헤."

"얼마 전까진 쪼끄맸던 녀석들인데. 눈 깜짝할 사이에 추월 당해버렸구나."

고트 씨가 감개무량하게 아저씨 같은 소리를 늘어놓는다.

나와 아사카는 모험가로 온 세계 곳곳을 여행하면서 어려운 의뢰를 수행했다.

그런 덕분에 랭크는 A까지 올라갔고, 이미 S의 자격도 활동 햇수 이외에는 전부 달성했다.

이제 조금만 더 모험가로 활동하면 S랭크로 자동 승격이다.

A랭크의 고트 씨보다 명실공히 위에 오른다. 하지만—.

"고트 씨도 마음만 먹으면 S랭크에 올라갈 수 있잖아."

고트 씨는 모험가 중 상당히 강한 축이다.

온 세계를 여행하며 다녔던 내가 하는 말이니까 틀림없다.

때로는 현역 S랭크 모험가와 만났던 적도 있었는데, 까놓고 말하자면 나와 아사카가 더 강했다.

그리고 물론 고트 씨도 S랭크 모험가에게 뒤지지 않는다.

마검의 힘을 더한다면 오히려 S랭크 중에서도 상위에 위치할 것이다.

고트 씨의 칭호는 뇌검.

칭호가 뜻하는 대로 벼락의 힘을 지닌 마검을 가지고 있었다.

저 마검이 진짜 터무니없는 물건이라서 벼락을 방출하면 대마법에 버금가는 위력이라는 평가까지 받는다.

그러나 마냥 좋기만 한 게 아니라서 고트 씨를 가리켜 「검의 힘에 의지해서 A랭크가 됐다」라고 떠들어 대는 녀석들도 있었다.

고트 씨가 A랭크로 올라간 때는 마검을 손에 넣기 전이었단 말이야!

"내 힘은 이 녀석 덕분이니까. S랭크는 너무 과분하지."

고트 씨는 허리춤에 찬 마검을 톡톡 두드리면서 말했다.

고트 씨도 문제인 게 괜히 이렇게 겸손 부리니까 시샘을 사는 거잖아.

"게다가 나는 근거지를 벗어나서 활동할 생각은 없거든. A랭크면 충분하지 않겠냐."

"고트 씨가 괜찮다면야 내가 참견할 순 없지만 말야~."

납득 못 하는 나에게 고트 씨가 쓴웃음을 지어 보였다.

"그나저나 고트 씨. 근거지 이야기를 하자면 오쿤 요새가 더 가깝지 않으세요?"

어라라, 맞네.

아사카의 의문도 지당한 게 지금 우리가 있는 요새는 고트 씨의 근거지인 마의 산맥 기슭에서 꽤 멀다.

마의 산맥과 가장 가까운 데는 오쿤 요새라는 다른 곳이었다.

고트 씨가 갈 곳이라면 그쪽일 텐데.

이번에 마족은 인족령과 인접한 모든 요새로 동시에 쳐들어왔다잖아.

"으음. 보통은 가까운 데로 갔을 텐데……."

고트 씨는 잠시 대답을 망설이다가 쓱 주위를 둘러보곤 목소리를 낮춰서 이어 말했다.

"너희만 알고 있거라. 실력 있는 모험가들은 다수가 이곳에 소집됐어. 봐라."

고트 씨는 시선을 모험가 중 몇몇 인물에게 보냈다.

고트 씨의 시선 저편에 있는 녀석은 너나 할 것 없이 칭호를 받아서 제법 유명세를 탄 일류 모험가들이었다.

"무슨 이유로?"

"……이곳의 병사들이 약하기 때문이지."

고트 씨는 목소리를 낮춰서 지긋지긋하다는 듯이 또 말했다.

"이 요새의 책임자는 신분만 갖고 장군이 된 얼간이거든. 그런 인간의 아래에 있는 병사가 정예일 리 없잖아. 따라서 부족한 전력을 채우기 위해 실력 괜찮은 모험가를 많이 파견하게 된 거지."

"엥? 뭔 소리야?"

기가 막혀서 저절로 말이 튀어나왔다.

"제국이란 나라는 실력주의가 기본 아니었나? 어떻게 그런 무능한 놈까지 장군 자리에 올랐대?"

"옛날에는 마족의 위협에 맞서 일치단결했다지. 그러나 위협이 사라진 탓에 내부에서 이래저래 폐단이 많았다더군."

나도 아사카도 기막힌 심정을 못 감추고 한숨만 내쉬었다.

"특히 비코브 가문의 쇠퇴가 결정적이었지. 후계자 일가와 가주가 잇따라 사망해서 말이야. 그곳이 건재했다면 형편이 좀 괜찮았을 텐데……."

"……무척 잘 알고 계시네요."

제국의 내정 상황에 대해 말해준 고트 씨에게 아사카가 의문스럽다는 시선을 보낸다.

"딱히 잘 알아서 한 말은 아니야. 알려고 하지 않아도 알게 되더라. 본래 퍼지면 안 되는 정황이 이렇게 막 흘러나온다는 게 지금 제국의 내부가 얼마나 불안정한지를 대변해주는 것 아니겠냐."

달갑지 않은 표정을 짓고 어깨를 으쓱이는 고트 씨.

"그렇게 불안정해진 여파가 이곳까지 온 셈이다만."

가만히 말한 뒤 고트 씨는 마족군의 방향을 바라봤다.

"그래도 뭐, 이런 배치는 나쁘지 않아."

"그런 거야?"

"그래. 말했잖아? 여기 장군은 얼간이라고. 최악의 경우 우리들 모험가는 소모품으로 내몰려도 이상할 게 없는 상황이었어. 한창 마족군을 상대하는 와중에 뒤쪽에서 사격당하면 바로 끝장이지. 방해꾼 취급을 받아 바깥으로 쫓겨난 게 전부니까 차라리 괜찮은 거야."

"으헥."

저절로 뿔난 소리가 새어 나왔다.

요컨대 그런 황당한 꼴을 당한들 놀랄 이유가 없을 만큼 이곳을 맡은 장군은 무능하다는 소리잖아?

그런 녀석의 명령을 듣지 않아도 된다는 건 확실히 나쁘지 않네.

모험가는 일단 지휘관 아래 배속되어 있긴 하지만 명령에 따라 움직일 필요는 없다고 결정이 났다.

모험가는 자유로운 행동을 보장하는 게 좋다는 판단인가 보다.

응? 그런데 고트 씨가 말하는 장군은 이런 판단을 못 하는 녀석이지 않나?

"그게, 사실은 부관이 더 유능한 탓에 알아서 일 처리를 마쳐줬거든."

내 의문은 고트 씨의 설명을 듣고 나서 사라졌다.

듣자 하니까 그 부관은 장군이랑 아무 관계도 없는 궁정 마도사들 중 파견된 사람이라던가.

그쪽은 제대로 된 유능한 인물이라서 사실상 이곳 대장도 그 사람이라고 한다.

하지만 형식상 진짜 대장은 장군이라 그 사람도 재량의 범위가 한정돼서 고생이 많은 듯싶다.

"어째서 고트 씨가 이렇게 사정을 잘 아는 거예요?"

"아니, 음. 사실은 그 아가씨랑 아는 사이라서 말이다. 어제 술 한 잔 마시던 중에 여기 장군은 너무 무능하다고 지겹게 푸념을 늘어놓더라고."

"그럴 줄 알았어요. 뭐예요, 알려고 하지 않아도 알게 된다는 게. 역시 높은 사람이랑 친하게 지낸 거네요."

아사카가 어이없어하며 고트 씨를 쳐다봤다.

"게다가, 아가씨요? 여자였어요?"

"어?! 설마 고트 씨랑 잘되고 있는 사람이야?!"

"음?! 아니, 아니야. 착각하지 마라!"

나이 꽤 먹고도 독신인 고트 씨에게 드디어 봄이?! 깜짝 놀랐는데 아닌가 보다.

뭐~ 고트 씨도 적은 나이가 아니라서 결혼은 슬슬 포기한 분위기지만.

"그 아가씨는 내가 보기에는 꼬맹이 같은 녀석이거든. 나이도 먹을 만큼 먹었겠다, 결혼은 별로 생각이 없어. 너희들처럼 젊은 시절부터 장래를 약속한 상대가 있었다면 좋았을 텐데, 라고 부러워하는 마음은 있지만 말이다."

뭔가 처연한 눈빛으로 나와 아사카를 번갈아 바라봤다.

어딘가에서 혀 차는 소리가 들려왔다.

전투 전 살벌한 분위기가 감도는 와중에 웃고 이야기하는 우리를 껄끄러워할 것은 자각했었지만, 마침내 여자 친구가 없는 모험가의 기분을 좀 망쳐 놓았나 보다.

고개를 돌렸더니 적잖은 모험가들이 우리를 민폐라는 듯 쳐다보고 있었다.

아무래도 더 이상 웃거나 떠들었다간 시비가 한 번은 붙을 것 같았다.

어쩔 수 없이 얌전히 입을 다물기로 마음먹었다.

"응?"

그런데 우리에게 쏠린 시선들 중 다른 녀석들과 성격이 다른 게 하나 있었다.

그 시선을 따라갔다가 본 것은 로브 차림의 작은 아이였다.

후드로 머리를 푹 가려서 얼굴은 안 보이는데 신장을 포함한 체격으로 짐작하자면 명백히 어린아이였다.
왜 꼬마 아이가 이런 곳에 있지?
"잠깐, 저거 위험하지 않나?"
들끓는 의문은 직후 어안이 벙벙하다는 듯이 새어 나왔던 고트 씨의 목소리에 지워졌다.
"뭔데, 뭔데뭔데."
저절로 조바심에 찬 목소리가 튀어나왔다.
그만큼 그때 일어난 돌발 사건은 비상사태였다.
아연실색한 건 우리만이 아니다.
이곳에 있는 거의 모든 인간이 입을 헤벌린 채 멍하니 저 광경을 쳐다보고 있었다.
저것은 비유하자면 거대한 창.
칠흑색 창이 마족군의 안쪽에서 갑자기 출현했다.
"어둠 창?! 아니, 틀려! 암흑 창인가?!"
암흑 창이라니. 어둠 마법의 상위, 암흑 마법의 하나잖아?!
대마법이라고?!
아니, 그렇다 쳐도 저 심상치 않게 큰 크기와 거대한 압력은 뭐지?
"아사카!"
내가 소리치고 행동한 때와, 거대한 암흑창이 요새를 목표로 발사된 때는 거의 동시였다.
나는 허리춤에 차고 있었던 마검을 뽑아 한껏 마력을 주입한 뒤 힘을 해방했다.
내 마검은 고트 씨의 마검과 마찬가지로 벼락의 힘을 지니고 있다.

이전에 우리가 토벌했던 뇌룡, 그 녀석의 소재로 제작한 카타나를 모방한 마검이다.

그리고 아사카 또한 동시에 마법을 발동시켰다.

아사카의 지팡이는 내 마검과 마찬가지로 이전에 토벌했던 풍룡의 소재로 제작했다.

바람 마법을 강화하는 효과가 있는 마법 지팡이다.

내가 날린 전격과 아사카가 날린 바람의 마법이 암흑 창에 부딪쳤다.

아니, 그뿐 아니라 요새의 다른 방향에서도 요격이 날아왔다. 아마 빛 마법으로 보이는 광선도 암흑 창과 맞부딪치고 있었다.

세 개의 공격에 요격당한 암흑 창은, 그러나 끝내 상쇄되지 않았다.

굉음.

내가 있는 위치에서 요새의 정면 벽이 커다랗게 파손되는 순간이 잘 보였다.

가로 폭으로 10미터는 족히 되려나?

요새의 벽이 허물어졌다.

"이럴 수가……."

고트 씨의 중얼거림.

피해는 요새의 규모로 말하자면 경미하다.

요새의 벽은 한 장이 전부가 아닌 거듭거듭 늘어서 있다.

따라서 다소 흠집이 나도 벽 하나를 포기하고 가까운 벽으로 피난하면 다시 싸울 수 있었다.

다만 요새의 벽을 수비에 이용하며 상대에게 일방적으로 피해를 주는 작전은 쓰지 못하게 됐다.

왜냐하면 적은 아군의 사정거리 바깥에 있기 때문에…….

보통의 마법은 아주 멀리까지 날아가지는 않아.

상식을 무시한 채 날아든 방금 전 암흑 창이 비정상이다.

게다가 이쪽이 요격을 위해 날렸던 세 개의 공격을 지워 없애고도 끝내 요새에 피해를 줬다.

나와 아사카, 또한 정체를 알지 못하는 다른 한 사람이 요격하지 않았다면 요새의 피해는 더욱 막대했을 것이다.

저런 마법이 연속해서 날아온다면?

우리는 속수무책으로 당해버린다.

"치고 나갈 수밖에 없군."

적은 아군의 사정거리 바깥.

하지만 우리는 적의 사정거리 안.

그러면 치고 나가서 거리를 좁힐 수밖에 없다.

주위가 온통 조용했기 때문에 내 목소리는 무척 잘 울려 퍼졌다.

"치고 나가자니, 제정신인가?"

아까 혀를 찼던 모험가가 핼쑥하게 질린 얼굴로 말했다.

"너, 방금 전 마법을 봤잖아?! 저런 걸 어떻게 막아 내겠다는 거야?!"

"그런 걸 어떻게든 막아 내려면 치고 나가야 하잖냐!"

나약하게 구는 모험가에게 나는 큰 목소리로 받아쳤다.

"간다! 따라올 수 있는 녀석만 따라와라!"

나는 소리친 다음 요새에서 뛰어내렸다.

모험가 대부분은 겁을 집어먹었다.

따라올 수 있는 녀석은 따라오라고 말을 했으나 진짜 따라오는 녀석은 아마도 거의 없을 것이다.

그래도 상관없다.

옆에 아사카만 있어준다면 충분하다.

"……조금 쉽게 생각했었나 봐."

"그러게."

아사카와 둘이 달려가면서 대화를 나눴다.

나와 아사카는 강하다.

모험가로 활동을 시작한 이후 죽음을 각오해야 할 상황은 애써 꼽아도 뇌룡이나 풍룡과 싸울 때가 전부였을 뿐, 다른 경우는 별 위험 없이 이겨왔다.

따라서 마족과 전쟁을 앞두고도 부담감은 없었다.

뇌룡이나 풍룡 수준의 위협은 아닐 테니까.

최악의 경우 전쟁에 패배하더라도 나와 아사카 둘만은 살아남을 수 있다고 만만하게 여겼다.

그러나 방금 전 암흑 창을 목격한 이상 인식을 바로잡아야겠다.

어쩌면 살아 돌아갈 수 없을지도 모른다.

하지만 지금 나와 아사카가 도망치면 그 시점에서 인족의 패배가 확정되겠지.

그래서는 뒷맛이 많이 나쁘잖아.

어쨌든 할 수 있는 데까지는 힘껏 해보자고.

앞쪽으로 눈에 들어온 마족의 군단은 돌진하는 우리를 요격하기 위해서 창을 겨누고 있었다.

"에, 라아아아아아아!"

아랑곳 않고 돌진하면서 마검의 힘을 발동시켜 주위에 벼락을 떨어뜨린다.

솟구치는 벼락이 많은 마족을 검게 태워서 날려버렸다.

뒤이어 아사카의 바람 마법이 나머지 마족들을 싹 쓸어버린다.

이 세계에서는 능력치가 뛰어나면 일기당천의 힘을 발휘할 수 있다.

그리고 나와 아사카는 인족의 한계를 대폭 뛰어넘었다고 자신한다.

영웅이라고 불리는 인족의 능력치가 대략 1천가량.

나와 아사카의 능력치는 1천의 곱절 이상이다.

마족의 능력치가 인족보다 높다는 말은 곧잘 들었지만 언뜻 본 느낌으로 우리들 능력에서는 오차 범위일 뿐.

충분히 싸움이 된다!

그렇다면 방금 전 암흑 창은 상당히 많은 인원으로 연계해서 발동시켰던 건가?

……아니지.

연계로 발동시켰더라도 마법은 전원이 마법 발동을 위한 스킬을 갖고 있어야 하고, 아울러 스킬 레벨도 함께 만족시켜야 하는 것으로 안다.

암흑 창은 어둠 마법의 상위에 해당하는 암흑 마법.

어둠 마법 자체가 습득하는 데 최종 레벨의 그림자 마법이 요구되는 점을 감안하자면 더욱 상위에 위치한 암흑 마법을 습득한다는 것은 이만저만 힘든 일이 아니다.

그런 마법을 습득한 술사가 대량으로 있을 리 없다.

그렇다면 어떻게 된 거야?

"으, 리야아아아아아!"

불길한 예감을 느끼면서도 지금은 일단 닥치는 대로 적을 베어 넘기며 전진했다.

다른 장소에서 비슷하게 벼락이 떨어지는 것을 소리로 듣고 알았다.

고트 씨도 나와 아사카에 이어서 늦게나마 참전해줬다.

다른 모험가들도 우리의 분전에 자극을 받아 싸우려는 마음을 먹어준다면 좋으련만…….

지금부터가 고비다.

어떻게든 두 번째 암흑 창이 발사되기 전에 술사를 박살 내겠다!

그렇게 별렀던 순간, 적군의 안쪽에서 마력이 부풀어 올랐다.

뒤이어 나타나는 것은 거대한 칠흑빛 창.

"쿠니히코!"

"알았어!"

감히, 어림없다!

헹! 친절하게도 저렇게 큼지막한 표시를 만들어주는구나!

"가, 라아아아아아아!"

마검의 벼락을 암흑 창이 있는 곳을 목표 삼아서 일직선으로 날려보냈다.

중간에 있는 마족들을 흔적도 없이 싹 날려버리며 세차게 날아간 벼락은 암흑 창의 아랫부분에서 섬광이 되어 사라졌다.

동시에 암흑 창도 발사되지 못한 채 공중에 녹아들면서 사라져 갔다.

해냈다!

히죽 웃었지만 승리를 확신하기에는 조금 일렀나 보다.

곧 웃음을 거둔 뒤 표정을 단단하게 굳혔다.

나의 혼신의 일격을 맞았음에도 저 녀석은 태연하게 제자리에 서 있었다.

"진짜냐."

중얼거린 말에는 여러 가지 의미가 담겨 있었다.

내 일격을 상처도 없이 견뎌 냈다는 사실에 대한 놀라움.

방금 전 암흑 창은 복수의 술사가 연계한 마법이 아니라 아마 단 한 사람의 솜씨로 발동되었다는 사실에 대한 전율.

그리고 무엇보다도, 저 남자가 나의 기억에 있었다.

그래, 어떻게 잊을 수 있겠어.

꼬마 시절, 언제까지나 즐거운 나날이 이어지리라 믿어 의심치 않았던 내게 현세의 지옥을 연출해줬던 원흉.

태어나 자란 부족을 혼자서 괴멸시켰던 남자.

"이런 곳에서 만나다니 아주 반갑네! 메라조피스!"

한시도 잊지 못했던 원수가 저곳에 서 있었다.

아사카

괴물이라는 게 진짜 존재하는구나.

묘한 감탄의 말부터 나온 이유는 분명 현실 도피를 위해서…….

나와 쿠니히코는 특별한 존재다.

이런 소리를 하면 자의식 과잉이냐는 생각을 할 수도 있겠지만 이 세계의 평범한 사람들과 비교해서 우수한 것은 분명하니까.

쿠니히코가 말하기를 이세계 전생을 했을 때 치트 능력을 받는 건 흔한 이야기라고 한다.

쿠니히코의 말은 창작된 이야기 속 내용이라 못 미덥지만, 확실히 우리에게 특별한 능력이 있다는 것도 사실이니까 뭐라 말하기가 어렵다.

뭔가 창작물 속의 당연한 약속을 준수하는, 준수당하는 것 같아서 꺼림칙했다.

다만 능력 덕분에 여러모로 도움을 받은 게 사실이라 속마음은 조금 복잡해.

모험가로서 쑥쑥 강해진 우리는 그야말로 이야기 속 성공담처럼 순조롭게 수입도 명성도 척척 올라갔다.

모험가의 최고봉, S랭크도 확정.

S랭크가 되면 국가에 따라서는 어지간한 귀족보다 귀한 대접을 받는다.

만약 정착을 마음먹는다면 국가에서 기꺼이 작위까지 내려주는 인력이고, 그러면 평생이 편해지는 거야.

부탁받아서 모험가의 힘을 써야 할 때는 있겠지만 뇌룡이나 풍룡처럼 터무니없는 마물과 싸울 상황은 웬만하면 없을 테니까.

마물도 등급이 있는데 뇌룡 및 풍룡은 S랭크이고 더 위에는 인간의 능력으로 감당할 수가 없다는 신화급이라는 단계가 있었다.

그래도 그런 마물이 난리 치는 경우는 거의 없잖아.

아예 대책도 없는 마물이 빈번하게 난동을 부렸다면 이 세계에서 인족은 옛날에 멸망했을 거야.

그러니까 그런 마물이 있는 비경 같은 곳에 무모하게 발을 들여놓지 않는 한, 지금의 우리들이라면 비명횡사할 위기는 거의 없어야 했다.

나도 쿠니히코도 그런 수준까지는 강해졌거든.

나는 자주 다른 사람들에게서 계획적이라든가 견실하다는 말을 들었다.

쿨하고 어른스럽다는 말도.

그래도 나 자신은 그렇게 생각하지 않는다.

난 실랑이를 무척이나 싫어하는 게으름쟁이라는 게 정답이다.

계획적인 것도 견실한 것도 가능한 한 쓸데없는 실랑이를 줄이고 싶었기 때문이니까.

쿨하다든가 어른스럽다는 말도 매사에 감정이 위아래로 들썩거리는 게 귀찮아서 적당히 무난하게 상대했던 탓이다.

그러니까 나는 모험가처럼 위험하고 불안정한 직업이 싫어.

그런데도 모험가로 활동하는 이유는 오직 쿠니히코에게 맞춰주기 위해서…….

격한 감정에 시달리는 게 귀찮은 나도 전생하거나 고향까지 멸망당하는 처지를 맞이하면 역시 복받치는 심정이 있었다.

그때 곁에서 버팀목이 되어준 게 쿠니히코였다.

쿠니히코가 없었다면 나는 분명히 다시 일어서지 못했을 거야.

그런 은혜도 있어서 나는 쿠니히코와 함께 지내고 싶어.

그러니까 별로 안 내켜도 쿠니히코를 위해서 모험가가 됐던 거야.

쿠니히코를 위해서라면 웬만한 불편함은 견딜 수 있어.

……내가 생각해도 참 심하게 반했구나.

저번 삶을 떠올리면 좀 상상이 안 되는데.

일본에서 나와 쿠니히코의 관계는 연인 미만의 단순한 소꿉친구였거든.

나중에 얘랑 결혼할 수도 있겠네~ 라는 생각은 당시부터 갖고 있었지만 이렇게 홀딱 반할 줄은 상상도 못 했다.

그러니까 불안불안한 쿠니히코를 위해서 나는 견실하게 계획을 세웠다.

모험가가 된 이후 기초를 착실히 다지려고 고트 씨에게 이것저것 배운다거나…….

필수품 관리를 맡는다거나 의뢰 내용을 조사한다거나 다음 목적지를 선택한다거나…….

전부, 전부 다 쿠니히코를 위해서.

그리고 이번 전쟁에 참가했던 이유도 쿠니히코를 위해서였다.

물론 B랭크 이상의 모험가는 강제 참가였다는 이유도 있었지만 피할 방법이 없었던 건 아니거든.

진짜 거부하려 했으면 반칙을 써서 참가하지 않는 방법도 있었다.

그러지 않은 이유는 이번 전쟁에 어떤 남자가 참가할 수 있다는 예측을 했기 때문이다.

그 남자의 이름은 메라조피스.

나와 쿠니히코의 고향을 멸망시킨 마족.

쿠니히코는 언젠가 메라조피스를 직접 쓰러뜨리겠다는 목표를 갖고 있었다.

말로 표현하지 않아도 알아.

모험가로서 충분히 강해졌던 쿠니히코가 그럼에도 단련을 게을리하지 않는 이유는 그날의 굴욕을 되갚아주기 위해서니까.

부족이 괴멸됐던 그날, 아무것도 하지 못한 채 단지 자비를 받아 살아남아야 했던 굴욕을…….

막상 전쟁에 참가해도 때마침 메라조피스와 마주칠 수 있을지는 알지 못한다.

그래도 부족을 겨우 한 명이서 괴멸시켰던 큰 힘을 가지고 있는 그 남자라면 분명히 마족 내부에서도 꽤 높은 지위에 올랐을 거야.

그렇다면 큰 전쟁이 벌어졌을 때 지휘관으로 나타날지도 모르잖아.

반대로 말하자면 큰 전쟁이라도 벌어지지 않는 한 좀처럼 바깥에 나타나지 않는다는 말이고.

그러니까 얼마 안 되는 기회에 걸어보는 것도 나쁘지 않겠단 생각이었다.

그 판단을 지금 엄청나게 후회하고 있었다.

쿠니히코의 안면과 가까운 곳을 검이 꿰뚫는다.

아주 잠깐이라도 쿠니히코가 얼굴 젖히는 동작을 지체했다면 저 검은 쿠니히코의 머리를 관통했을 것이다.

상상만 해도 간담이 서늘했다.

아까부터 줄곧 뛰어다니던 탓에 몸은 뜨거운데도 그와 반대로 간은 자꾸자꾸 차가워진다.

쿠니히코와 메라조피스가 격렬하게 칼싸움을 벌이고 있었다.

메라조피스의 검이 휘둘러질 때마다 나는 쿠니히코가 베여서 찢겨 나가는 게 아닐까 조마조마하게 마음 졸여야 했다.

숨이 차올라서 뜨겁다.

그럼에도 얼어붙을 만큼 싸늘하다.

무서워.

이런 두려움은 뇌룡이나 풍룡과 싸웠을 때도 느끼지 못했었다.

뇌룡과 풍룡과 싸웠을 때도 비슷하게 사력을 다했지만 그때와는 전혀 다른 게 있었다.

그것은, 상대의 강한 의지.

뇌룡도 풍룡도 야생 마물이었다.

생존 본능에 사로잡힌 채 죽을 수 없다고 저항하는 의사는 내비쳤으나 결국 어디까지나 동물의 자연스러운 행동이다.

메라조피스는 경우가 다르다.

절대로 지지 않겠다고.

죽어줄 뜻은 털끝만큼도 없다고.

그렇게 소리 없는 말소리가 들려오는 듯한 기백.

뇌룡이나 풍룡에게는 없었던 저 눈에 깃들어 있는 의지의 힘이 쿠니히코의 죽음을 연상시키는 탓에 무서웠다.

나는 메라조피스가 어떤 인물인지 알지 못한다.

하지만 잠깐의 전투 중에서도 절감한 게 있다.

메라조피스는 강하다.

너무 강하다.

능력치야 말할 필요도 없고 능란한 전법을 봐도 저 남자가 얼마나 고된 수련을 쌓아왔는지 알 수 있었다.

교본에서 빠져나온 듯한 유려한 칼 솜씨는 수없이 한 동작을 반복했다는 사실을 짐작케 한다.

나와 쿠니히코도 고트 씨의 지시로 수행했던 검술 훈련.

분명 이 남자는 검을 우리보다 훨씬 더 오래도록 많은 횟수를 휘둘렀다.

우리는 쿠니히코가 말했던 전생 치트 덕분에 보통 사람들보다 능력치가 높았다.

그래서 높은 능력치에 기술이 따라와주지 못해서 고민했었다.

그런데 메라조피스는 반대.

그저 오로지 심혈을 다 바쳐 갈고닦은 기술을 따라잡기 위해 능력치를 올린 타입이다.

기초가 우리들과는 달랐다.

우리도 능력치가 높단 이유로 수련을 게을리하면 언젠가 낭패를 당할 수 있다는 생각에 기초 훈련을 소홀히 여기지는 않았는데…….

고트 씨에게 단련을 받아 밑바탕은 단단하게 다졌다.

그래도 메라조피스와 비교하면 쌓은 세월에서 차이가 난다.

마족은 인족보다 수명이 길다고 말들 하던데 대체 얼마나 오랜 세월 단련을 쌓아야 저런 영역에 도달할 수 있는지 나는 상상이 되지 않았다.

뇌룡이나 풍룡은 높은 능력치와 속성 브레스 및 마법을 쓰는 광범위 공격이 까다로웠지만, 메라조피스는 전혀 유형이 다른 적이었다.

순수한 능력치의 높고 낮음을 견준다면 뇌룡과 풍룡이 더욱 높을 순 있겠지만 까다로움으로 말하자면 메라조피스의 압도적인 우위다.

실제 우리는 메라조피스에게 단 일격도 유효타를 가하지 못했다.

마법을 구축.

한계를 넘는 힘을 쥐어짜서 최고속으로 마법을 연타하는 탓에 뇌 부분에 따끔따끔 통증이 일어나고 있었다.

그런 신호를 무시한 채 마법을 날린다.

바람의 탄환이 메라조피스에게 육박했다.

뇌룡에게도 대미지를 가했던 저 마법은, 메라조피스가 요격을 위해 발사한 어둠 마법에 상쇄되어버렸다.

마법과 마법이 맞부딪치는 짧은 한순간, 쿠니히코가 메라조피스의 몸체를 노려서 측면으로 크게 휘두르는 일격을 시도한다.

그런 공격도 메라조피스는 별 어려움 없이 검으로 방어해 냈다.

아까부터 우리는 줄곧 맹공을 퍼붓고 있었다.

쿠니히코가 카타나와 마검의 능력, 즉 벼락으로 공격하고. 내가 마법으로 공격하고…….

둘이 한꺼번에 퍼붓는 공세를 메라조피스는 적확하게 받아친다.

쿠니히코의 카타나를 검으로 막거나 또는 회피, 벼락 및 나의 바람 마법은 어둠 마법으로 상쇄.

이쪽은 두통을 꾹 견디며 마법을 연사하고 있는데도 메라조피스는 아무렇지도 않은 표정으로 척척 받아친다.

쿠니히코와 접근전을 치르는 와중에도 혼자서 2인분 이상을 동시에 수행하고 있었다.

겉모습은 평범한 인간인데 용 이상의 괴물로밖에 안 보인다.

뇌룡이나 풍룡과 싸웠을 때도 사투였다.

다만 이렇게까지 패색이 짙진 않았다.

우리가 날린 공격은 제대로 대미지를 입혔던 만큼 누가 먼저 힘이 빠지냐에 달린 싸움이었다.

그런데 지금은 대미지마저 입히질 못하고 있었다.

숨이 차오른다.

격하게 뛰어 움직이는 쿠니히코와 메라조피스에게 맞추기 위해 나 역시 위치를 수시로 바꿔줘야 했다.

아까부터 쉴 새 없이 달려다녔어.

마법도 발사 직후에 곧바로 다음 마법의 구축에 들어가야 한다.

머리도 아프고 다리도 아파.

힘들어.

거의 기합만 갖고 싸우는 상황이라서 언제 피로가 한계를 맞이해도 이상할 게 없었다.

나도, 쿠니히코도…….

쿠니히코도 상당히 숨이 차오른 데다가 폭포처럼 땀을 흘리고 있었다.

반면에 메라조피스는 아무렇지도 않은 얼굴이야.

피로가 있는 것처럼 보이지 않는다.

만약 허세이더라도 어쨌든 우리보다 여유가 많다는 것은 틀림없잖아.

나, 혹은 쿠니히코, 둘 중 하나라도 피로로 한계를 맞이하면 이 균형은 단숨에 허물어진다.

게다가—.

"아?!"

어둠 마법이 내 얼굴의 바로 옆쪽을 스쳐 지나갔다.

물론 메라조피스가 발사한 마법이다.

그리고 쿠니히코를 목표로 검이 내리 휘둘러졌다.

"끄윽!"

쿠니히코는 즉각 카타나로 막아 냈지만 코등이싸움에서 힘에 밀리고 있었다.

허둥지둥 두 사람의 사이 지점에 바람 마법을 날렸다.

메라조피스는 무리하지 않고 후퇴해서 안전을 확보했다.

둘이 공격을 퍼붓고 또 퍼붓는 와중에도 메라조피스는 가만히 방어에 집중하는 처지가 아니었다.

우리의 공격을 빈틈없이 막아 내면서 반격까지 펼친다.

잠깐 방심하면 일격에 당할 수 있었다.

피로로 쓰러지는 게 먼저일까, 평범하게 당하는 게 먼저일까.

이토록 몰아쳐도 쓰러질 낌새가 전혀 없는 메라조피스와 다르게 승리할 수 있다는 전망이 전혀 떠오르질 않는다.

패배하는 광경밖에 보이지 않아.

어떻게 하지?

마음이 급해진다.

아직은 어떻게든 버티고 있다.

다만 이대로 쭉 싸운들 패배는 훤히 내다보였다.

그렇다고 이렇게 강한 괴물을 가만히 풀어놓는다면 아예 인족의 승산이 사라진다.

메라조피스의 무력은 일기당천.

단 한 명이어도 군대를 유린할 수 있다.

머릿속으로 재빨리 계산했다.

……인족과, 쿠니히코와 내 생명. 저울에 올릴 필요도 없었다.

솔직히 인족의 운명이라든가 나는 별 관심이 없다.

이곳에서 목숨을 걸면서까지 메라조피스의 발을 묶어 둘 의미가 있냐고 묻는다면, 없잖아.

그렇다면 도망치는 게 현명한 방법이야.

문제는 과연 메라조피스가 순순히 우리의 도주를 용납하냐는 것.

분명하게 말해서 어렵다.

어지간히 큰 빈틈을 만들어 내지 못하는 한 등을 돌리는 순간 당한다.

그런데 메라조피스의 빈틈은 어떻게 만들려고?

애당초 평범하게 싸워서 일격도 못 맞히는 형편인데 빈틈을 만들 순 있을까?

무리야.

아무리 고민해도 손이 모자랐다.

이쪽은 이미 한계가 바짝바짝 다가든 처지니까.

뭔가, 누군가가 손 하나만 거들어주면…….

그때 메라조피스가 불현듯 상체를 한껏 젖혔다.

그 직후에 방금 전까지 메라조피스의 상체가 있던 위치를 광선이 통과했다.

광선이라고?

마법?

힐끔, 마법이 날아들었던 방향을 돌아봤다.

시야의 범위 안쪽에 딱히 다른 술사는 없었다.

요새 방향에서 날아왔는데 설마 요새에서 쏜 건가?

요새에서 이곳까지는 제법 거리가 멀다.

만약 요새에서 저격했다면 상당히 실력 있는 마법사였다.

게다가 저격은 한 번으로 끝이 아니라 계속 이어졌다.

격하게 움직이는 메라조피스만을 노리고…….

쿠니히코와 맞서 칼을 휘두르는 메라조피스만 초원거리 저격으로 노린 실력이 정말 대단하다.

나는 흉내 낼 수 없어.

모자랐던 손 하나.

그래도!

쿠니히코의 참격, 내 바람 마법, 마법 저격, 이렇듯 세 가지 공격을 메라조피스는 끝내 방어했다.

강해.

너무나 강해!

마법 저격이 더해짐으로써 메라조피스의 반격 빈도는 줄었다.

따라서 이쪽은 더욱 공세에 힘을 쏟을 수 있다.

그럼에도 결국 무너뜨리지 못한다.

오히려 지금 몰아치는 공세가 수그러들면 단박에 와해되어 버릴 것이다.

얇은 얼음판 위에서 춤을 추는 기분.

분명히 손이 하나 늘어났다.

그런데도 아직 모자랐다.

"음?!"

그때 메라조피스의 등으로 바람 마법이 직격했다.

내가 쓴 마법이 아니야.

다른 사람, 로브를 입은 어린아이?

저 아이가 메라조피스의 등에다가 바람 마법을 적중시켰다.

어린아이가 또다시 바람 마법을 날린다.

같은 편인가 봐.

그럼 어린아이든 뭐든 상관없다.

게다가 겉모습은 어린아이여도 저 바람 마법은 충분한 위력과 속도를 발휘했다.

직격되고도 메라조피스는 큰 대미지가 없는 모습이었지만 직격시켰다는 사실이 지금은 중요하다.

왜냐면 아까 전까지는 이쪽의 공격이 스치지도 못했으니까.

메라조피스도 무조건 다 피할 순 없었다는 뜻이다.

네 명이 한꺼번에 달려들어서야 겨우 승산을 기대할 수 있게 되었다.

직격시키고도 별반 대미지를 못 주는 시점에서 여전히 패색은 짙지만 어쨌든 아까 전보다 상황은 나아졌어.

지금뿐이다.

나는 판단을 마친 뒤 줄곧 연사했던 마법을 잠시 중단했다.

큰 기술을 쓰기 위하여 정신을 집중시킨다.

그런 낌새를 간파했던 메라조피스가 나를 목표로 마법을 써서 견제하려고 했다.

"흡!"

그러자 쿠니히코가 한 발짝 파고들어서 칼을 휘두르며 막았다.

메라조피스는 자기 검으로 방어.

동시에 저격 마법과 어린아이의 바람 마법이 메라조피스에게 덮쳐들었다.

"……."

메라조피스가 한순간이나마 얼굴을 찌푸렸다.

나에게 날리려던 마법을 요격 용도로 쓰면 저격도, 바람 마법도 상쇄할 수 있다.

지금까지 같은 방법을 썼으니까 못할 이유가 없겠다.

다만 메라조피스는 뜻밖의 행동에 나섰다.

저격과 바람 마법을 자기 몸으로 받아 내면서까지 어둠 마법을 요격이 아닌 나를 목표로 하는 공격에 사용했다.

"아?!"

저격이 메라조피스의 가슴에 직격하고 바람 마법이 후두부를 구타했다.

그리고 어둠의 창이 내 복부를 관통했다.

그래도!

마법 구축은 완료했어!

아픔을 꾹 참고 마법을 발동시킨다.

남천 마법, 용풍!

맹렬한 회오리바람이 발생해서 메라조피스를 집어삼켰다.

"크!"

저 대단한 메라조피스도 본래는 광역 섬멸 타입인 용풍을 완벽하게 피해 내지는 못했다.

그리고 용풍은 본래 혼자서는 발동할 수 없는 극대마법.

대마법을 뛰어넘는 강력한 수단인 만큼 본연의 위력으로 용까지 처단할 수 있다.

뇌룡을 해치운 것도 이 마법이었으니까.

메라조피스도 이 마법에 당한다면…….

"타앗!"

우렁찬 기합.

검섬.

고작 한 번의 동작으로 내 혼신의 마법이 무산된다.

거짓말…… 말도 안 돼…….

역시 그에게도 상처가 없진 않았지만 메라조피스는 단단하게 바닥에 발을 디디고 서 있었다.

용풍을 받아 내기 직전에 가슴을 저격당했고 후두부를 구타당했는데도 불구하고 별반 대미지가 없는 듯 보였다.

대체 얼마나 능력치가 높길래 저렇게 멀쩡한 거야…….

끝장이다.

"아아아아아아!"

그렇게 내가 생각했을 때 쿠니히코가 메라조피스에게 덤벼들었다.

메라조피스도 즉각 대응하고자 움직였다.

하지만 손에 저격이 꽂혀 들어가고 바람 마법이 움직임을 방해한다.

그렇게 쿠니히코가 혼신의 일격을 메라조피스의 어깨에 내리 휘둘렀다.

"크!"

하지만 본래 비스듬하게 몸통을 베어 냈어야 할 카타나는 메라조피스의 어깨에 살짝 틀어박힌 채 멈춰버렸다.

순수하게 높은 능력치에서 비롯되는 방어력.

결국 방어력을 돌파할 수 없었다.

메라조피스가 검을 휘둘러서 쿠니히코를 날려버린다.

메라조피스는 거리를 벌린 뒤 어깨에 손을 가져다 댔다.

"철수!"

곧이어 큰 목소리로 한 마디만 외치더니 우리에게 등을 보인 채 달려서 떠나갔다.

감탄이 나올 만큼 단호한 후퇴였다.
여유마저 느껴질 만큼…….
쿠니히코는 적의 뒷모습을 멍하니 지켜보고 있었다.
그러다가 퍼뜩 놀라더니 급히 나에게 달려왔다.
“아사카!”
“응. 괜찮아.”
“뭐가 괜찮다는 거야!”
난 지금 바닥에 똑바로 쓰러져 있었다.
메라조피스의 어둠 마법은 내 복부를 직격했다.
아마도 관통해서 큰 구멍을 뚫어 놓았을 거야.
쿠니히코가 허둥지둥 회복약을 꺼내 들고는 상처 부위에 뿌려줬다.
찌릿찌릿 스민다.
“죽지 마! 죽지 마라!”
“괜찮아. 아마 죽지는 않아.”
딱히 허세가 아니라 감각적으로 아마 죽지는 않는다고 판단 내렸다.
능력치는 정말 위대하다니까.
보통 이렇게 배에 큰 구멍이 뚫리면 이미 죽었어.
그래도 HP 자동 재생 스킬과 아까 전부터 직접 걸었던 치료 마법 덕분에 죽지는 않을 것 같았다.
“또 적선을 받은 셈이구나.”
“그러게.”
내 용태가 진짜 죽을 정도는 아님을 알아봤기 때문인지 쿠니히코는 응급 처치를 이어 나가면서 불쑥 중얼거렸다.

그대로 전투가 지속됐다면 우리는 아마 패배했다.

메라조피스에게 가벼운 상처를 입히는 데 성공했을 뿐 그게 전부였잖아.

혼신, 또다시 혼신.

그렇게까지 몸을 던지고도 겨우 가벼운 상처.

같이 죽을 각오로 덤볐어도 아마 승리하지는 못했을 것이다.

"못 써먹겠다, 나도. 더 많이 강해져야겠어."

그렇게 강해지겠다고 분발하지 않아도 돼.

실은 이렇게 말해주고 싶다.

이런 위험한 전투는 더 이상 싫다.

다음에도 이번처럼 살려 보내줄지 알 수 없는걸.

삼세번이면 끝을 본다는 말도 있잖아.

우리가 메라조피스의 손에서 살아남은 게 벌써 두 번째다.

우리가 태어났던 고향과 부족을 저 남자가 괴멸시켰을 때는 변덕을 부려 놓아줬다.

그리고 오늘도…….

오늘은 어째서 성히 놓아줬는지 알 수 없지만—.

"괜찮아요?!"

상념에 잠겨 있던 때 로브 차림의 어린아이가 달려왔다.

이 아이가 함께 싸워준 덕에 살 수 있었다.

고맙단 말을 해줘야지.

"고마워. 네가 도와준 덕에 살았어."

"인사말은 나중에 들을게요! 일단 치료가 급하잖아요!"

"아니야, 이제 일어설 수 있어."

상처는 대충 봉합됐다.

아직 통증이 남아 있는 데다가 완치된 게 아니라서 무리는 못 하지만 일어나서 걸어 다닐 순 있을 것 같아.

이곳은 엄연히 전장인데 속 편하게 누워 있으면 안 된다.

그런 생각에 상반신을 일으켰다.

내 상처의 빠른 회복 속도에 놀란 듯 눈이 동그래지는 여자아이의 얼굴이 보였다.

후드를 눈가까지 깊숙이 뒤집어써서 전투 중에는 몰라봤는데 꽤나 예쁘장한 아이였다.

그와 동시에 신체적 특징을 직접 목격함으로써 이렇게 작은 아이가 메라조피스와 싸울 수 있었던 이유도 납득이 갔다.

"아하, 넌 엘프였구나."

여자아이의 귀에 나타난 특징으로 종족이 엘프임을 알 수 있었다.

엘프는 마족보다 더욱 긴 수명을 가지고 있고 마법을 구사하는 능력이 뛰어나다고 들었다.

그만큼 성장도 늦어서 이 아이도 겉모습과 실제 연령이 일치하지는 않을 거야.

이 아이와 또 다른 한 사람.

요새 방향을 바라봤다.

이름도 생김새도 알 수 없지만 줄곧 메라조피스를 저격해서 우리를 원호해줬던 마법사.

두 사람의 협력이 없었다면 메라조피스와 제대로 싸워보지도 못했을 거야.

확 피로가 밀려들어도 우물쭈물할 틈이 없었다.

이대로 벌렁 드러눕고 싶은 충동을 꾹 내리누른다.

쿠니히코가 손을 뻗어주길래 그 손을 붙잡고 일어섰다.

"전황은?"

"아무래도 저 녀석들, 후퇴하는 것 같아."

주변을 둘러보면 등을 돌린 채 후퇴하는 마족군이 살짝이나마 보였다.

그리고 아마 적군과 싸우고 있었을 모험가들 집단도…….

개중에는 고트 씨도 있었다.

메라조피스는 어쩌면 저쪽 전황이 순조롭지 않아서 후퇴를 결정했을지도 몰라.

혹시 맞다면 고트 씨와 다른 모험가들에게 감사해야겠네.

"일단 돌아가자."

"그래."

우리도 기진맥진해서 더 이상 싸우기는 무리야.

섣불리 추격했다가는 이번에야말로 메라조피스의 반격에 끝장 나버리겠지.

지금은 고분고분 물러나는 게 현명해.

"너도 가야지."

"네."

엘프 아이에게 말하자 후드를 벗고 고개를 끄덕여줬다.

"그 전에 자기소개를 먼저 할게요. 타가와, 쿠시타니."

일순간 피로 때문에 생각하는 힘이 약해졌던 나는 이름을 불리고도 의문을 떠올리지 못했다.

그러나 곧장 위화감을 깨닫는다.

이 세계에서 나와 쿠니히코는 성씨를 밝혔던 적이 없다.

그런데 어떻게 이 아이가 알고 부르는 거야?

"제 이름은 필리메스 하이페너스. 그래도 두 사람한테는 다른 이름이 더 익숙하겠죠. 전세에서 저의 이름은 오카자키 카나미였어요."

나도 쿠니히코도 놀라서 눈이 휘둥그레졌다.

오카자키 카나미는, 우리가 전세에 다녔던 학교의 담임 선생님 이름이니까.

오렐

네엡~.

모두에게 사랑 받는 오렐, 삐이 살이랍니다~!

나이는 비, 이, 밀.

이래 봬도 귀족 영애입다.

가난뱅이 귀족이지만 말입다~.

그나저나 귀족 영애가 이 나이까지 결혼을 못 하면 슬슬 늦깎이라는 말을 듣습다.

제 인생 계획으론 지금 나이면 벌써 결혼해서 아이도 한둘 낳았을 텐데 말입다, 어쩌다 이런 신세가 됐나 얼떨떨함다~?

저는 제국 시골의 가난한 귀족 집안 둘째 딸입다.

시골 출신, 가난뱅이, 덤으로 둘째 딸내미.

벌써 이 시점에서 명색만 귀족이지 된장 찌꺼기입다.

그나마 첫째 딸이면 어딘가 친분이 있는 귀족 집안에 시집갈 희망이나 가져보겠습다만 둘째 딸내미는 기대도 못 함다.

애당초 저희 집 같은 가난뱅이 귀족이랑 친하게 지내 봐야 이득이 딱히 없으니~ 혼담 자체가 안~ 들어옴다.

아, 참고로 언니는 이웃 영지에 무사히 시집갔습다.

그리고 집안은 오빠가 이어받을 테니까 저는 어디든 시집을 가긴 가야지 말입다.

하지만 가난뱅이라 혼처를 찾는 게 고생고생이구요.

우리 집, 진짜로 돈이 없지 말입다…….

아무튼 돈벌이랑 인연을 붙잡을 기회까지 같이 노리기 위해 전 집을 나와서 일을 찾았습다.

귀족 집안의 둘째나 셋째 딸이 더 높은 작위의 가문으로 일을 하러 들어가는 게 드문 경우는 아님다.

급료도 받을 수 있고 누군가와 좋은 인연이 닿는다는 희망도 있잖슴까.

일솜씨에 따라선 아예 한 집안의 가신으로 쭉 들어앉을 수도 있지 말임다.

다만 전 시골뜨기라 말투가 이래 가지고 면접 단계에서 싹 떨어져 버렸습다.

정중한 말씨라는 게 도~무지 성미에 안 맞아서 금~세 본성이 나와버림다.

그렇게 까딱하면 면접 단계에서 전멸할 뻔한 위기를 맞이한 끝에 기적같이 채용된 곳이 로난트 님의 몸종 자리였습다.

로난트 님은 제국의 필두 궁정 마도사.

무지무지 대단한 수재 중의 수재임다.

뭐랄까, 살아 있는 전설임다.

저렇게 구름 위에서 노는 사람이 나 같은 시골 계집애를 고용해준 데는 뭔가 속셈이 있지 않을까?

잠깐 의심도 했었습다.

속셈, 있었지 말임다…….

저 망할 할아범, 진짜 성격이 괴팍해서 제대로 된 사람이면 사흘도 못 버티고 사표를 내던지는 게 당연하잖습까.

저 할아범을 한 마디로 표현하자면 변태, 마법 머저리, 괴짜, 귀축, 그리고 또, 그리고 또.

어, 한 마디론 조금 부족함다.

뭐, 암튼 정상이 아니라는 뜻임다.

어쨌든 이곳을 거절하면 취직자리가 딱히 없다는 게 현실.

울며불며 꾹 참고 일했습다.

돌이켜보면 이때부터 제 인생이 묘하게 꼬였지 말임다.

열심히 일해서 돈 모으다 평민이든 뭐든 대충 생활이 곤궁하지 않을 정도로 재력이 있는 사람에게 시집가는 것.

그게 당초의 제 계획임다.

이런 말투잖습까.

귀족님의 아내는 처음부터 어림없다고 포기했었습다.

평민과 다를 게 없는 가난뱅이 귀족이었던지라 귀족 명부에서 빠진다는 데 저항은 딱히 없었지 말임다.

평민이 돼서 적당히 먹고살 수만 있으면 충분했습다.

그런 생각이었는데 자꾸자꾸 혼기를 놓치다가 아직껏 독신.

아니 말임다, 결혼 못 하는 처지야 백번 양보해서 괜찮다 치지 말임다?

근데 도대체 왜 전쟁터에서 지휘를 맡아야 함까~?

"흐아, 못 해먹겠습다~."

진짜 지긋지긋해서 불평이 목소리로 나와버림다.

어디서 뭘 잘못했길래 시골 출신의 가난뱅이 귀족 둘째 딸내미가 차석 궁정 마도사 자리에 올랐단 말임까.

저 자신도 마냥 신기할 뿐 답이 없습다.

이게 전부 다 할아범이 『마법 재능이 있군!』 하고 흰소리를 늘어놓더니 강제로 제자를 만들어 놨기 때문임다.

계기는 할아범의 제자로 들어갔던 용사 율리우스 님이 할아범의 너무 가혹한 수행 과정에서 죽을 뻔했던 일임다.

그딴 짓거리는 절대 수행이 아니라 고문임다.

농담이 아니라 반송장이었던 율리우스 님한테 급하게 치료 마법을 써버렸을 때 운이 다했던 거지 말임다.

그 광경을 본 할아범이 저한테 마법 재능이 있다는 이상한 착각을 해서…….

제가 치료 마법을 쓸 수 있었던 이유는 옛날에 마차 여행을 하던 중 엉덩이가 아팠을 때 할아범이 치료 마법으로 고쳐주길래 「치료 마법은 참 편리함다~ 배워 놔야지~」 하고 몰래 연습했었기 때문임다.

딱히 남몰래 연습할 필요야 없었습다만 나중 전개를 생각하면 숨겨 놨던 게 잘한 짓이었으니까 어릴 적 저는 정답을 선택했다고 실감이 들지 말임다.

그때부터는 지옥이었습다.

수행이라는 명목의 고문이 기다렸지 말임다.

거듭거듭 할아범을 피해서 탈주했습다만 할아범은 공간 마법을 씀다.

어디로 도망치든 전이로 쫓아와서 도망칠 수가 없어!

그러면 나도 전이로 도망칠 수밖에!

냅다 공간 마법을 익혔던 게 두 번째로 운이 다했던 순간…….

어느 틈인가 국가 차원에서 주시하는 인력으로 꼽혀서 차석 궁정 마도사 자리에다가 덤으로 작위까지 같이 받았습다.

평민이 될 계획이었는데 반대로 출세해서 작위를 받아버렸습다…….

공간 마법이 되게 귀하지 말입다…….

어쨌든 작위도 받았겠다, 이제 결혼 요청이 들어오겠네!

그렇게 기대했던 저는, 정작 업무에 치여 산다고 눈 돌릴 짬도 없었습다.

궁정 마도사는 할 일이 많습다!

게다가 시간 날 때마다 뭔 후진 육성을 위해서라며 다른 궁정 마도사랑 수습생들 지도까지 맡아야 했지 말입다?!

이날에는 일이 없구나!

잠깐 기뻐하다가도 다음 날이면 어째서인지 예정이 꽉 들어차는 부조리함에 시달렸습다.

결혼 상대를 찾아다닐 짬이 없지 말입다.

게다가 또 걸작이 지금 이 상황.

어째서 젊고 아리따운 아가씨가 전쟁터에서 지휘를 맡아야 하냔 말입다?

"아~ 결혼 퇴직을 원함다."

지금 저는 왕창 박살이 난 요새 벽의 수복을 지시 중입다.

다행히도 피해가 경미한 덕에 같이 데려온 궁정 마도사를 부려 먹으면 원래 수준까지는 못 되더라도 대충 튼튼하게 재건할 수 있습다.

"누님, 불평 늘어놓지 마시고 얼른 도와주십쇼."

수복 작업을 담당하고 있는 동료 궁정 마도사가 투덜댔습다.

"전 아까 죽도록 일했잖슴까, 잠깐 쉬어도 벌은 안 받습다~."

맞습다.

죽도록 일했습다.

까딱 잘못됐다면 진짜로 죽었습다.

마력을 정신의 한계까지 싹 쥐어짜서 초장거리 정밀 저격을 마구 날렸잖슴까.

뭐임까? 아까 전 괴물?

저런 녀석이 마족군에 있단 소리는 못 들어봤지 말임다?

이 요새의 벽을 냅다 쳐부쉈던 범인, 이름은 메라조피스에 아마 마족이라던데 저 녀석 까딱하면 우리 스승님보다 마법 실력이 더 굉장한 거 아님까?

우리 스승님, 로난트 님도 인간을 꽤 벗어난 사람이기는 한데 아무리 스승님이어도 장거리 마법 공격으로 요새를 냅다 쳐부술 수 있냐고 묻는다면…….

가능할 것 같다는 생각도 든다는 게 스승님이 스승님인 까닭임다.

"스승님이라면 이렇게 똑같이 부술 수 있단 생각이 듬까?"

"아무리 스승님이셔도 이런 비상식적인 위력은……. 불가능하단 말은 못 하겠네요……."

동료에게 물어봤더니 역시 똑같은 감상이었습다.

"뭐, 스승님은 물론 비상식임다만 역시 아까 전 메라조피스라는 녀석이랑 비교하면 아직 상식의 범주에 있는 생물임다."

"누님, 말씀이 좀. 스승님은 인간이 아니란 말로 들리는데요."

"실제 스승님은 절반쯤 인간을 관둔 게 맞잖습까."

"으음……."

이 말에 납득해서 고개를 끄덕거린다는 시점에 이미 스승님이 주위 사람들의 머릿속에 어떤 인물로 생각되는지 알 수 있습다.

뭐, 그런 스승님이어도 상대적으로 정상의 범주에 있는 사람이라 보일 만큼 이번 상대가 비상식이었단 뜻임다.

솔직히 젊은 모험가 몇몇이 저 녀석을 붙잡아주지 않았다면 지금쯤 이 요새는 함락되고도 남았지 말임다.

그만큼 위험했습다.

우리 스승님은 이렇게 항상 강조함다.

『진정한 강자에게는 어중이떠중이가 제아무리 몰려들어도 당할 수 없느니라.』

스승님을 보고 겪으면 납득이 되는 말임다.

그 할아범은 열 명은커녕 백 명, 어쩌면 천 명이 덤벼들어도 싹 때려잡을 것 같지 말임다.

그런 할아범을 아는 만큼 더더욱 메라조피스란 녀석의 상식을 벗어나는 강한 무력도 대충 납득은 됨다만, 하필 적군이라는 사실까지 납득할 수 있냐는 것은 또 다른 문제임다.

할아범이 배치된 요새에 쳐들어갔을 마족들은 많이 애통하겠습다~ 라고 생각했던 저는, 오히려 더 강한 마족과 맞부딪쳤습다.

뭔가 못된 짓이라도 저지른 탓에 벌 받았습까?

대충 이유를 꼽아보자면 할아범의 식사에 독을 탄 심술밖에 떠오르는 게 없지 말임다~.

『싱겁구나! 나를 죽이고 싶거들랑 열 배는 더 타서 가져오거라!』

그렇게 떠들더니 전부 다 먹어 치웠습다…….

할아범, 진짜로 인간 맞슴까?

사실은 고위 마물이 눈갑한 게 아닐까 반쯤 진지하게 의심 중임다.

제 인생이 이상하게 꼬인 이유는 결국 마물 할아범의 눈에 찍혔던 게 원인이지 말임다…….

"지금쯤 멋진 서방님이랑 알콩달콩하게 사는 게 미래 계획이었는데……."

"누님, 또 그런 말씀을 하십니까?"

제가 꽤 자주 결혼하고 싶어라, 퇴직하고 싶어라, 떠들고 다니니까 동료들도 이렇게 어이없어하는 반응임다.

"누님, 결혼하고 싶으면 노린 상대한테 가슴을 갖다 누르십쇼. 한 방에 넘어올 겁니다."

"그런 소리를 세간에서 뭐라고 말하는지 아심까? 성희롱이지 말임다?"

가슴 크기는 제가 봐도 큼지막하단 생각이 듬다.

저의 얼마 안 되는 자랑거리이면서 동시에 고민거리이기도 하지 말임다.

빤히 쳐다보는 남자들의 시선이라든가 무거워서 어깨가 결린다든가.

진짜 청렴한 율리우스 님까지 만날 때마다 힐끔힐끔하지 말임다~.

"제가 결혼하고 싶은 남자가 없다는 게 가장 큰 문제임다."

"누님은 바라는 게 너무 많습니다."

"끙."

조금 자각이 되는 만큼 못 받아치겠습다.

이게 전부 다 율리우스 님이라는 너무나 멋진 남자를 알고 지냈던 탓임다.

얼굴 훈훈함! 집안 끝내줌! 성격 다정함! 능력 뛰어남!

율리우스 님을 기준으로 생각하면 안 된다는 거야 알지만 아는 남자들 중 저런 사람이 있으면 자꾸자꾸 비교가 된단 말임다.

유일하게 있는 결점을 꼽아보자면 용사의 부인이 됐다가는 어떻게 봐도 귀찮은 일거리가 잔뜩 쏟아질 거란 부분임다.

그 사람이랑 비교하면…….

제 주변에 있는 남자들은 할아범을 필두로 궁정 마도사라는 변태 집단이잖슴까.

저는 동료의 얼굴을 보고 거하게 한숨을 뱉었습다.

"누님, 이거 좀 실례 아닙니까?"

"어린 아가씨를 누님이라고 부르는 다 큰 남자는 한숨 소리 좀 들어도 싸지 말임다."

맞습다, 뭘 숨기겠슴까. 이 남자뿐 아니라 궁정 마도사 동료들은 다~들 저보다 나이가 많습다!

그런데 다들 하나같이 절 「누님」이라고 부르지 말임다?

게다가 빈정거리는 게 아니라 진심으로…….

궁정 마도사 사이에서는 마법 실력이 곧 존경의 척도.

차석인 저는 필두에 있는 할아범 다음으로 존경받는 사람임다.

나이 많은 남자들한테 막 떠받들어 진다고 말하면 부러워하는 사람도 있을까 싶습다만, 현실에서는 오로지 마법 연마밖에 얘깃거리가 없는 마법 신자들만 잔뜩 접근하지 말입다?

결혼 상대로 선택하기에는 쪼끔…….

그리고 저의 하루하루 예정은 대부분 궁정 마도사들과 함께 지내는 시간으로 가득 차 있습다.

새로운 만남도 기대할 수 없고, 살짝 멋지지 않나 생각했던 상대가 나타나도 만날 기회가 없고…….

애당초 그런 사람한테는 대부분 혼약자가 있지 말입다.

싹수가 좋은 남자는 일찌감치 예약이 들어차는 법입다.

그렇게 점점 더 괜찮은 사람이 없어지고, 나이 비슷한 사람이 없어지면서 더 더 시기를 놓치게 됩다.

……슬슬 진지하게 서두르는 게 좋겠단 생각이 듬다.

"으~! 진짜 어딘가 나이 비슷한 싹수 괜찮은 남자는 없습까~?"

"으음. 있기야 있잖습니까."

"엥?!"

무심코 소리를 친 제게 기대하지 않았던 구원의 실마리가?!

"알잖아요, 용사님."

"아~."

납득.

그치만 율리우스 님은 안 됩다.

"율리우스 님은 너무 구름 저편에 있는 사람입다~."

"그럴까요, 진짜? 누님이랑 용사님, 사이도 꽤 좋고 기회는 충분히 있을 것 같은데요."

"없슴다, 없어. 저랑 율리우스 님은 균형이 안 맞슴다~."

"에이~ 누님은 어째 이렇게 자기 평가가 야박하실까~?"

실제 왕자님이자 용사인 율리우스 님과 시골뜨기에 가난한 귀족의 둘째 딸내미인 저는 균형이 전혀 안 맞잖슴까.

게다가—.

"그게 아니더라도 율리우스 님이랑 특별한 사이는 못 되지 말임다."

율리우스 님이 엄~청난 사람이라는 것은 지겹도록 겪어서 잘 알아도, 같은 이유로 도무지 우정 이상의 감정은 가질 수가 없었지 말임다.

"율리우스 님은 빛임다. 저절로 사람들을 매혹시키는 빛임다. 사람들은 율리우스 님에게 매혹돼서 자연스럽게 율리우스 님과 함께 걸어가는 길을 선택함다. 진짜로 용사, 진짜 영웅임다."

따뜻한 햇살 같다는 표현, 성녀 야나 씨가 말했던 비유임다.

다만 제 생각은 다름다.

율리우스 님의 빛은 훨씬 더 격렬함다.

마치 어두움 속에 불타오르는 불꽃처럼.

사람들은 가까이 다가갔다간 제 몸이 불타버릴 줄 뻔히 알면서도 불빛을 본 나방처럼 날아듬다.

그렇게 목숨을 내바침다.

율리우스 님의 정의에…….

그게 잘못됐다는 말은 안 하겠슴다.

율리우스 님은 그만큼 사람들을 끌어당기는 매력이 가득 넘치는 분이고, 그만큼 사람들의 마음을 뒤흔드는 심성을 갖고 있다는 의미이니까 말임다.

“그래도 저는 평범한 게 제일이라서 율리우스 님의 빛은 좀 많이 강렬함다.”

율리우스 님이 고결한 분이래도 곁에서 함께 따라가기에는 쪼끔, 조금이 아니라 엄청나게 부담이 됨다.

율리우스 님도 조금 더 가벼운 마음으로 살아가는 게 좋을 텐데 말임다~.

그 사람은 어릴 적부터 무지무지 성실했던 만큼 지금 와서 삶의 방식을 바꾼다는 건 안 되겠습다만…….

“그런고로 한 걸음 물러난 곳에 있는 친구 정도가 제 위치임다.”

“오호라.”

“이번 전쟁에서도 무모하게 나서면 안 될 텐데 말임다.”

아마도 율리우스 님의 성격상 무모하게 굴지 말라고 당부한들 무모하게 나설 테지만 말임다.

“뭐랄까, 이거 친구가 아니라 남동생을 걱정하는 누나의 심경에 가깝지 않습니까?”

“음, 동의함다~.”

“역시 누님이군요.”

“끙.”

곧장 반론하지 못했던 저는 말없이 빨리 성벽이나 수복하라고 동료의 등을 떠밀어줬습다.

결혼 상대의 걱정보다도 지금은 혹시 메라조피스가 또 쳐들어왔을 경우의 대책이 먼저이니까 말임다.

모험가 셋이 싸우고 제가 여기에서 저격을 날려 간신히 쫓아내는 데 성공했습다만 과연 다음에도 같은 방법이 통할지는 모르는 법임다.

그 녀석, 제 저격을 맞고도 팔팔했잖슴까.

심장을 노려서 꿰뚫을 작정이었는데…….

그런 괴물이 몇 명이나 더 있을지 알 방법은 없습다만, 이번 전쟁은 예상 이상으로 격렬한 싸움이 벌어질 것 같습다.

마족은 난민이 발생할 만큼 엉망진창이라는 소식을 들었는데 이래서는 말이 다르잖슴까…….

스승님이나 율리우스 님이 쉽사리 당할 사람은 물론 아닙다만, 최대한 방심하지 말란 당부를 전해주고 싶습다.

앗, 다른 사람들 걱정을 할 때가 아니었습다.

기합을 넣고 일합시다.

메라조피스

아가씨를 지켜드리기 위해서 더욱 강해지리라.

그렇게 결심한 이후 얼마나 많은 세월이 흘렀던가.

정신을 차렸을 때 나는 마족군 제4군 군단장이라는 과분한 직책을 맡게 되었다.

내가 마왕님과 아는 사이였다는 이유도 많이 작용했겠지.

그러나 인맥 채용으로 불쑥 올라온 나를 제4군의 간부들은 잘 따라와주고 있다.

그들의 입장에서 봤을 때 나는 마왕님이 갑자기 군단장의 자리에 데려다 앉혀 놓은 정체불명의 남자였다.

올바른 인식이다, 나는 마족조차도 아니었다.

흡혈귀다.

그런 사실을 숨긴 채 마족으로 지내는 나는 갈등의 여지도 없이 정체불명의 남자였다.

그럼에도 불구하고 나를 깍듯하게 군단장으로 대우해주는 부하들에게는 감사할 수밖에 없다.

일단 나는 단계를 밟아 출세했다고 처리되어 있다.

제4군은 본래 발트 님께서 지휘하는 부대였다.

다만 실제는 정무에 바쁜 발트 님을 대신하여 그분의 남동생 되시는 브로우 님이 지휘를 맡았었다.

나는 일개 병졸이 되어 브로우 님의 휘하로 들어갔고, 이후 훌쩍 훌쩍 계급을 올려 나갔다.

브로우 님이 다른 군단을 지휘하게 됐을 때는 계급을 지닌 분들이 다 같이 진급했는데 나 역시 덩달아 따라 올라갔다.

그 후에도 무슨 계기가 있을 때마다 내 계급은 계속 올라갔을뿐더러 발트 님께서 정식으로 내무행정에 전념하기 위해 군단장의 직분을 내려놓았을 때는 마왕 아리엘 님께서 직접 군단장으로 지명해주셨다.

내가 아리엘 님과 함께 마족령으로 넘어온 이방인임은 잘 알려져 있다.

그 때문에 나 같은 신참이 영예로운 군단장의 자리를 내려받는다면 적잖은 반발이 발생하리라 예상했다.

하지만 내 예상과 다르게 다른 군단장들은 물론 제4군의 간부들 사이에서도 반발은 없었다.

의문을 못내 지울 수 없었던 차에 아리엘 님은 쓴웃음 짓고 말씀하셨다.

"메라조피스 군은 진짜로 자기 평가가 야박하구나."

이렇게…….

"너보다 나은 군단장 적임자는 아무도 없다니까."

이렇게도…….

아리엘 님은 나를 일컬어서 자기 평가가 야박하다고 말씀하셨다.

그러나 내가 조심스럽게 의견을 밝히자면 저런 말씀들이 오히려 과대평가다.

나는 본래부터 보잘것없는 종자에 불과했다.

흡혈귀라는 특수한 종족으로 다시 태어난들 타고난 기질은 바뀌지 않는다.

평범한 인간이었던 내가 흡혈귀라는 특수한 종족이 되었다고 한들 다소나마 힘을 획득한 것에 불과하다.

게다가 흡혈귀의 진조, 아가씨께서 내려주신 힘일 뿐 나의 실력이 아니다.

나 자신은 딱히 뛰어나지 않다.

솔직하게 아리엘 님께 말씀드렸다.

“과한 겸손은 빈정거리는 말로 들리거든~?”

그러자 어이없어하는 표정으로 짧게 충고해주셨다.

……사실은 알고 있었다.

내 능력은 군단장이 되기에 충분하다고.

그런 사실을 주위 사람들이 정당하게 평가해주었을 뿐이라는 사실도…….

그러나 저런 평가를 고분고분 받아들이고 싶지 않은 기분이 내 마음속에 있었다.

보통은 좋은 평가를 받는다면 기쁘게 생각할지언정 인정하고 싶지 않다고 외면하지는 않을 것이다.

다만 내게는 애써 외면해야 하는, 애써 외면할 수밖에 없는 이유가 있다.

나는 혹시라도 들뜰까 봐 무서운 것이다.

나의 지난 인생들은 뜻대로 이루어지지 않는 경우가 많았다.

그야 당연할 테지.

만사가 자기 뜻대로 풀리는 인간이 얼마나 있겠는가.

나 또한 예외가 아닐뿐더러 평범한 인간인지라 부딪치는 벽도 많았다.

살면서 처음 부딪쳤던 벽은 실연이었다.

내가 성심을 다해 섬겼던 여성, 지금은 돌아가시고 안 계신 아가씨의 어머님.

나는 종자의 신분으로 한 여성에게 사랑을 했고, 동시에 실연했다.

그 여성에게는 서로 아끼고 사랑하는 혼약자가 있었는데 그분은 다름 아닌 아가씨의 아버님이었다.

신분의 차이, 아울러 무엇보다 두 분의 사이에 끼어든다는 만행을 감히 저지를 수 없었기에 나의 첫사랑은 막을 내렸다.

그리고 다음번의 큰 벽은 두 분의 죽음이다.

내 사랑은 이루어지지 못했다.

그러면 하다못해 사랑했던 여성의 행복을 이루어주고 싶다.

그런 마음으로 그 여성을, 또한 남편 되시는 주인님을 받들었다.

그럼에도 불구하고 부조리한 폭력이 두 분의 목숨을 빼앗아 갔다.

두 분을 몰아붙였던 신언교와 직접 마수를 뻗친 포티머스에게는 지금도 격한 증오를 느끼고 있다.

다만 나에게는 힘이 없었다.

두 분을 구출할 힘이 결국은 없었다.

내가 극복하지 못했던 커다란 벽은 이렇듯 두 개이지만 저것 이외에도 작은 벽이라면 무수히 많다.

재능이 없어 좌절하다가 자신의 평범함을 한탄했던 횟수는 대체

몇 번이던가.
나의 인생은 극복할 수 없는 벽에 줄곧 부딪쳐왔다.
따라서 이렇듯 주위 사람들에게 좋은 평가를 받는 처지가 익숙하지 않았다.
비록 주인님께서는 중히 써주셨지만 어쨌든 나의 명성이 소문으로 퍼질 수 있는 종류는 아니었다.
군단장, 많은 사람들의 위에 올라서서 책임져야 하는 직책을 받았다 한들 지위에 걸맞은 능력을 갖추었는가 평가받은 경험은 전혀 없었다.
나는 좋은 평가를 받아 마음이 들떠 올라서 타협해버리는 것이 두려웠다.
이만하면 괜찮은 성과를 거둔 게 아닐까?
충분히 노력한 게 아닐까?
이런 심정에 사로잡힐까 봐.
아직껏 내 힘은 한참이나 모자란데도…….
나의 목숨은 아가씨께 바치겠노라 다짐했다.
그 때문에라도 아가씨를 적에게서 지킬 수 있는 힘을 갖춰야 한다.
그러나 아가씨의 적은 강대하기에 나 같은 하찮은 인간은 방패 역할도 수행할 수 없었다.
엘프의 수장, 포티머스.
주인님과 사모님을 죽음으로 몰아넣었던 신언교.
양쪽 다 나 혼자서는 어쩔 도리가 없는 존재들.
그럼에도, 조금이라도 힘을 길러서 저항할 수 있도록 힘써야 한다.

주인님과 사모님을 잃었을 때처럼 무력감에 괴로워하는 신세는 두 번 다시 사절이다.

그럼에도 불구하고 자꾸 꺾여버릴 것 같았다.

나는 평범한 인간이니까.

제아무리 발버둥 쳐도 추구하는 힘에는 손이 닿지 않는다.

오히려 내 주변에는 초월의 경지에 오른 분들이 많은 만큼 그러한 힘의 끝자락에도 미치지 못한 나 자신이 부끄럽기 짝이 없었다.

아울러 무엇보다도 나에게 가장 큰 타격을 주는 것은 지켜야 할 아가씨에게 내가 추월당했다는 사실이다.

아가씨께서는 성장하셨다.

고향 사리엘라 국에서 살던 시절에는 아직 아기였고, 마족령을 목표로 여행하던 시절에도 아직 어렸고, 마족령에 도착한 이후에도 아직은 한참 아이라고 생각했었다.

그러나 지금 아가씨는 사모님과 닮은 아름다운 여성으로 성장을 이루었다.

평범하게 살아가던 때 노인분들이 「아이는 빨리 자란다」라고 꺼냈던 말을 떠올렸다.

아직은 한참 아이라고 생각했었던 아가씨는 눈 깜짝할 사이에 어른이 되는 계단을 밟아 올라가버렸다.

또한 외모뿐 아니라 지닌 능력도 역시.

아가씨의 힘은 이미 나로서는 도저히 당할 수 없는 영역에 들어섰다.

지켜야 할 대상보다 훨씬 약하다니.

그 사실이 내 마음을 압박한다.

또한 아무리 노력해도 미치지 못할 영역을 목격한 탓에 걸음을 멈춰버리고 싶어지는 나 자신이 있다.

나약하다.

정말 나약한 데다 한심하다.

설령 미치지 못할지라도, 아니, 미치지 못함을 잘 알기에 더더욱 걸음을 멈춰서는 안 된다.

걸음을 멈춘다면 격차는 마냥 벌어지기만 할 테니까.

심지어 지금 전력을 다하여 쉴 새 없이 달리는데도 격차가 벌어지고 있지 않은가.

그래서 더더욱 좋은 평가를 받거나 칭찬의 말을 곧이곧대로 받아들임으로써, 앞으로 나아가려는 다리가 둔해지면 안 된다.

현 상황에 만족해서는 안 된단 말이다.

따라잡기를 포기해서는 안 된단 말이다.

설령 평범한 내가 제아무리 노력해 봤자 따라잡을 수 없음을 잘 안다 하여도, 그럼에도 걸음을 멈추는 어리석은 짓마저 저질러서는 안 된다.

나약한 나는 언제나 마음을 굳게 다잡고 버텨야 한다.

이것은 역시 올바른 판단이었다.

"나도 아직 멀었군."

후퇴한 뒤 야영지를 꾸린 곳에서 나는 스스로를 꾸짖었다.

나는 패배했다.

부상은 벌써 한참 전에 아물었다.

상처는 가벼웠고, 그대로 계속 싸웠다면 승리도 거둘 수 있었겠지.

그러나 철수를 결정한 것은 나 자신.

승리를 내버리고 패배를 선택한 것은 나 자신이다.

흡혈귀가 꺼리는 태양이 떠 있는 대낮이었기 때문에…….

상대는 전생자가 포함된 다수 인원이었기 때문에…….

예상 이상으로 다른 모험가들의 힘이 강해서 아군이 밀리는 형세였기 때문에…….

변명은 얼마든지 떠오른다.

그러나 패배했다는 사실은 변명으로 뒤집을 수 없었다.

내가 상대한 적은 과거의 언젠가 직접 손써서 멸했던 부족의 생존자이자 전생자였다.

전생자 소년 소녀는 강하게 성장했다.

같은 전생자인 아가씨 및 라스에게는 훨씬 못 미치지만, 아마도 두 분이 특별히 뛰어날 뿐 오늘 상대했던 소년과 소녀도 충분히 강자였다.

결국 제압에 실패했다.

전생자가 상대인 만큼 죽이면 안 되니까 힘을 뺄 수밖에 없었다는 구차한 변명은 하지 않는다.

나는 전력을 다해 싸웠고, 제압은 실패했다.

능력치도 스킬도 내가 상당히 높았을 텐데도…….

그럼에도 호각의 승부로 끌려다녔다.

소년의 검법은 몹시 정갈했다.

발 디딤은 깊숙이, 날카롭게.

공방 짬짬이 눈 깜빡임이며 호흡마저 잘 계산됐다.

마검의 능력을 쓰는 솜씨도 적절하며 확실했기에 머뭇거림이나 빈틈을 발생시키지 않는다.

소녀도 역시 소년과 호흡이 잘 맞았다.

소년의 움직임을 결코 방해하지 않은 채 끊임없이 나 하나만 목표로 마법을 쏟아부었다.

지체가 없는 매끄러운 마법 구축.

위력도 더할 나위가 없음.

정말이지 부럽기 짝이 없는 재능이다.

내게는 재능이 없다.

검을 휘두르면 축이 흔들리고, 마법을 구축하면 지체가 발생한다.

그런 모자람을 고치기 위해 수없이 반복 연습을 거듭했다.

그저 한마음으로 검술 훈련을 반복해서 검의 흔들림을 없애 나간다.

그저 오로지 마법 구축을 반복해서 모든 수순을 매끄럽게 숙달시킨다.

그저 오로지 반복, 반복.

그렇게 시간을 들여 간신히 형태가 잡힌다 한들 결국은 연습이기에 가능한 기술.

실전에서 연습과 똑같이 활용하지 못하면 의미가 없다.

실전에서는 검술 훈련 때처럼 다리를 땅에 붙이고 가만 서 있지는 않는다.

실전에서 우뚝 선 채로 마법을 구축한다면 멍청하게 표적만 되는 꼴이다.

따라서 세찬 움직임을 더하여 다시 또 반복 연습.

그러자면 자신의 모자란 재능을 재인식하게 된다.

흔들린다. 지체된다.

다시 모자란 점을 수정한다.

한 걸음 나아갈 때마다, 다시 하나부터.

때로는 한 걸음 뒤로 물러났다가 다시 처음부터 고치기도 했다.

재능이 있는 사람이라면 자기 감각으로 금세 수정해 낸다.

그러나 나는 비슷하게 따라 할 능력이 없다.

그저 오로지 우직하게, 끈질기게 경험을 축적해서 몸에 숙달시킬 수밖에 없다.

하지만 이러한 숙달의 과정조차 내게는 무척 버거웠다.

회심의 일격이 휘둘러졌다.

그러나 같은 동작을 재현하고 싶어도 잘 안되는 때가 많았다.

전날에 성공했던 동작이었건만 다음 날에는 실패하는 때도 있었다.

시행착오를 반복하는 동안에 마법 발동조차 뜻대로 이루어 내지 못하는 실수도 저질렀다.

경험이 항상 앞으로 전진하기 위한 양식이 될 것이라 단정할 수는 없다.

시로 님이나 아가씨는 이렇듯 실패를 겪는 사람의 고뇌를 알지 못한다.

항상 앞으로 쭉 나아갔기에 좌절하고 멈춰 서거나 다시 시작해야 하는 평범한 사람을 이해하실 수 없다.

어째서 못 해내는가? 의아해할 뿐.

그것이 얼마나 잔혹한 말인지를 알지 못한다.

간신히 나도 검과 마법을 동시에 구사할 수 있는 실력을 갖추었지만 아직껏 순간적으로 최적의 능력을 발휘하는 수준은 못 이루었다.

미리 상정하지 않았던 사태가 벌어지면 어쩔 수 없이 판단이 지연된다.

아가씨나 시로 님이라면 그럼에도 순간적인 판단을 내릴 수 있을 것이다.

이런 부분이 재능의 유무로 여실하게 차이가 발생하여 표출된다.

내가 이번 대결에서 우위를 점할 수 있었던 까닭은 단순하게 능력치 및 스킬에서 앞섰기 때문이다.

재능이 없는 나라서 더더욱 재능의 유무를 맞상대하며 알아볼 수 있었다.

소년도 소녀도 나 따위보다 훨씬 축복받은 재능을 가지고 있다.

격이 뒤떨어지는데도 불구하고 나와 호각으로 맞싸웠다는 것이 좋은 증거다.

장래가 두려워지는구나.

오늘은 살짝 부상을 당하는 정도로 끝났으나 앞으로 몇 년, 십수 년 지났을 때는 어떻게 될지 알 수가 없다.

재능의 차이는 고스란히 성장 속도의 차이로 이어진다.

똑같이 노력한다면 재능 있는 사람이 더욱 빠르게 성장한다.

그렇다면 그 차이를 메우기 위해서 더 많은 노력을 할 수밖에 없는데, 시간이란 누구에게나 평등하고 동일하게 흘러가는 법이다.

단련에 들일 수 있는 시간도 역시 한정적이기에 시간의 흐름만큼은 재능의 유무와 관계없이 평등하다.
아울러 불평등하기도 하다.
더욱 많은 노력을 기울여야 하는 재능 없는 범재와 다르게, 재능 있는 수재에게도 같은 분량만큼 노력할 시간이 주어지니까.
불변하는 시간의 흐름을 아쉬워한들 아무 소용이 없음은 잘 안다.
그러나 자꾸 생각하게 된다.
내게 재능이 있었다면…….
어쩔 수 없이 기분이 가라앉는다.
그만큼 이번 패전은 나 역시 충격이 컸다는 의미인가.
마음을 다잡기 위해 감정으로 자신의 스테이터스를 확인했다.
그리고 스킬 항목에 있는 『인내』라는 글자를 봤다.
인내.
과거에 시로 님께서 소지하고 계셨다는 스킬.
지배자 스킬이라고 불리는 특별한 스킬 중 하나.
어째 나 따위가 이런 스킬을 터득할 수 있었는가 알지 못한다.
그러나 막상 나답다고 납득이 되는 측면도 있었다.
나는 견디고 참을 줄밖에 모른다.
재능이 없는 나는 달리 방법을 알지 못한다.
참고 참고 참아서, 앞으로 더 앞으로…….
우직하게 걸음을 옮겨 나아갈 수밖에 없잖은가.
이 스킬을 바라보면 다시 견디며 앞으로 나아가자고 마음을 다잡을 수 있었다.
설령 저 멀리 앞서 달리는 아가씨와 다른 분들은 따라잡지 못함을 안다 하여도…….

뒤에서 쫓아오는 재능 있는 인물들에게 언젠가 결국 추월당할지라도…….

이를 악물고 기꺼이 쭉 달려 나가리라.

페르미나

제 이름은 페르미나.

그냥 페르미나입니다.

몇 년인가 전에는 집안의 성씨도 같이 썼습니다만 지금은 이름뿐입니다.

저는 마족의 명가에 태어나서 아무 불편함 없는 생활을 누려왔습니다.

아버지는 재무성의 수장과 마족군 제10군 군단장을 겸임한 분이셨기에 지위는 반석.

정확하게 말하면 제10군 군단장을 겸임한 적이 있었다고 과거형으로 설명 드려야겠습니다만, 제가 본가에 있던 시절에는 아직 아버지도 두 직책을 함께 가지고 계셨습니다.

제10군은 실제로 조직된 부대가 아니라서 이름만 있는 직책이었습니다. 그래도 직책에 따른 수당이 지급돼서 저희 집안은 제법 유복했죠.

그러나 불편함만 없을 뿐 그에 걸맞은 엄격한 가정이기도 했습니다.

다른 자들의 위에 서야 할 신분답게 실력과 정신을 가져야 한다는 것.

저희 집안뿐 아니라 마족의 귀족 가문이라면 어디든 같은 교육을 받을 겁니다.

개중에서도 저희 집안의 교육은 엄격하기로 소문이 자자했습니다.

공부, 단련, 예의범절.

어릴 적부터 매일같이 여러 수행을 쌓았던 저는 가문의 이름에 부끄럽지 않은 숙녀로 자라났다고 자부합니다.

아뇨, 자부했었습니다.

저는 어느 사건을 이유로 집안에서 의절을 당했거든요…….

눈까지 깊이 눌러쓴 후드 안쪽으로 눈치채이지 않게 옆쪽에 서 있는 인물을 봅니다.

"뭐야?"

……곧장 눈치채였습니다.

언짢아하며 받아치는 저 인물은 소피아 케렌.

제가 의절당하게 된 원인을 만들었던 사람.

그때를 떠올리면 지금도 배알이 뒤틀리는 기분입니다.

"아녜요, 아무것도."

"아, 그러셔."

짧은 대화.

저와 소피아 케렌은 사이좋게 잡담을 나눌 사이도 아닐뿐더러 또한 지금은 여유로운 상황도 아닙니다.

저희는 지금 적을 기다리면서 숲속에 잠복 중이니까요.

시선만 움직여 주위를 둘러보면 저와 똑같은 하얀 옷차림의 집단이 여기저기에 몸을 숨기고 있습니다.

모두 다 높은 은밀 스킬을 쓰고 있기 때문에 처음부터 알고 쳐다보는 것이 아니라면 저곳에 있는 줄 알아차리지 못할 겁니다.

한 사람 한 사람의 숙련도가 비정상적으로 높은 이 집단이야말로 마족군 제10군단.

과거에 제 아버지가 지휘했던 시절에는 저희 집안의 사병을 명부에 올려놓았을 뿐 거의 없는 것이나 마찬가지인 군단이었습니다.

전부 옛날이야기죠.

아버지가 군단장의 자리를 내려놓고 군단장이 바뀐 이후로 제10군은 다시 태어났습니다.

소수 정예의 초인 군단으로…….

제10군은 다른 군단과 비교하면 기껏해야 100분의 1에도 못 미치는 인원만 배속되어 있습니다.

그러나 지닌 바 실력은 한 사람 한 사람이 일기당천.

아마도 다른 군단과 정면에서 맞부딪쳐도 괜찮은 승부를 벌일 수 있겠죠.

그만큼 강자가 가득합니다.

그런 수준의 강자를 불과 수년의 짧은 육성으로 단련시켰다는 게 무시무시할 뿐입니다.

이렇게 말하는 저 또한 비슷하게 단련을 받은 부류이기는 합니다만.

다만 제10군의 실태는 다른 군단에 알려지지 않았습니다.

발족한 이후 긴 시간이 흐르지 않았다는 이유와 군단이라기에는 소수 인원이라는 특징이 같이 작용하여 바깥 사회에 나가 힘을 발휘할 기회가 적었던 탓입니다.

그만큼 세상의 이면에서는 군단장의 지시를 따라 다양한 활동을 벌여왔습니다.

첩보, 암살, 등등 말이죠.

그 때문에 제10군은 뭔가 은밀 공작에 특화된 집단이라고 착각을 받고 있습니다.

완전히 틀린 말은 아니지만 실상은 은밀한 공작도 가능할 뿐 평범한 전투도 충분히 잘 수행할 수 있는 집단입니다.

진짜 실력을 내보일 기회가 없다는 것이 유감스러울 따름입니다.

이번에도 다른 군단이 인족령으로 당당하게 침공한 데 반해서 제10군은 은밀 작전 중입니다.

소피아 씨가 언짢아하는 이유도 화려하게 활약해서 자랑을 할 수 없기 때문이겠죠.

소피아 씨는 자기 과시욕이 강한 데다가 또한 싸움 자체를 즐기는 경향이 있거든요.

그러나 어떤 의미로 이곳이 가장 중요한 전장이기도 합니다.

그런 이유 때문에 저희가 담당하는 겁니다.

"……."

무언.

제10군의 모든 인원이 전투태세에 들어갔습니다.

스킬에 의해 강화된 청각이 숲속을 나아가는 발소리를 감지했기 때문입니다.

가만히 숨을 죽이고 기다립니다.

제10군은 전원이 무음 스킬을 갖고 있어서 호흡 및 심박에 의한 소리를 감지당할 우려도 없을뿐더러 무취 스킬도 있어 후각에 감지당할 우려 또한 없습니다.

그 밖에도 온갖 감지를 피하기 위한 훈련을 쌓았습니다.

유일하게 천리안 등 스킬을 활용하는 관측은 막을 방법이 없습니다만, 은밀 및 은폐를 구사하면 얼마간은 눈속임이 가능합니다.

딱히 상대도 스킬을 상시 발동하며 경계하지는 않을 테니까요, 잠복을 미리 예측하지 못했다면 아마도 발각당하지 않을 겁니다.

그렇게 숨을 죽인 채 발소리가 지나가기를 기다렸습니다.

시선은 보내지 않습니다.

작은 동작 때문에 기척을 감지당할 우려가 있기 때문입니다.

발소리가 잠복해 있는 저희의 근처를 지나갑니다.

소리로 짐작하면 적 인원수는 대략 백 명.

이곳은 짐승 다니는 길밖에 없는 숲속.

행군에 적합하지 않은 길이라서 통과할 때도 인원이 많을수록 어려워집니다.

그러나 반대급부로 감시의 눈이 미치기 힘든 장소이기도 합니다.

인마 완충 지대는 이런 장소입니다.

행군 가능한 요충지에는 인족이 지은 요새가 존재합니다.

그 빈틈에 있는 장소는 인마 완충 지대라고 불리면서 마족과 인족의 국지전이 빈발하는 지역으로 자리 잡았습니다.

이 숲은 개중 한 곳.

또한 마족의 대규모 진군을 틈타서 적은 이곳 인마 완충 지대를 빠져나간 뒤 마족에게 역침공을 벌이겠다고 획책하는 듯합니다.

저희 제10군단의 임무는 이러한 적의 섬멸.

이곳에 있는 인원 말고도 인마 완충 지대의 각지에 흩어져서 통과를 시도하는 적군, 혹은 본래부터 해당 지역에 살던 인족을 섬멸하며 다니고 있습니다.

그러나 가장 중요한 곳은 여기.

저는 숨을 죽인 채 신호를 기다립니다.

그러던 중 신호가 왔습니다.

눈에 안 보이도록 극히 가느다란 실.

손가락에 묶어 둔 실이 마침내 당겨졌습니다.

그 신호를 기점으로 저희는 일제히 움직였습니다.

숨어 있었던 장소에서 재빨리 모습을 드러낸 뒤 적에게 공격을 가합니다.

제 병기는 투척 무기, 차크람.

제일 먼저 적진으로 돌진한 소피아 씨를 추월해서 차크람이 적의 머리에 명중했습니다.

곧이어 한 발짝 늦게 소피아 씨가 다른 적을 베어 넘겼고 다시 한 발짝 늦게 다른 인원들이 습격.

적에게 막을 여유를 주지 않는 첫 번째 공격은 완전하게 기습 성공.

게다가 사태를 곧장 이해하지 못한 채 멍하니 있는 적에게 두 번째 공격.

제때 대항한 적은 절반에도 못 미쳤기에 두 번째 공격도 상대에게 유효한 대미지를 주었습니다.

이쪽이 세 번째 공격을 펼칠 무렵에야 간신히 적도 습격당했다는 것을 파악한 듯 태세를 갖췄습니다.

그러나 그 무렵에는 이미 적의 피해가 막대했습니다.

좁다란 짐승 다니는 길을 전진하기 위해서 적이 일렬로 쭉 뻗어 움직였던 것도 악재였습니다.

저희는 쭉 뻗어 나가는 대열을 좌우에서 협공하는 형태로 습격하여 적을 분단.

그리고 각개 격파.

애당초 몸을 움직이기 불편한 좁은 짐승길이죠.

군대의 기민한 연계는 바랄 수 없습니다.

남은 것은 순수하게 능력의 높고 낮음에 따른 승부입니다.

하지만 최초의 기습으로 상대는 인원수가 줄어들었고 게다가 아직껏 미처 혼란을 다 수습하지 못했습니다.

그에 더하여 저희의 전력.

패배할 수가 없다는 게 본심입니다.

"적습! 적습!"

"젠장?! 이놈!"

적이 쩔쩔매는 와중에 제10군의 인원들은 말없이 휙휙 들이닥칩니다.

"포~티~머~스~!"

정정.

딱 하나, 큰 목소리로 요란하게 대검을 휘둘러 대는 사람이 있었습니다.

"매복을 하고 있었나."

소리치면서 대검을 휘두르는 소피아 씨와 대치한 자는 기분 나쁜 눈매의 엘프 남자.

포티머스 하이페너스.

저희의 가장 중요한 토벌 목표.

그리고 적군은 포티머스의 지휘를 받는 엘프들.

"무장 사용을 허가한다. 해치워라."

포티머스가 침착하게, 그러나 분명한 목소리로 명령했습니다.

즉각 엘프들의 몸에서 변화가 발생했습니다.

누군가는 손을 변형시켜서 총신이라고 불리는 물체를 노출.

누군가는 그와 비슷한 형태의 무기를 꺼내 들거나 빛나는 칼날을 손에서 출현시키는 자도 있었습니다.

곧장 총신에서 탄환이 사출됩니다.

다만 사전에 이런 공격법을 알아 두었던 저희는 당황하지 않고 대처했습니다.

마법으로 벽을 만들어 막는 자, 탄도를 읽고 회피하는 자.

"아니?!"

놀라는 엘프들에게 저희의 반격이 들이닥칩니다.

포티머스조차 이런 결과는 예상 밖이었는지 살짝 표정이 험악하게 바뀌었습니다.

이미 알고 있었다고요.

당신들 엘프가 기계라는 무기를 사용한다는 정보는…….

왜냐하면 제10군의 군단장은 바로 주인님이시니까요.

"흥!"

소피아 씨의 대검이 날아들자 포티머스는 오른팔로 방어.

저 오른팔도 어차피 기계 등 부품으로 만들어졌겠지만 소피아 씨의 대검은 적의 팔뚝을 수월하게 베어 갈랐습니다.

"칫."

포티머스가 짧게 혀를 찹니다.

"어쩔 수 없군. 항마술 결계는……."

포티머스의 말이 도중에 끊어졌습니다.

왜냐하면 목과 몸체가 서로 분리됐으니까요.

불쑥 포티머스의 등 뒤에 나타난 인물의 손에 의해서…….

"……마침 신나던 참이었는데 방해하지 말아줄래?"

싸우고 있던 상대를 갑자기 빼앗긴 소피아 씨가 삐쳐서 불만을 늘어놓았습니다.

그분은 딱히 대답도 없이 손에 든 포티머스의 머리를 꽉 쥐어 으스러뜨렸습니다.

거의 동시에 엘프 섬멸이 종료.

도망자 제로. 생존자 제로. 아군 전사자 제로.

상황을 재빨리 확인한 뒤 저는 무릎을 꿇었습니다.

"임무 완료했습니다, 주인님."

저를 따라서 다른 대원들도 주인님께 무릎 꿇었습니다.

소피아 씨만 혼자 서 있습니다.

주인님은 보지도 않고 고개만 까딱여서 대답했습니다.

이분이야말로 제10군의 군단장이자 저의 주인님.

시로 님입니다.

제 인생은 언제부터 이상해졌을까요? 대답은 명확합니다.

학원에 소피아 씨가 나타났을 때.

그때부터 점점 이상해졌습니다.

명가에서 태어나 부끄럽지 않게 엄격한 교육을 받아야 했던 것 이외는 아무 불편함 없이 살아왔던 저.

그때까지는 일이 뜻대로 풀리지 않아 난처했던 경험도 거의 없었습니다.

부모님이 정해 놓은 혼약자가 있고 이미 장래가 결정되어 있었다는 사실 정도일까요.

하지만 혼약자 왈도 님에게 부족한 점은 없었던 데다가 이미 장래가 결정되어 있다는 것도 결국은 귀족의 의무이기에 딱히 불만을 느끼지는 않았습니다.

혼약자 왈도 님께는 호의를 갖고 있었죠.

다만 어디까지나 연애의 의미가 아닌 우정에 가까운 감정이었습니다.

장래에 이분과 결혼하리라는 생각 때문에 가족애와 비슷한 마음이었는지도 모르겠습니다.

어느 쪽이든 연애 감정은 아니었죠.

아마도 왈도 님 역시 마찬가지였습니다.

특별히 거북함은 없었으니 격한 연애 감정이 동반되지 않더라도 서로가 서로를 존중하는 평온한 가정을 만들 수 있을 것이라 기대했습니다.

왈도 님이 다른 여성에게 빠져서 저를 배반하기 전까지는…….

그래요, 맞습니다.

그 상대가 바로 소피아 씨입니다.

학원에 입학하자마자 소피아 씨는 주목의 대상이었습니다.
마족의 귀족 사회는 무척 좁습니다.
마족의 인구가 적은 데다가 귀족도 적으니 당연합니다.
학원에 입학하기 전부터 귀족 자녀들은 미리 안면을 익히는 것이 당연한 관례.
그게 아니더라도 지인의 지인이라는 관계에 있는 경우가 대부분.
그래서 누구의 사람 됨됨이든 소식을 들어 알 수 있습니다.
다만 소피아 씨는 예외였습니다.
신원 불명.
아울러 직접 만나봤던 사람도 없음.
분명한 사실은 학원에 입학하기 전 피사로 공작가에서 조용하게 지낸 이력이 있다는 것뿐.
그런 이유로 「피사로 공작 발트 님의 사생아가 아닌가?」, 「행방불명된 선대 마왕님이 바깥에서 만들어 온 아이 아닌가?」, 「당대 마왕님의 가족 아닌가?」 등등 억측이 퍼져 나왔습니다.
진상을 알게 된 지금은 모두 다 헛소문이라는 것이 드러났습니다만, 당시에는 수수께끼였기 때문에 소피아 씨를 어떻게 대해야 할까 가닥을 잡지 못하는 사람이 대부분이었습니다.
따라서 해당 연도의 학원생 중 가장 높은 신분이었던 왈도 님이 대표로 뽑혀 소피아 씨를 상대하게 된 것은, 어떤 의미로 당연한 흐름이었습니다.
그러나 오산이었던 것은 소피아 씨가 예상 이상으로 우수했다는 점과, 왈도 님의 지기 싫어하는 성격 때문에 소피아 씨를 어떻게 대해야 할까 탐색하기 위함이라는 당초 목적을 왈도 님 본인이 잊어버렸다는 점이겠네요.

그래요, 맞습니다.

소피아 씨는 성격은 고약한데도 무척 우수했거든요.

게다가 왈도 님은 붙임성 좋은 표정을 짓고 다니면서도 승부욕이 많고 자부심이 높은 분이세요.

저는 혼약자라서 어린 시절부터 왈도 님과 교류를 가졌던 만큼 잘 알고 있었습니다만, 대부분의 사람은 말끔한 외모 및 능란한 화술에 홀라당 속아 넘어가겠죠.

왈도 님은 다정한 척 흉내 내며 상대에게 자신이 더 잘난 사람이라고 인식을 심는 재주가 뛰어납니다.

평소 대화하는 중 은근슬쩍 자신이 더 뛰어나다고 부각해서 「이 사람은 못 당한다」라는 생각을 유도하는 한편, 친절한 태도를 가장해서 「이렇게 좋은 사람이 있구나!」라는 인상을 유발하여 신봉자를 늘려 나갑니다.

상당히 멋진 성격을 갖고 계시죠.

그런 사실을 잘 알기 때문에 저는 더더욱 왈도 님에게 연애 감정을 품을 수 없었지만요.

아무튼 뱃속 시커먼 성격을 갖고 계시는 왈도 님은 그런 행동을 하기 위해 상대보다 더욱 뛰어날 필요가 있습니다.

왈도 님도 고위 귀족답게 남몰래 끊임없는 노력을 쌓아온 분.

그런데도 소피아 씨에게 완패.

또래 중 항상 1등이었던 왈도 님이 패배한 거죠.

왈도 님의 대항심에 불이 붙는 게 당연했습니다.

소피아 씨가 「흐흥」 코웃음 치며 대놓고 왈도 님을 조롱했던 태도도 거기에 박차를 가한 듯싶습니다.

서로 간에 참 멋진 성격을 갖고 계십니다.

그 이후로 왈도 님의 일방적인 도전이 시작됐습니다.

뭔가 기회가 있을 때마다 소피아 씨에게 도전하고, 매번 패배.

어떤 때는 시험 점수로, 어떤 때는 전투 실기 수업으로, 어떤 때는 댄스 수업으로.

모든 분야에서 왈도 님은 소피아 씨보다 아래였습니다.

"소피아 씨는 정말로 대단하구나."

매번 온화하게 웃음을 띠고 소피아 씨를 칭찬했습니다만 마음속에서는 대항심이 활활 불타오른다는 것을 전 알아볼 수 있었습니다.

저런 「대단하구나」라는 표현이 어느 사이인가 본심으로 바뀌었다는 것을 저 이외에는 알아차리지 못했을 겁니다.

어쩌면 본인도 한동안은 몰랐던 게 아니었을까요.

왈도 님의 인생에서 이렇게까지 못 이겼던 경험은 없었을 거예요.

왈도 님은 그때까지 언제나 1등이었습니다.

가끔씩 제가 조절을 실수해서 깜빡 이기는 경우는 있었어도 다음 기회가 오면 한층 더 노력해서 승리를 되찾곤 했죠.

그런 분이었습니다.

왈도 님이 자기 지위에 모자람이 없도록 노력해서 줄곧 1등을 유지했다는 사실을 잘 알았습니다.

그러니까 저도 쭉 2등으로 살아왔습니다.

후후, 왈도 님은 머리가 좋은데도 제가 성적을 적당히 2등으로 조정했다는 사실을 못 알아차리더라고요?

그래도 노력해서 최고의 자리를 지키고자 힘썼던 왈도 님의 태도는 나름 존경했습니다.

이분과 함께라면 몰락하고 있는 마족을 이끄는 것도 나쁘지 않겠다고요.

저희는 고위 귀족입니다.

다음 세대의 통솔자.

그래서 더더욱 패배는 용납되지 않죠.

사람들의 위에 올라서야 합니다.

그런 고생과 고뇌를 알지 못하는 소피아 씨는 잔혹하리만큼 거듭 승리를 거뒀습니다.

또한 언제나 이기면서 패자를 신봉자로 만들어왔던 왈도 님은, 쭉 패배를 겪는 과정에서 자신에게 완승을 거둔 소피아 씨를 신봉하게 됐던 겁니다.

……이런 사람을 쉬운 남자라고 말씀하시더군요.

왈도 님은 소피아 씨에게 점점 빠져들었고 그런 경향은 해가 지날 때마다 더욱더 심해졌습니다.

처음 만났을 때부터 잘 알았지만 소피아 씨는 성장하면서 더 많이 아름다워졌으니까요.

외모뿐 아니라 남자를 홀리는 마성의 색향을 흩뿌리면서요.

많은 남성이 색향에 취해 소피아 씨를 받들었습니다.

그것이 진정 소피아 씨에게 반했기 때문이었다면 차라리 나았겠죠.

귀족 자제들이 모두 다 나란히 한 명의 여성을 사모한다는 것이 바람직하다는 생각은 안 듭니다만, 젊은 시절의 치기로 미녀를 떠받들고 다니는 정도라면 잠시 눈감아 줄 수 있습니다.

언젠가 제정신을 차려준다면 그만이니까요.

그러나 실제로는 훨씬 사태가 심각했습니다.

사실 남학생들은 소피아 씨의 매료라는 독니에 물렸던 겁니다.

매료.

그 상태 이상을 일으키는 스킬은 적다 뿐이지 분명하게 존재합니다.

매료에 당한 사람은 술사를 숭배하게 되죠.

마족의 다음 세대를 짊어져야 할 자제들 대부분이 단 한 명의 여자에게 매료되어 꼭두각시로 전락한다?

그런 사태는 도저히 간과할 수 없었습니다.

게다가 사실 남학생들은 글자 그대로 소피아 씨의 독니에 물리기도 했습니다.

소피아 씨는 옛날이야기 속에나 등장하는 흡혈귀였거든요.

이대로 두면 소피아 씨라는 흡혈귀에게 마족 전체가 점령당합니다.

다행히도 소피아 씨 본인은 딱히 거창한 야망을 가진 사람이 아니었고, 오히려 매료도 무의식중에 흘리고 다닌 결과였음을 알 수 있었습니다.

그러나, 그렇다고 가만 방치할 수는 없었던지라 우선 아버지에게 상담한 뒤 어떻게든 방책을 모색하고자 했습니다.

하지만 제 계획은 시작하기도 전에 들통났습니다.

스스로는 깨닫지 못했는데 제게도 조바심이 있었나 봐요.

저는 왈도 님을 비롯한 많은 분들이 놓은 함정에 빠져 누명을 뒤집어써야 했습니다.

아뇨, 절반은 누명이 아니었네요.

소피아 씨를 저세상으로 보내려던 계획은 실제로 세웠는걸요.

그렇게 저는 학원에서 쫓겨났고 뒤에서 어떻게 손을 썼는지 아버지에게서 의절 통보까지 받아야 했습니다.

미안해하며 제게 의절의 말을 꺼냈던 아버지의 얼굴은 잊을 수 없습니다.

나중에야 알았습니다만 소피아 씨가 마왕님의 관계자였기에, 왈도 님의 아버님을 비롯한 일부 귀족이 지레 눈치를 살피다가 알아서 저를 내치자는 방향으로 움직인 결과였습니다.

저런 조치를 왈도 님 본인이 실행했다는 말도 들었고요.

저는 언제나 힘을 빼면서 왈도 님에게 1등을 양보했습니다.

그 때문에 전 자신의 힘을 과신한 건지도 모르겠습니다.

진짜 실력을 발휘하면 무엇이든 해낼 수 있다고…….

그랬던 제가 소피아 씨를 배제하기 전에 왈도 님에게 배제당했습니다.

이 사태를 일종의 전쟁으로 간주하자면 저는 왈도 님에게 패한 셈입니다.

어쩌면 저는 진짜 실력을 발휘한 끝에 처음으로 왈도 님에게 패배한 건지도 모르겠습니다.

왈도 님의 성장을 기대하면서 언젠가 진짜 실력을 발휘해도 패배하게 되기를 바라왔던 시기가 있었습니다.

그러나 이런 방식으로 패배하고 싶지는 않았습니다.

설마 왈도 님이 진짜 실력을 발휘해서 저에게 거둔 첫 승리가 저를 추락시키기 위해서였다니…….

연애 감정은 없었어도 동지 비슷하게 일정 이상의 신뢰 관계는 구축했다고 믿었었는데…….

혼약자에게 배반당했을 뿐 아니라 집안에서도 쫓겨나 실의의 구렁텅이에 잠겨 있었던 저.

다행히 아버지는 무일푼으로 저를 쫓아내지 않고 얼마간의 금전과 몸담을 곳을 마련해주셨습니다.

이때 찾아가게 된 몸담을 곳이 바로 마족군 제10군.

마침 제가 의절을 당한 시기에 제10군은 아버지의 손에서 현재 군단장이신 시로 님의 손으로 넘어간 뒤 인원을 모집하고 있었습니다.

아버지는 인수인계 중 시로 님과 약간이나마 친분을 맺었기에 제 훗날을 부탁해주셨던 겁니다.

시로 님은 아버지의 부탁을 쾌히 수락해주셨고 저는 제10군 소속으로 들어갔습니다.

이후부터 전 시로 님을 주인님으로 모시고 힘껏 진력했습니다.

시로 님께는 아무리 감사의 말을 올려도 모자랍니다.

당시 어린 계집아이에 불과했던 저는 몸담을 곳이 없었다면 설령 금전을 갖고 있었어도 머지않아 객사했을 겁니다.

게다가 시로 님은 어린아이라는 이유로 저를 오냐오냐하는 것이 아니라 할 일이며 훈련을 차례차례 마련해주셨습니다.

도저히 제정신으로, 아뇨, 미친 짓, 상궤를 벗어, 음~ 그래요, 정말 충실한 나날이었답니다. 그럼요.

그래서 슬픔에 잠길 겨를조차 없이 매일매일 눈이 돌아가는 바쁜 하루를 보내던 중 정신을 차렸을 때는 마음이 제법 단단하게 회복되어 있었습니다.

주인님께서 일부러 의도하셨는지 아닌지는 알 수 없습니다만 정신적으로 다시 일어설 수 있었던 겁니다.

매일매일 엉망진창이 되어야 하는 이 고통과 비교하면 혼약자에게 배반당하거나 의절을 당하는 괴로움 따위 별것도 아닌 사소한 문제였음을 깨달았거든요.

그런 덕분에 제 능력치는 상상하지 못할 만큼 높아졌습니다.

사람은 작정하면 한계를 뛰어넘을 수 있더라고요.

주인님이 받아주시기 이전에도 고위 귀족의 영애답게 노력을 게을리하지 않았다고 자부하지만 노력이야 누구든 다 하는 법이고, 한계를 뛰어넘기 위해서는 아무나 따라 하지 못하는 고난을 맞이하고 극복해야 한다는 것을 몸소 실감했습니다.

같은 훈련을 받은 현재 제10군의 대원들은 모두 하나같이 심신이 사람을 반쯤 그만둔 상태입니다.

주인님께서는 파워 레벨링이라고 말씀하셨습니다.

그렇게 파워 레벨링으로 고락을 함께했던 제10군단 대원들의 결속은 단단합니다.

또한 주인님의 손발이 되어 활동하는 동안에 저희들은 세계의 이면이라는 진실을 목격해왔습니다.

장래에는 고위 귀족의 딸답게 마족을 다스리는 지위를 맡게 되리라 생각했었습니다.

그런 미래 예상도는 맥없이 사라졌고 저는 주인님의 휘하에서 훨씬 더 심오한 길을 걷고 있습니다.

인생은 무엇이 어떻게 될지 모르는 법이더군요.

그래요, 겨우 잊어버렸을 무렵에 저를 추락시켰던 과거의 혼약자와 간접적으로 원인을 만든 소피아 씨가 제10군에 배속된다거나…….

"앉아."

사냥감을 빼앗긴 탓에 삐쳐서 불퉁대는 소피아 씨에게 주인님이 한 마디 했습니다.

그 순간, 소피아 씨가 바닥에 넙죽 엎드립니다.

"윽, 끄그극!"

소피아 씨는 몸을 덜덜거리면서 일어나려고 발악했으나 이마를 지면에 조아리고 있는 상태는 달라지지 않습니다.

이것은 주인님께서 소피아 씨에게 벌을 주기 위하여 내린 저주라던데, 강제로 넙죽 엎드리게 만든다던가요.

주인님이 이 저주를 내린 날짜는 제가 의절당했던 당일.

다시 말하자면 저를 위해서!

……그냥 제 바람이고요, 유감이지만 특별히 저를 위한 게 아니라 소피아 씨를 길들이기 위한 저주입니다.

어쨌든 저에게는 멋진 보복과 다를 바 없죠.

따라서 말하겠습니다.

꼴좋네, 라고.

Phelmina

페르미나

본명, 페르미나. 본래 어엿한 귀족 가문의 영애였지만 어떤 사건을 계기로 집안에서 의절당하고 성씨를 버려야 했다. 부친은 재무성의 수장이자 전직 마족군 제10군 군단장. 현재는 시로에게 제10군 군단장의 자리를 넘겨줬고, 그때 맺었던 인연으로 딸 페르미나를 제10군에 입대시켰다. 시로의 휘하에서 지옥 훈련을 겪은 뒤 암살 실력은 세계 최고 수준으로 올라갔다. 아무 잘못을 안 저질렀는데도 혼약 파기에 집안에서 의절당했고, 지옥 훈련 중 생사의 경계를 헤맨 데다가, 시로의 휘하에 있는 까닭에 아예 모르는 것이 행복할 이런 저런 사실을 알게 되어버리는 등 묘하게 박복한 신세.

왈도

"쏴라!"

나의 호령을 따라 마법이 발사된다.

마법은 어긋남 없이 적에게 명중.

대상 대부분을 절명시켰다.

"돌격! 한 명도 놓치지 마라!"

내가 말을 마치기도 전에 하얀 인영이 신속하게 이동해서 살아남은 적을 섬멸했다.

굳이 놓치지 말라 당부했을 뿐 전황을 잘 살펴보면 쓸데없는 말이었다.

덧붙이지 않았더라도 한 명도 남김없이 섬멸했을 테니까.

두렵다는 생각이 든다.

마족군 제10군단.

그곳에 소속된 병력들은 한 사람 한 사람이 영웅이라고 불릴 만한 힘을 가지고 있다.

어쩌면 더욱 뛰어날 수도…….

일반적으로 사람의 능력치 상한은 1천 정도라고 알려져 있다.

이는 마족이든 인족이든 다를 바 없다.

저런 영역에 도달할 수 있는 부류는 극히 일부뿐이며 실제 뛰어넘는 업적은 영웅의 증거였다.

그런 영웅이 이곳에는 잔뜩 넘쳐난다.

어째서 저런 영웅들의 지휘를 하필이면 내가 맡아야 하나?

분명하게 말해서 나는 제10군 중 가장 약하다.

마족의 귀족 체계 중 최고위에 해당하는 공작가의 태생인 내가 일반 병사를 못 당한다.

옛날의 내가 들었다면 코웃음 쳤을 것이다.

지금은 웃지 못한다.

내가 지휘를 맡게 된 이유는 강하기 때문이 아니라 단순하게 귀족의 교양 삼아서 지휘 공부를 했던 경험이 있기 때문에…….

즉 지휘를 할 줄 알아서다.

그 이상의 의미는 없다.

실전 경험도 없이 갑자기 지휘를 맡아도 휘하 병력이 영웅들이라면 어지간한 바보짓을 벌이지 않는 한 문제가 발생하지 않는다.

분명하게 말해서 내가 아니어도 가능하다.

누구든 상관없었을 것이다.

자기 자신보다 강한 병력을 지휘하는 행위는 스트레스다.

위가 찌릿찌릿 아프다.

거기에 박차를 가하는 요인은 지휘 대상들이 나에게 호의적이지 않다는 점이었다.

원인은 제10군의 최고참 대원, 페르미나이다.

페르미나는 나의 옛 혼약자다.

그리고 내가 함정이 빠뜨려서 추락시켰던 상대이기도 하다.

나는 사랑을 했다.

그리고 그 상대는 혼약자가 아니었다.

따라서 혼약자였던 페르미나가 방해물이었다.

그래서 쫓아낸 뒤 혼약을 취소했다.

나 스스로도 못된 남자였다고 생각한다.

다만 후회는 하지 않았다.

다른 사람에게서 나쁜 놈이라고 욕설을 듣더라도, 경멸당하더라도, 환멸당하더라도, 나는 후회하지 않는다.

만약 과거로 되돌아가서 다시 시작할 기회가 주어지더라도 나는 똑같은 선택을 반복할 테니까.

그만큼 나는 소피아에게 정신없이 반해버렸다.

그러나 내가 페르미나에게 저질렀던 처사를 제10군의 대원들은 알고 있다.

또한 고락을 함께했던 제10군 대원들의 결속은 단단하기에 뒤늦게 들어온 내게 보내는 시선도 호의적이라고 말하기는 어려웠다.

다행히도 저들은 군단장 시로 님에게 너무 과하다 싶을 만큼 충실하기 때문에 사적 감정에 휩쓸려서 동료를 부당하게 대우하지는 않았다.

지금도 내 명령을 제대로 따라주고 있었다.

그렇다 한들 마음이 불편하다는 것은 달라지지 않는다.

다만 이것도 소피아와 함께하기 위해서였다.

정작 소피아의 안중에 내가 없을지라도…….

소피아와 첫 만남은 그녀가 학원에 입학했을 때였다.

정체를 알 수 없는 수수께끼의 여자가 입학한다는 것은 이전부터 소문이 퍼졌던 터라 어떻게 대우해야 할지를 다들 고민했다.

따라서 내가 먼저 다가가 말을 건넸다.

첫 번째 인상은 예쁜 아이라는 것.

가녀린 인상이라서 마치 장인이 만든 인형 같았다.

두 번째 인상은 뜻밖에도 외모와 달리 성격은 무척 지독하다는 것.

내가 몸소 말을 붙여줬건만 귀찮다는 감정을 숨기려고도 하지 않았다.

공작가의 일원인 내게 걸치레도 없이 홀대하는 인물은 소피아가 처음이었다.

분명하게 말해서 불쾌했다.

좋아, 이 녀석을 굴복시켜주마.

내심 다짐했다.

사실은 대화를 계기 삼아서 사이가 좋아진 다음 정체를 탐색하다가 적당한 대우의 수준을 가늠하자는 계획이었지만, 그런 것들은 전부 상관 없어졌다.

상대가 먼저 무례를 저지른 이상 대놓고 굴복시켜도 괜찮을 테지.

물론 소피아의 정체에 따라서 훗날 문제가 발생한다면 달갑지 않다.

소피아의 정체에 대한 억측들 중 마왕의 관계자라는 내용도 있었던 만큼 가능하게 원만하게, 본인도 알아차리지 못하도록 조롱해주겠다.

그런 생각을 하고 우선은 누가 더 우위에 서 있는지를 제대로 깨우쳐주고자 했다.

그리고 깨달았다.

누가 더 우위에 서 있는지를…….

무엇을 해도 이기지 못했다.

처음에는 「말도 안 된다?!」라며 경악했다.

설마하니 내가, 공작가의 적자가, 수재 중의 수재인 내가.

이렇다 할 신원도 알 수 없고 성격까지 비뚤어진 여자한테 완패하다니.

소피아는 내게 승리하면 반드시 코웃음을 쳤다.

용납할 수 없었다.

항상 1등이었던 내가 저따위 여자에게 추월당한다는 것을…….

다정한 귀공자를 연기했었던 내 본성이 분노를 내비칠 뻔했다.

그래서 죽기 살기로 공부하고, 다시 단련하고, 다음에는 꼭 이기겠다고 분발했다.

그렇게 패배가 거듭됐다.

괴로웠다.

어째서 이길 수 없나?

도대체 왜 이길 수 없나?

내가 이토록 노력하는데도, 대체 왜?!

그러나 연신 패배를 당하는 동안에 나는 언제부턴가 소피아를 존경하는 마음을 갖게 되었다.

변덕 삼아서 읽었던 연애 소설에 「더없이 사랑하기에 되레 감정이 반전되었을 때의 증오는 깊다」라는 구절이 있었다.

내 경우는 반대로 분노 및 굴욕이 곧장 존경으로 바뀌었다.

인정하자.

소피아는 나보다 훨씬 뛰어난 인물이라고…….

그런 사실을 인정한 이후부터 마음이 가벼워졌다.

순수하게 존경의 눈길로 소피아를 바라보면 저 여자의 매력이 새롭게 와 닿았다.

외모는 첫 번째 봤을 때부터 예쁘다고 생각했지만 해가 지남에 따라 미모는 더욱더 빛을 발했다.

대놓고 다른 사람들을 얕잡아 보기 때문에 절대 성격이 좋다고는 말할 수 없으나 나와 다르게 소피아는 본심을 숨기지 않는다.

그것이 저 여자의 순수함, 즉 표리가 없음을 의미하는 만큼 눈부시다는 느낌을 받았다.

귀족은 모두 가면을 쓰고 살아간다.

결코 본심을 내비치지 않은 채 말이라는 무기로 항상 불꽃을 흩뿌린다.

고약한 성격이어도 전혀 숨기지 않고 겁먹지 않는 소피아에게 호감을 느낄 수 있었다.

다른 사람들의 평가 따위는 개의치 않는 유아독존의 굳건함으로 보였기에…….

실제로 소피아는 다른 사람들에게 관심이 아예 없었을 것이다.

제10군에 소속된 이후 깨달았다.

이것이 소피아가 봐왔던 세계라면 학원에 다니던 시절의 우리는 잘해 봐야 어중이떠중이로 보였을 테지.

더구나 소피아의 정체를 알아버린 지금이라면 더더욱 절감이 된다.

전승 속에서나 존재하는 흡혈귀 진조가 봤을 때 나 따위는 다른 모두와 똑같다.

공작가의 적자라는 지위는 마족 내부에 속해 있기에 통용되는 신분.

그따위 작은 체계에 사로잡히지 않는 소피아의 눈에는 있든 없든 다르지 않다.

소피아와 만난 이후, 매사에 자신의 옹졸함을 절감하게 되었다.

그중 가장 큰 사례가 페르미나를 함정에 빠뜨렸던 사건이다.

내가 사랑에 빠진 소녀를 손에 넣고 싶었다는 구차한 목적 때문에 오래도록 관계를 구축해왔던 혼약자를 아무렇지도 않게 내버리는 남자였다는 사실이 나 스스로도 기가 막혔다.

학원의 남자 녀석들이 소피아의 매료라는 힘 때문에 이상해졌던 것은 잘 알고 있었다.

나는 스킬의 영향을 받은 가짜 감정이 아니라 자기 의사로 소피아에게 사랑을 한 것이라는 우월감마저 느꼈었다.

별것도 아닌 차이에서 우월감을 느끼는 옹졸함.

그러나 학원의 모든 사람들이 소피아를 숭배하는 상황을 이용해서 방해되는 페르미나를 함정에 빠뜨렸던 짓과 비교한다면 저런 태도도 귀엽다고 말할 수 있겠다.

학원의 관계자뿐 아니라 다른 보호자 및 나의 아버지까지 끌어들여서 페르미나를 궁지로 몰아넣지 않았던가.

스스로도 제법 괜찮은 수완이었다고 생각한다.

페르미나가 나의 혼약자 자리에 있는 한 내가 소피아와 맺어질 수는 없었다.

게다가 매료의 힘을 주체하지 못하던 소피아를 페르미나는 위험시하며 배제하고자 획책했다.
페르미나를 배제하는 데 망설임은 없었다.
페르미나를 싫어했냐고 묻는다면 그렇지는 않다.
서로 연애 감정은 없었다 뿐 서로를 존중했다.
페르미나와 함께라면 사랑은 없을지라도 무난하게 결혼 생활을 누릴 수 있었겠지.
그러나 나는 사랑을 알아버렸다.
이렇듯 미치도록 격한 감정을 알아버린 다음부터는 뻔한 미래를 받아들일 수 없었다.
아무 잘못도 없는 페르미나에게 미안함은 느낀다.
느끼지만 그게 전부다.
못된 혼약자다.
지난날의 응보를 받아서 지금 난 불편하기 짝이 없는 임무를 수행 중이다.
학원을 졸업한 이후 본래는 아버지의 아래로 들어가야 했던 것을 오로지 소피아와 함께하고 싶다는 마음 때문에 제10군으로 배속받았다.
그곳이 어떤 마경인지도 알지 못한 채…….
눈을 의심할 수밖에 없는 광경들, 훈련은 명목일 뿐 담담하게 지옥을 버텨 내는 대원들.
그곳에 아무렇지도 않게 끼어드는 소피아.
또한 대원들 중에 있었던 옛 혼약자, 페르미나.
여러모로 심적 타격을 받았다.

농담이냐는 생각밖에 안 드는 훈련을 버티는 대원들에게 뒤처지고, 페르미나의 싸늘한 시선이 쏟아지고, 소피아는 이런 정도의 수행도 못 따라오냐고 어이없어한다.

내 마음이 맥없이 꺾이지 않은 까닭은 소피아에게 계속 패배했던 과거가 있기 때문이었다.

지난 경험이 아니었다면 벌써 옛날에 자신감을 상실한 뒤 칩거했으리라.

그러나 아직은 아슬아슬하게 버티기만 하는 처지에 불과하다.

솔직하게 말하면 칩거하지 않았을 뿐 자신감은 이미 상실했다.

소피아 한 명에게 패배를 겪던 학원생 시절과 달리 이곳 제10군에서는 최하위다.

그리고 과거에 쫓아냈던 페르미나가 나보다 아득하게 우위에 있다.

지금의 나와 페르미나는 능력치만 곱절 이상의 차이가 벌어졌다.

이래 보여도 나는 제10군에 들어온 이후 모든 훈련을 제대로 수행해왔다.

그러나 현 제10군이 조직되었던 당초부터 쭉 훈련을 수행해온 페르미나는 그 기간만큼 나보다 더 멀리 앞서 나갔다.

언제나 나의 아래에 있던 페르미나가 나보다 훨씬 우위에 섰다.

지긋지긋하게 충격을 받아왔던 나의 얼마 남지 않은 자부심이, 이러한 상황을 뒤집겠다고 사그라들 뻔한 마음에 활력을 불어넣었다.

어떻게든 쫓아가겠다고 발버둥쳤다.

그러나 본래 우수했던 페르미나가 몇 년을 앞서서 이 지옥 훈련을 시작하지 않았던가.

이미 벌어진 차이를 금세 좁힐 순 없었다.

그뿐 아니라 더욱더 차이가 벌어지려고 하는 지경이다.

나는 일말의 수치나 체면을 신경 쓸 여유가 없어져서 소피아에게 머리 숙였다.

자신을 흡혈귀로 만들어달라고.

……어쩌면 변명으로 들릴 수 있는 말이겠지만 언젠가는 흡혈귀가 되기를 바랐다.

나는 소피아와 함께하고 싶다.

영원토록…….

그렇다면 소피아에게 흡혈귀로 만들어달라 부탁하는 게 가장 간편하다.

게다가 흡혈귀가 된다면 곧 소피아의 권속이 된다는 뜻이다.

몸도 마음도 바칠 수 있다.

그것이 몹시 감미로운 말처럼 들려왔다.

다만 한 가지 염려가 있었기에 나는 흡혈귀가 되기를 망설였다.

마족으로 존재하기를 관둬야 한다는 뻔한 이유가 아니다.

이제 와서 고위 귀족의 긍지를 운운하기에는 그딴 감정은 벌써 옛날에 내다 버렸다.

소피아와 함께하기 위해서 혼약자를 버린 남자다.

추락할 대로 추락해주겠다는 각오는 갖고 있었다.

제멋대로에 무책임하다고 책망 듣는다 한들 나는 내가 하고 싶은 대로 할 테다.

아버지에게는 미안하나 나는 공작가의 적자가 이어받아야 할 책무를 맡을 마음이 없었다.

그러면 무슨 염려가 있었기 때문인가, 바로 나의 외모다.

흡혈귀는 영원한 시간을 살아간다고 일컬어진다.

늙지도 않고 변하지도 않고…….

이게 문제였다.

소피아 이외의 흡혈귀, 메라조피스라는 남자.

그자는 흡혈귀가 된 이후 나이를 먹지 않았다.

인족으로 비유하면 장년에 해당하는 연령인데도 불구하고 젊은 모습에서 변함이 없다.

만약 전성기의 모습으로 성장을 멈출 수 있다면 별문제가 안 된다.

실제로 소피아는 성장했다.

그러나 소피아는 진조라는 특별한 존재.

평범한 흡혈귀가 과연 성장을 할 수 있는가?

그렇다, 나는 어른의 모습을 갖춘 이후에 흡혈귀가 되고 싶었다.

다름 아닌 소피아가 사모하는 메라조피스와 비슷한 연령의 외모를 가지기 위해…….

성장이 멈출 수 있다는 위험을 감안하면 최선이라고 여겨지는 어른의 외모를 갖춘 이후에 흡혈귀가 되는 게 좋겠다.

하지만 더 이상은 느긋한 소리를 늘어놓을 수가 없게 되었다.

한시라도 빨리 밑바닥을 이리저리 기어 다니는 현 상황에서 벗어나야만 했다.

흡혈귀가 되면 힘을 얻을 수 있다!

어차피 늦고 빠름의 차이.

외모는 이런 처지인 만큼 성장이 멈추더라도 관대하게 넘어가도록 하자.

그렇게 신신부탁을 한 끝에 소피아는 나를 흡혈귀로 만들어줬다.

세계가 달라 보였다.

동시에 소피아와 분리할 수 없는 관계가 형성됐음을 느꼈다.

행복했다.

아, 나는 이때를 위해 살아왔구나, 라고 절감하는 순간이었다.

그러나 결국 제10군에서 나의 위치는 바뀌지 않았다.

변함없이 밑바닥이다.

흡혈귀가 된 이후 능력치는 분명 올랐다.

하지만 그것만 갖고 따라잡을 수 있을 만큼 제10군이 만만하지는 않았을 뿐.

"당연하잖아. 흡혈귀가 됐다고 갑자기 확 강해지면 반칙 아니야? 반칙은 안 돼."

소피아 역시 어이없어했다.

"메라조피스도 흡혈귀가 된 직후에는 힘들어했는걸. 그래도 나를 죽을힘으로 지켜줬거든. 그때의 메라조피스는 진짜 멋있었어."

그다음은 혼자 황홀해하며 말을 잇는다.

질투했다.

소피아의 눈에는 메라조피스밖에 보이지 않는다.

같은 권속의 처지가 되었는데도 정작 대우는 하늘과 땅의 차이다.

소피아가 원하는 사람은 오직 메라조피스이기에 내가 아무리 갈망한들 끝내 보답은 없을 것이다.

나는 흡혈귀가 되어 소피아와 영원히 함께할 수 있는 권리를 손에 넣었다.

그러나 그와 동시에 영원토록 보답받지 못하는 괴로움을 견디며 살아가야 하는지도 모르겠다.

그럼에도 내게 후회는 없다.

소피아

가고 싶지도 않은 학원에 억지로 들어갔던 데다가 스트레스만 쌓이는 하루하루를 보내던 중에, 자각도 없이 매료의 힘으로 학원을 엉망진창 난장판으로 만들었다는 죄로 수상쩍은 저주까지 받고 말았다.

납득이 안 되거든!

애당초 학원 따위 꼬맹이들이 모이는 장소에다가 전세 때 고등학생이었던 나를 억지로 집어넣는 소행이 진짜 귀축이잖아.

귀찮기만 한 꼬맹이들 상대가 매일매일 얼마나 힘든데, 게다가 메라조피스도 못 만나는 나날.

스트레스로 정신이 나갈 것 같았지만 꾹 참았거든?

그렇게 꾹 참고 몇 년 보냈더니 갑자기 벌을 주겠다면서 저주를 걸더라니까?

진짜 좀 너무하지 않아?

그래도 거역할 수가 없어.

왜냐면 거역할 수 없는 저주라서.

그야 뭔가 좀 이상한데~, 하고 생각을 했거든?

갑자기 남자애들이 나한테 막 아양을 떨지를 않나.

그래도 사춘기니까 괜히 저러다가 말겠지 넘어간 거야.

설마 무의식중에 매료의 힘을 막 발휘했을 줄은 상상도 못 했어.

뱃속 시커먼 자식을 필두로 남자 놈들이 결탁해서 반장을 쫓아냈을 땐 무슨 일인가 싶어서 놀랐다니까.

설마 매료의 영향이었을 줄은…….

아, 뱃속 시커먼 자식은 왈도, 반장은 페르미나를 말하는 거야.

왈도는 저 표현처럼 뱃속이 시커먼 성격이고, 페르미나는 깐족깐족 입바른 소리로 성실한 척 주의를 늘어놓길래 반장 같으니까 마음속에서 저런 별명을 붙였어.

페르미나는 잔소리가 많은 녀석이라 왈도한테 학원 밖으로 쫓겨났을 땐 꼴좋네, 라고 생각하며 좋아했는데 직후에 곧장 주인님이 나한테 저주를 걸어버려서 이런 꼴이야.

뭐, 페르미나한테는 조금 미안한 짓을 했지만

페르미나는 잔소리가 많을 뿐 꺼내는 말은 옳은 소리잖아.

그러니까 딱히 잘못한 게 아닌데 나를 제멋대로 떠받드는 남자 놈들한테 쫓겨났던 거야.

내가 저지른 짓도 아니고 지시를 내린 건 아니라도 책임감을 살짝 느끼고 있거든?

저주를 받은 건 엄청나게 납득이 안 돼도 그 후 메라조피스한테 혼났단 말야…….

"아가씨, 지금 당신은 자기 자신의 행동을 부모님께 자랑할 수 있습니까?"

본 적도 없는 험악한 표정으로 나를 쳐다보던 메라조피스.

"아가씨, 흡혈귀의 본능에 마냥 휩쓸려서 아무렇게나 힘을 과시했을 때는 무척이나 기분이 좋으셨겠지요. 누구도 거역하지 않게, 누구도 거역할 수 없게. 그렇게 아가씨 본인께서 상황을 만들어 내셨습니다. 꿈을 꾸는 기분이었습니까? 아니면 꿈이라는 생각이라도 하셨습니까? 현실성 없는 꿈속의 사건이라는 생각이라도 하셨던 겁니까?"

비록 무의식중이라지만 매료의 힘을 사용한 것은 사실이다.

그리고 아무래도 나는 2차 성징에 따른 변화와 동반해서 흡혈귀의 본능이 솟구친 결과, 먹이가 되는 남자들을 무의식중에 복종시켰던 것 같았다.

"아가씨의 부모님께서 제게 남겼던 말은 단 하나. 『딸아이를 부탁하겠다』. 단 하나뿐입니다."

그 말을 듣고 메라조피스가 얼마나 우리 부모님을 아끼는지를 알 수 있었다.

"부탁받았단 말입니다. 저는 아가씨를 죽을 때까지 살피고 지켜드릴 겁니다. 결코 외면하지 않습니다. 잘못을 저질렀다면 기꺼이 지적하겠습니다. 올바른 길로 돌아올 때까지 몇 번이든 이 손을 치켜들겠습니다."

그렇게 말한 뒤 내 뺨을 손바닥으로 짝 때렸다.

"아가씨께서 주인님과 사모님 앞에 섰을 때 가슴을 펴실 수 있게, 자랑스러운 삶을 살아갈 수 있도록 제가 지켜보겠습니다. 잘못을 저지른다면 다시 이 손을 쓰겠습니다. 그러나 가능하면 제가 또다시 손을 들어올리지 않도록 처신해주십시오."

치사하다.

저런 소리를 울먹이는 얼굴로 늘어놓으면 도저히 안 따라줄 수가 없잖아.

그런고로 그 사건이 일어난 다음부터는 진짜 얌전하게 품행 방정한 아가씨로 지냈단 말야.

그런데, 그런데!

"끄가각!"

지금 난 바닥에 넙죽 엎드리고 있다.

주인님?

있잖아, 이 저주를 너무 아무렇게 휙휙 써먹는 거 아닐까?

메라조피스의 손과 달라서 엄청나게 사소한 상황에도 막 쓰는 것 같은데?!

내가 못된 짓을 저질러서 벌주는 거면 괜찮거든?

그런데 주인님이 기분 나쁘다고 화풀이 삼아 써먹는 것 같은데 착각일까?!

"훗."

땅바닥에 머리를 조아리는 와중에도 누군가가 코웃음 치는 소리가 들려온다.

페~르~미~나~!

그야 나 때문에 인생이 이상하게 꼬인 녀석이니까 나를 싫어하는 건 이해되거든?!

그런데 내가 강제로 바닥에 엎드려야 할 때마다 코웃음 치는 건 조금 아니지 않아?!

미안한 마음은 있고 책임감도 느낀단 말야.

그래도 역시 나는 이 녀석이 싫어.

IV
마족군 제8군
라스
뉴도즈

라스의 전투, **여기가 포인트!**

시로의 해설 코너!

오니 군이 공격을 맡은 요새는 보는 바대로 산에 둘러싸인 지형입니다!

산에 둘러싸인 분지 지역에 요새를 건설해 놓은 거야.

가슴 여자의 임무 지역처럼 산 위에 건설한 곳은 아니니까 그나마 공격이 수월하다고 말할 수 있겠네.

그렇다 해도 주위가 산에 둘러싸여 있기 때문에 대놓고 정면으로 공격할 수밖에 없어.

요새 측은 상대가 어디에서 나타나 공격할지 뻔히 내다보이니까 대책을 세우기도 한결 수월하단 말이지.

공격군은 신기한 기책 따위를 시도할 여지가 없는 데다가 막 힘을 쏟아서 밀어붙이는 고전적인 공략 수단밖에 없다!

진흙 구렁 같은 육탄전이 예상되는구나!

……이래야 할 텐데 말이야~.

공격을 맡은 게 하필이면 오니 군이잖아~.

오니 군이 상식적인 요새 공략전을 벌일까? 과연?

아마도 오니 군 혼자여도 요새를 파괴하고 돌아올 수 있지 않으려나?

공성이 아니라 파괴랍니다.

……그냥 전부 다 혼자서 해치우라고 하자!

라스

속죄를 운운할 순 없다.

더군다나 정의는 감히 말도 못한다.

그저 나의 손으로 쌓아 올린 죽음을 아무것도 아닌 것으로 만들고 싶지 않을 뿐.

피에 흠뻑 젖은 손으로 이룰 수 있는 목표는 단 하나뿐이다.

마족도 인족도 뒤죽박죽 섞인 전쟁터.

진형 따위는 찾아볼 수가 없는 난전.

작전이 아무 의미를 갖지 못하기에 쌍방에게 허락된 것은 단지 눈앞의 적을 죽이려는 발악뿐이다.

나는 전장에서 지휘관 역할을 수행할 수 없다.

지난 세상에서도 이번 세상에서도 다른 사람들을 통솔하는 싸움 따위 경험한 적이 없으니까.

제8군을 맡은 이후에는 조금이나마 경험을 쌓았지만 본래 소속되어 있었던 참모들이 나 따위보다 훨씬 적절하게 지시를 할 수 있다.

분명하게 말해서 나는 지휘관에 어울리지 않는다.

자기 능력껏 전선에 나가 싸우는 게 낫다.

그러나 이번 전쟁의 목적을 감안하면 괜히 나 혼자서 난리칠 수도 없는 노릇이었다.

내가 난리를 치면 혼자서도 인족에게 충분한 피해를 줄 수 있지만 반대로 마족의 피해가 적어진다.

인족과 마족에게 평등한 피해를 줘야 하는 입장인 만큼, 오히려 악수가 되겠지.

따라서 내가 전선에 나가 날뛰는 방법은 쓸 수 없었다.

그렇다고 후방에서 지휘를 맡을 수도 없는 노릇이었다.

할 줄도 모르고…….

할 줄 모른다는 사실이 제8군의 병사들에게 널리 알려지면 내가 얕보인다.

제8군의 인원은 솔직히 말하자면 오합지졸이었다.

본래 제8군은 이름만 남아 있었을 뿐 소속 병력은 거의 전무했다.

전대 제8군단장은 이름만 남아 있었던 직책을 내려놓은 뒤 지금은 내정에 전념하고 있다.

그나마 배속돼 있던 병사들을 다른 군단으로 재편한 이후에는 제8군단에 인원이 남지 않았다.

그러면 지금 제8군의 인원들은 누구인가? 부정을 저지른 마족 영주들, 그자들의 사설 부대를 해체한 뒤 재편성했다.

전직 제9군 군단장 네레오.

네레오는 마왕 아리엘 씨의 암살을 감행한 끝에 실패.

그 전에는 전직 제7군 군단장 와키스가 일으켰던 반란에 가담했었다.

네레오가 보유했던 사설 부대에 네레오의 파벌이었던 귀족의 사설 부대를 더하고, 아울러 각 영지에서 강제 징병한 집단이 제8군단이다.

이러한 경위 때문에 제8군단 소속 병사들의 사기는 낮았다.

개중에는 배반의 마음을 품은 병사도 있었다.

그들을 내가 우격다짐으로 복종시킨 것에 불과하다.

따라서 조금이라도 얕보이면 끝이다.

곧장 탈주병이 속출할 테니까.

개중에는 혼란을 틈타 나를 공격할 심산인 녀석까지 있을지도 모른다.

물론 내가 쭉 강력한 힘을 과시했던 만큼 헛짓은 안 하리라 믿고 싶지만, 만약 덤비는 자가 나타났을 경우 나는 자기 병사에게 칼날을 휘둘러야 하는 처지이다.

그것도 피해를 늘리는 길이긴 한데, 물론 나도 그렇게까지 하고 싶지는 않다.

그 결과, 내가 취한 행동은 단순 명쾌.

지휘를 할 줄 모른다면 하지 않는다.

지휘가 무의미할 만큼 진흙 구렁 같은 난전으로 만들어버리면 그만이다.

플러스 알파로 탈주병이 못 나오게 만든다면 퍼펙트.

나는 포진을 마친 제8군의 배후에 지뢰를 설치한 뒤 숨김없이 가르쳐줬다.

퇴로는 없다고…….

그럼에도 도망치겠다면 내가 직접 베어주겠다고…….

재밌을 정도로 부들부들 떨더라.

그런 한편으로 나 자신은 요새를 파괴하고 있었다.

나의 모습은 보이지 않게 마검을 먼 곳에서 날리는 방법을 썼다.

이렇게 하면 인족은 파괴에 휩쓸리지 않기 위해 요새 바깥으로 나온 뒤 전진할 수밖에 없다.

나의 마검 공격은 요새를 봅시도 수월하게 파괴한다.

요새에 틀어박혀서 버틸 도리가 없다.

가만 틀어박힌들 피해가 늘어날 뿐.

그렇게 몰이를 하듯 차례차례 원거리에서 마검을 투척했다.

후퇴할 수 없는 마족군과 전진을 강제당하는 인족군.

맞부딪치는 방법밖에 선택지가 없었다.

서로가 몰려서 부딪치면 작전이든 뭐든 돌아볼 새가 없을 것이다.

그렇게 난전으로 몰아넣으면 지휘 능력은 별 영향을 못 준다.

난전 중 나는 인족군의 배후에 마검을 투척해서 몰아붙이는 한편, 덤벼드는 최소한의 인원만을 베어 넘겼다.

원거리 마검 투척도 가능한 한 피해가 적도록 의도하고 있었다.

내가 인족군을 너무 과하게 줄이면 마족군의 피해가 적어진다.

명색이 아군이니까 피해를 줄이는 게 올바른 지휘관의 자세일 텐데.

나의 행동은 정반대다.

못된 군단장이다.

내 휘하에 들어온 저들은 운이 없었다.

진심으로 동정한다.

그러나 나는 동정밖에 해줄 게 없다.

이미 굳게 다짐한 방침이니까.

그렇게 적당히 마검을 투척하면서 다가드는 인족을 해치우던 중, 시끄러운 전장 안에서도 이상하리만큼 쩌렁쩌렁하게 울리는 고함소리가 들려왔다.

"우오오오오오오오오오!!"

용케 호흡이 이어지는구나, 조금 뜬금없는 감상이 나온다.

줄곧 소리치면서 검을 휘두른 끝에 이쪽으로 접근하는 기사.

투구 틈으로 살짝 보이는 것은 나이가 새겨져 있는 주름투성이 노기사의 얼굴.

상당한 나이로 보이는데도 이 전장에서 누구보다도 기운차게 활약하고 있었다.

저 모습, 정확하게는 저 검법은 목격했던 경험이 있다.

꽤 오래전 아직 오거였던 시절에 나를 궁지로 몰아넣었던 노기사다.

"으흠, 흠! 이 패기! 귀공이 이 마족 부대를 지휘하는 대장으로 보이는군! 본인의 이름은 뉴도즈! 정정당당히 떳떳하게 승부하시오!"

아, 숨이 막힌다…….

바로 근처까지 다가든 노기사 뉴도즈는 주변 상황을 신경도 안 쓰고 나에게 진검 승부를 요구했다.

뭐랄까, 분위기 파악이 안 되는 사람이다.

정정당당이 어쩌고를 떠들 단계가 아니잖아.

이런 난전 속에서 무슨 승부를 하자는 거야. 바보인가?

뭐, 바보가 맞긴 하겠네.

그래도 진짜 황당한 바보라는 게 마음에 든다.

바보일지라도 흔들림 없이 전진하는 사람일 테니까.

자신의 신념을 충실히 따라 바보처럼 정직하게 살아간다.
조금, 아니, 상당히 부럽다.
매번 망설이고 우물쭈물하는 나와는 무척 다르다.
"상대해주지."
굳이 대답을 한 까닭은 그러고 싶은 기분이었으니까.
이런 호걸이라면 정정당당하게 승부해보고 싶었다.
뉴도즈 씨는 내가 옛날에 싸운 경험이 있는 상대인 줄 알아차리지 못했다.
그때는 오거였던 만큼 지금과 모습이 아예 다르다.
뭐, 굳이 사실을 가르쳐줄 생각은 없었다.
과거가 어쨌든 간에 이 사람은 개의치 않을 테니까.
나에게는 리벤지 매치가 되는 셈인가.
그렇게 생각하면 뭔가 신기한 기분이 들지만 해야 할 일은 달라지지 않는다.
"자, 받아보시오!"
뉴도즈 씨가 예리하게 거리를 좁혀 들어왔다.
노인 같지 않은, 아니, 무거운 갑옷을 껴입은 상태 같지 않은 빠른 돌진이다.
인족은 능력치에서 마족에게 뒤떨어진다고 말하지만 저 돌진 속도는 어지간한 마족보다 훨씬 날카롭다.
제8군 중 이만한 돌진을 구사할 수 있는 인원이 과연 얼마나 될까.
"음?!"
그럼에도 내게는 소용없었다.

오거였던 시절보다도 나는 훨씬 더 강해졌다.
내 마검이 뉴도즈 씨의 검을 절단했다.
아마 상당한 명검이었을 텐데, 결국은 나의 능력치와 마검의 압박을 못 버티고 검이 중간쯤에서 동강 났다.
곧장 뉴도즈 씨의 목을 베어 갈랐다.
저항조차 허락받지 못한 채 뉴도즈 씨의 목이 떨어졌다.
하다못해 아픔을 느낄 시간도 없이 편안하게 죽을 수 있도록…….
나의 이러한 생각 자체가 주제넘을지도 모르겠지만 내가 해줄 수 있는 배려는 이게 전부니까.
아마도 인족군에게 뉴도즈 씨는 중요한 인물이었는지 그 죽음을 본 병사들이 동요하면서 점점 와해됐다.
일각이 무너진 다음 인족군은 도미노가 쓰러지듯이 허물어졌다.
이렇게 우리 제8군은 승리를 거뒀다.

호킨

"호킨. 너는 남아줘야겠다."

결전의 전날 밤, 나는 주인으로 모시고 있는 지스칸 나리에게 뜻밖의 말을 들었다.

"이유를 여쭤봐도 될깝쇼?"

"……너 자신이 가장 잘 알고 있잖나?"

나리의 대답에 나는 입을 다문다.

그럼요, 알고말고요.

내가 용사 파티 중 가장 약하다는 사실쯤…….

용사 파티는 용사 율리우스가 리더, 그 소꿉친구 하이린스, 성녀 야나, 거기에 나리와 나를 더해서 다섯 명.

용사 율리우스는 검법도 마법도 초일류.

하이린스는 방패수 역할을 맡아서 파티 전체의 대미지를 받아 내주는 믿음직한 존재.

성녀 야나는 치료 마법을 사용한 회복뿐 아니라 마법 공격 및 지원도 수행할 수 있는 만능 후위직.

나리는 무기 전문가이고 율리우스 다음가는 공격수.

반면에 나는 전투에서 별 도움이 안 되는 뒷바라지 담당.

나의 역할은 용사 파티가 막힘없이 활동할 수 있도록 의뢰 알선과 교섭, 물자 보충과 이동을 위한 수속, 각국과의 절충 등등.

전투 이외의 역할이 대부분입죠.

물론 전투 때 투척 나이프나 매직 아이템을 써서 거들기는 합니다.

그러나 어쩔 수 없이 다른 멤버들보다 뒤떨어진다는 게 절절하게 자각되더군요.

다른 멤버들이 특기 분야에서 일류인 데 반해 난 정면 대결로 치고받는다면 흔한 병사 한 명에게도 패배할 겁니다.

전투 때도 지원 역할만 하면서 조심조심 버텼던 것에 불과합죠.

"내일 전투는 아마 난전이 벌어질 테지. 너까지 지켜줄 여유가 없구나."

나리의 꾸미는 말 없는 전력 외 통보.

이런 말씀도 저의 안부를 걱정해서 하는 말인 줄이야 압니다그려.

알긴 압니다만 대놓고 듣게 되니까 역시 마음이 편치 않습니다.

마족과의 전쟁.

이번 상대는 이제까지 용사 파티로 싸워왔던 적과 다릅니다.

용사 파티가 이제까지 상대해왔던 적은 강력한 마물이 대부분입죠.

마물은 한 개체이지만 우리는 다섯 명으로 맞섭니다.

숫자에서 우위를 점하는 만큼 목표도 분산되어 제가 공격을 받을 확률은 낮습죠.

공격을 받더라도 하이린스가 제때 나서서 막아줬던 덕에 위험은 적단 말입니다.

다만 마족과의 전쟁은 다수 대 다수의 집단전.

나리의 말씀대로 난전 상황이 예상되는지라 하이린스도 모든 공격을 다 막아주기는 어림없습죠.

즉 자기 안전은 자기가 지켜야 하는 입장에서 내 실력은 불안감이 너무 크다는 말입니다.

"도저히 못 데려가겠다는 말씀이외까?"

"……."

애원하다시피 말을 해봐도 나리는 난감하다는 표정을 지은 채 팔짱을 낍니다.

"……우리 파티에서 절대 죽으면 안 되는 사람은 말할 필요도 없이 용사 율리우스다. 그런데 그다음으로 죽지 말아야 할 사람은 호킨, 바로 너라고 생각한다."

"엉?!"

나리의 예상 밖 발언에 저는 놀랐습니다.

"나는 전사로 일류이지. 하이린스도 무척 뛰어난 재주를 가지고 있고. 야나 아가씨도 성녀 후보 중 가리고 가려서 뽑은 인재다. 다만 대신할 인물이 없지는 않아."

"아니, 아닙죠. 나리, 도대체 무슨 말씀이오."

"일리가 있는 말씀이다."

그렇게 받아친 뒤 나리는 술을 들이켭니다.

"나는 A랭크의 모험가다. A랭크의 위에는 S랭크가 있잖나."

"그래도 나리는 솔로로 A랭크에 올랐잖습니까."

모험가의 랭크는 꼭 강력한 무력이 전부는 아닙죠.

하나의 파티에서 좋은 평가를 받아 랭크가 올라가는 경우도 있거니와 전투 이외의 공적을 쌓아 랭크가 올라가는 경우도 있습니다.

나리는 솔로로 A랭크까지 치고 올라갔던 걸물.

파티로 A랭크가 된 인물과 솔로로 A랭크가 된 인물은 평가가 전혀 다르단 말씀입죠.

솔로로 A랭크까지 올라간 나리의 실력은 S랭크와 대등한 수준.

어디든 제대로 된 파티에 소속된다면 눈 깜짝할 사이에 S랭크까지 올라갈 수 있는 실력을 갖춘 분입니다.

다만 그렇게 되기 선 용사 파티에 참가했기 때문에 신분을 따지면 모험가가 아닌 용사의 후원자인 즉 교회 소속이란 말입니다.

당연히 모험가로 세운 실적에 반영이 안 되니까 나리의 랭크도 A에서 멈춰버린 겁니다.

"그렇지, 뭐. 나도 S랭크에 모자라지 않은 실력은 가지고 있다."

S랭크 모험가로 말하자면 영웅이라고 불리기에 지장이 없는 인물들입죠.

모험가 중에서도 재능이 있는 극히 일부밖에 도달하지 못하는 경지.

"그러나 그게 전부다. S랭크의 모험가는 한 명이 아니야. 즉 나와 동등하거나 오히려 강한 전사는 달리 더 있다."

그런 경지인데도 나리는 대체 인원이 더 있다 주장합니다.

"하이린스도 마찬가지지. 야나 아가씨도, 성녀 후보는 한둘이 아니잖나."

"나리……. 그래도……."

"물론 율리우스와 함께 싸워온 경험은 우리가 갖추고 있다. 연계도 더욱 수월할 테지. 설령 동등한 실력을 가진 녀석을 데려다 놔도 당장에 교대할 수 있지는 않아. 하지만 결국은 조금 시간을 들여 적응시키면 해결되는 문제다."

나리가 다시 한 번 컵을 기울여서 술을 들이켭니다.

"꼭 우리가 아니면 안 될 이유도 없는 셈이지."

나리는 살짝 자조하는 말투로 중얼거렸습니다.

"나리, 똑같이 따지자면 제가 가장 쉽게 대체할 수 있는 인원이잖습니까……."

나리는 S랭크 수준의 실력자를 쉽게 대체할 수 있다고 말씀합니다만 S랭크라면 고르고 골라서 뽑은 정예.

분명 나리의 말대로 S랭크 수준의 실력자가 달리 있기는 하죠. 그렇다고 언제든 용사 파티에 합류해주진 않을 겁니다.

모험가라면 고정 파티를 짜서 활동하는 경우가 많은 데다가 국가에 소속된 경우도 있습죠.

척척 소속을 바꿀 순 없단 말입니다.

그에 비하여 제가 하는 일이야 눈에 안 띄는 뒷바라지라서 특별히 재능을 필요로 하지도 않고 누구든 담당할 수 있는 일거립니다.

용사 파티 중 가장 수월하게 바꿀 수 있는 게 틀림없이 저입죠.

"그 말은 틀렸군. 반대다. 율리우스 다음으로 대체가 안 되는 게 바로 너니까."

"억지로 위로해줄 필욘 없습니다그려."

"멍청아. 그런 게 아니래도. 뭐, 들어봐라."

나리는 타박을 놓고 제 컵에 술을 따랐습니다.

"율리우스가 대체할 수 없다는 말은 이해되겠지? 어째선지 알겠나?"

"그야 율리우스는 용사잖습니까."

"그렇지."

당연한 말을 당연하게 긍정하는 나리.

"다만 용사라는 이유 하나가 다는 아니야. 더 말하자면 율리우스가 율리우스이기 때문이다."

"율리우스가, 율리우스이기 때문에?"

수수께끼 풀이 비슷한 나리의 말에 무심코 고개를 갸웃거렸습니다.

"어차피 용사는 죽어도 다음 용사가 또 선택을 받는 식이잖나. 그러나 다음 용사는 율리우스가 아닌 별개의 인물이지. 용사는 죽어도 다음 차례가 있지만, 율리우스는 죽는 순간에 끝이다."

"뭐, 옳기야 옳은 말씀입니다."

"미리 말해 두겠는데 만약의 이야기니까 화내진 마라? 혹시 율리우스가 죽었을 때 다음 용사를 또 모시라는 말을 듣게 된다면 넌 납득할 수 있겠나?"

"좀……."

어렵겠지요.

나는 율리우스니까 받들어 모시는 사람입죠. 본 적도 없는 새로운 용사를 금방 또 받들어 모시라는 말을 해봐야 받아들이지 못할 게 쉽사리 상상됩니다.

"좀 아니겠지. 우린 율리우스와 함께하는 동료들이니까."

또한, 나리는 말을 잇는다.

"그 부분은 너에게도 들어맞는다."

"으음……."

"뭐냐, 맥 빠지는 반응이군……."

나리는 어이없어하며 꿀꺽 술을 들이켜고는 다시 자신의 잔을 채웠다.

“나와 하이린스, 야나 아가씨는 달리 말하자면 도구다. 나는 무기. 하이린스는 방패. 야나 아가씨는 포션.”

“아니, 그 말씀은 비하가 좀 심하지 않습니까?”

“극단적인 비유지만 맞는 말이다. 방금도 말했듯이 우리를 대체할 인원은 많아. 다만 율리우스가 한 명뿐이듯 너도 대체할 사람이 없어. 그 이유는 네가 뒷바라지를 맡아 수많은 사람들과 친분을 다졌기 때문이다.”

나리의 말씀대로 전 다른 사람들을 상대할 일이 많습죠.

용사 파티의 의뢰 알선을 담당하거나, 그에 따른 모험가 길드 및 신언교와의 절충 따위를 맡아보거나, 현지 의뢰처 국가의 왕족이며 귀족들 등등하고 대화해야 할 상황도 적지 않아서 말입니다.

덧붙여서 물자 보급 등 상인들하고도 교류가 있을 뿐 아니라, 공공연한 자리에서는 언급하기 힘든 마뜩찮은 직업을 가진 사람들과도 어느 정도는 친분을 갖고 대해야 합니다.

저는 나리의 노예 신분이어도 용사의 위광이 있어 홀대를 당할 경우는 거의 없다는 게 위안입니다그려.

공식 석상이면 율리우스가 대응을 합니다만 실무 단계에서 만나 상대하는 사람들 숫자는 제가 훨씬 더 많을 겁니다.

“그런데 그게 무슨 관계란 말씀인지?”

“우리들같이 단순히 싸우기만 하는 역할은 다른 강한 녀석이어도 무방하다. 다만 사람과 사람의 교류는 오랜 세월의 신뢰 관계에 기반하는 법이지. 그런 부분을 제외해도 교섭이며 조달의 노하우는 금방 습득되는 게 아니잖나.”

"뭐, 그렇긴 합죠."

이래 보여도 용사 파티의 뒷바라지 역할로 오랜 세월을 활동했던 경력이 있지 말입니다.

지금 당장에 다른 누군가더러 저와 똑같은 역할을 맡아 처리하라고 임무를 인계해준들 제대로 대치할 수는 없을 겁니다.

"우리는 단지 현장에서 전투에 참가하면 된다만, 사전 준비와 후속 처리를 담당하는 게 너의 임무다. 그리고 그 역할을 맡겨 두는 덕분에 비로소 우리는 안심하고 전투에만 집중할 수 있지. 우리의 활동을 지탱하는 사람은 틀림없이 너다."

"그리 말씀해주시니까 기쁩니다그려."

정말 위안을 받는 기분이었다.

항간에 떠도는 용사 파티의 평가 중 저만큼은 별 볼 일이 없어서 말입니다.

율리우스는 물론 절대적인 인기를 자랑하고, 하이린스도 쓸데없이 얼굴이 잘생긴 덕에 여성들에게 인기가 많습죠.

야나 아씨도 표리가 없는 진솔한 성품과 타고난 성실함이며 선량함으로 인기가 많고요.

나리께서도 연배가 있는 분들에게서 평판이 좋습니다.

반면에 저는 「도구 담당」, 「나이프만 던지는 자식」, 「저런 녀석도 있었던가?」 등등 힘 빠지는 평가인지라…….

어라? 이상합니다그려. 어째서인지 눈물이…….

저 자신부터 자기가 맡은 임무가 수수하고 눈에 안 띈다는 사실을 잘 알고 있습니다만, 그럼에도 이만큼 인기가 없으면 낙담을 하기

마련입죠.

그냥 인기만 없는 처지라면 괜찮습니다. 그러나 개중에는 비방이며 중상모략도 있는지라…….

노예 주제에 용사에게 빌붙어 다닌다는 시샘 비슷한 험담은 많든 적든 들리더랍니다.

저 자신도 참 과분하다는 느낌을 받는 처지니까 말입죠.

출신이 공작가에 율리우스의 소꿉친구였던 하이린스와 성녀로 선발된 야나 아씨, 솔로로 A랭크까지 도달한 실력파 모험가인 나리.

저 말고는 다들 대단한 사람들만 모였잖습니까.

유일하게 별 볼 일이 없는 저에게 시샘이 집중되는 건 별수 없습니다그려.

그래서 더더욱 저의 노력을 인정해주는 사람이 있다는 것이 큰 위안입죠.

"우리와 관계가 깊은 녀석들은 다들 네 활약을 잘 알아주니까 가슴을 펴라."

"그게 된다면 좋을 텐데 말입니다……."

어쨌든 제겐 자랑거리가 없습니다.

하이린스처럼 고귀한 신분도 없고 애당초 노예였습죠.

야나 아씨처럼 많은 후보들 사이에서 선택받은 인재도 아니고요.

나리처럼 실력으로 주위 사람들의 입을 다물릴 수 있는 입장도 아닙니다.

없습죠, 뭐 하나가 없습죠.

"그런 소리는 말거라……. 괴도 천본 나이프의 이름이 울겠다?"

"그 말씀은 하지 말아주십쇼……."

괴도 천본 나이프는 저의 옛 별명.

"그런가? 어떤 의미로 우리 중 가장 이름이 널리 알려진 듯싶다만."

나리가 히죽히죽 웃으며 놀립니다.

확실히 괴도 천본 나이프라는 별명은 아주 널리 알려져 있습죠.

제가 괴도 천본 나이프라고 불린 시절은 나리의 노예가 되기 이전의 무렵.

그 무렵 저는 부정을 저질렀던 귀족이나 상인 상대로 도적질을 벌였습니다.

그리고 훔친 물건들은 연줄을 써 돈으로 바꾼 뒤 식량 따위를 사서 고아원 등에 익명으로 기부했던 겁니다.

이게 묘하게 시민들 사이에서 미담으로 인기가 좋았던지라 무대 및 음유시인의 노래로 만들어지기까지 합디다.

그런 바람에 저의 괴도 천본 나이프라는 별명이 널리 퍼지면서 단순히 도적에 불과했던 인간도 유명인이 되어버리더란 말입니다.

덕분에 저를 지원해주는 취향이 별난 분들과 만날 수 있었다는 행운도 누렸습니다만, 반대로 저라는 사람을 볼썽사납다고 느끼는 분들도 있는 셈인지라…….

유명세도 마냥 좋기만 한 게 아니란 거겠죠.

유명해지면 경계가 강해져서 활동하는 데 난점이 있고, 결국 마지막은 인신매매 조직을 한창 조사하던 중 덥석 붙잡혀버렸잖습니까.

그렇게 노예가 되어 나리에게 팔렸던 끝에 지금을 맞이했습죠.

"그때는 참 젊었습니다그려."

이제 와서는 괴도 천본 나이프라는 별명이 몹시 부끄러울 따름입니다.

"어떤 구실을 갖다 붙인들 제가 벌였던 소행은 도둑질이잖습니까."

"나는 훌륭한 행동이었다고 생각하는데 말이지. 네가 도둑질을 하러 들어간 결과 버젓하지 못한 악행을 벌이다가 들통나서 심판을 받은 귀족이며 상인은 많다. 그리고 네 기부 덕분에 구원받은 고아도 많지."

"그러게 말입니다. 그 부분만큼은 잘한 짓이란 생각이 듭니다."

"그러면 되는 게 아닌가. 자랑스러워해라."

나리의 격려를 받고도 전 쓴웃음을 지었습니다.

"율리우스를 보고 있으면 도저히 자랑을 못 하겠더군요."

나리는 곧장 받아칠 말을 떠올리지 못한 듯 입을 다뭅니다.

"율리우스는, 대단하지."

사람을 칭찬하는 말은 많다지만 어떤 표현을 쭉쭉 늘어놓은들 의미가 없습니다.

단지 짤막하게 「대단하다」라는 한 마디로 충분하다는 것이 율리우스를 보면 절절히 느껴집니다.

"율리우스를 보고 있으면 용사라는 게 이런 사람이구나 실감할 수 있잖습니까."

"그렇지."

나리도 긍정하듯 율리우스만큼 용사라는 말이 잘 어울리는 사람은 달리 없을 겁니다.

자신이 올바르다고 믿는 바대로 쭉 관철하는 자세.

그러한 삶을 어린 시절부터 줄곧 지속했다는 게 정말 놀랍고 감탄스럽죠.

"율리우스가 밟아온 행적과 비교하면 저의 소행이야 결국은 도피이지 싶더이다."

나는 악과 정면으로 맞서 대항할 용기가 없었다.

그러니까 도적이라는 그릇된 길로 도망쳤을 뿐 올바른 길에서 버텨 싸우기를 피했던 겁니다.

지난 행동에 비록 후회는 없다지만, 율리우스라면 분명 도적질 같은 임시변통의 수단에 기대지 않고 정면에서 곧장 싸우는 길을 선택하지 않았겠습니까.

그것이 어떤 가혹한 길이었을지라도…….

그리 생각하면 전 자신의 행적이 부끄럽게 느껴집니다그려.

결국 도둑질이나 했을 뿐 저의 지난 행적은 위선이 아니었나 의문이 들더랍니다.

가짜가 아닌 진짜 정의를 좇는 율리우스와 함께 다니면 자꾸만 그런 생각이 들었습죠.

"흠, 일리는 있군."

이 같은 생각을 더듬더듬 말하자 나리는 납득했다는 듯이 고개를 끄덕였습니다.

"네 생각을 부정하진 않으마. 다만 전면적으로 긍정할 수도 없겠군. 사람에게는 적성이 있고 없는 법이잖나. 율리우스는 정면에서 맞서 싸울 힘이 있었지. 넌 힘이 없었기 때문에 네가 가능한 범위에서 노력했다. 그게 전부 아니겠나?"

"확실히, 그런 측면도 있긴 합지요."

율리우스는 왕족에 용사.

반면에 저는 보잘것없는 도둑.

잘난 귀족들을 상대하기에는 신분의 차이가 많이 큽니다.

제가 아무리 부정을 멈춰라 소리 지른들 제대로 귀를 기울여줄 리도 없잖습니까.

또한 저로선 정면에서 악독한 귀족들과 싸워 봤자 너덜너덜 걸레 신세가 되는 게 고작입죠.

"뭐, 저의 약했던 부분까지 다 뭉뚱그려서 젊었었단 말씀을 드린 겁니다."

제 자신에게 싸울 힘이 없었어도 도둑질을 벌이는 것 말고 다른 방법은 있었지요.

용사 파티의 지원 임무를 이리저리 맡아보면서 아주 뼈저리게 절감했습니다그려.

제게 부정을 저지르는 귀족이나 상인을 정면에서 타도할 힘은 없수다.

하지만 직접 못 하더라도 가능한 사람한테 맡기면 그만인 것을…….

그렇게 간단한 사실도 깨닫지 못한 채 저는 도둑질이나 하러 다녔던 셈입죠.

결과야 좋다 생각해서 벌인 짓이라지만 도둑질은 범죄.

그걸로 구원 받은 사람이 있다고 한들 제 소행이 범죄라는 것은 변함없으니까 말입니다.

"거참, 고집쟁이로군."

나리는 어이없어하며 한숨 쉬었습니다.

"천성인지라."

"훗."

나리는 여전히 어이없어하며 웃음을 짓습니다.

"이런, 이야기가 꽤 많이 어긋났군. 안 되지, 안 돼."

"……너무 마셔서 취한 게 아닙니까요?"

내일부터 전투에 참가해야 하는 처지에 나리는 제가 보는 앞에서 꽤 많은 술을 마셨습니다.

"바보 자식아! 술도 안 마시고 어찌 전쟁터에 나가란 말인가!"

"아니, 취하면 안 되는 상황인데 술은 자제하는 게 정답 아닙니까요?"

"이거 마셨다고 취할 만큼 약하지는 않다."

이게 자신만만하게 술 세다고 떠들 상황은 아닙지요…….

"누가 뭐라든 난 술을 마신다. 암, 언제 또 마실 수 있을지 모르잖느냐."

"나리, 그 말씀은……."

"전투를 생업으로 살아가는 녀석에게는 마땅한 각오가 필요한 법. 이해할 테지?"

"……동감입니다그려."

나도 용사 파티의 일원으로 전장에 나간다.

전투 능력에서 다른 멤버에게 뒤처지는 나는 몇 번이고 죽을 뻔했다.

이렇게 위기를 거듭 겪다가 언젠가는 죽을 테지.

그런 확신은 갖고 있었다.

가능한 한 뒤쪽에서 지원만 맡는 저도 이리 생각을 합지요.

항상 전위에서 싸우고 있는 나리는 저보다 더욱 죽음을 의식하고 있을 겁니다.

"나도, 율리우스마저도 이번에는 살아 돌아올 수 있을지 장담을 못 한다. 너의 인맥은 율리우스에게 없어서는 안 되는 수단이지. 그리고 만에 하나라도 율리우스가 죽는다면 다음 세대의 용사에게도 너의 존재가 큰 도움이 될 거다."

그러니까 남아 있어라, 나리는 말씀하십니다.

하지만—.

"나리. 전 역시 함께 가고 싶습니다."

"……꼭 따라와야겠나?"

"꼭 따라가야겠습니다."

나리는 기막히다는 듯이 고개를 좌우로 흔들다가 컵 안에 남아 있던 술을 쭉 들이켰습니다.

"네가 고집부릴 줄은 알고 있었다."

"재미가 없잖습니까."

비록 형식상이라도 노예가 주인의 분부를 안 듣는다는 것은 문제가 있다고 생각을 합니다만, 이번만큼은 양보할 수가 없습니다그려.

제게도 용사 파티의 일원이라는 자부심이 있는지라…….

혼자만 염치없이 도망칠 순 없는 노릇이잖습니까.

용사 파티답게 유례가 없을 큰 전투에 몸을 던질 각오는 예전에 다져 놓았다는 말씀입니다.

"나리가 저를 필요한 사람이라고 말씀해주신 건 솔직하게 기쁜데 말입니다. 그 필요하다는 능력은 결국 다른 사람이 아닌 율리우스를 위한 겁니다. 하이린스를 따라 하는 건 아니지만 제가 죽을 자리는 꼭 율리우스의 앞이어야 한다고 이미 생각을 마쳐 놓았단 말입죠. 저희는 바로 율리우스와 함께하는 동료들이잖습니까."

나리는 만약 율리우스에게 불상사가 일어났을 때 새로운 용사에게 제 힘을 빌려주라고 말씀하십니다만 그리 뜻대로 되진 않는다는 게 제 짐작입죠.

다른 누군가가 아닌 율리우스이기 때문에 힘을 빌려주는 사람은 많습니다.

저 또한 개중 한 사람이구요.

새로운 용사로 누가 선택될지 알 수가 없습니다만, 곧바로 힘을 빌려줄 수 있느냔 물음에는 답하기 힘든 부분이 많겠지요.

그렇다면 율리우스가 죽지 않도록 최대한 힘을 다할 뿐.

이게 최고라는 생각입죠.

설령 그 결과로 제가 죽음을 맞이할지라도…….

"고집쟁이로군."

"천성인지라."

방금 전과 거의 똑같은 대화를 반복한 뒤 누가 먼저랄 것도 없이 웃음이 새어 나왔습니다.

나리도 더 이상 설득을 거듭하려고 들진 않았습죠.

분명 나리도 제가 고개를 위아래로 흔들진 않을 것이라 알고 계셨을 겁니다.

그럼에도 이렇게 말을 꺼냈던 이유는 다른 길도 있다고 제게 알려주기 위해서…….

거참, 노예의 주인답지 않은 배려입니다그려.

이렇게 인품이 귀한 나리 덕분에 저 또한 노예라는 신분에 불평을 않고 더불어 활약할 수 있는 셈입니다만.

"나리."

"음?"

"고맙습니다그려."

"아, 관둬라, 관둬. 전투를 앞둔 때 이런 소리를 하면, 재수가 나쁘더라."

전투를 앞두고 평소 느꼈던 감사의 뜻을 전하는 행위는 곧 살아남을 의지가 없다고 받아들여지는지라 재수가 나쁜 행동으로 치부됩니다.

그럼에도 지금 꼭 말해야겠다는 생각이 들더랍니다.

"나리. 만약에 제가 발목을 붙들고 늘어질 것 같거들랑 망설임 없이 잘라서 뿌리치십쇼."

"이봐."

"제 역할은 용사 파티가 거리낌 없이 싸울 수 있도록 돕는 겁니다. 그런데 제가 발목을 잡고 늘어지면 안 된단 말입니다."

"……."

"그러니까 제가 아니라 눈앞의 전투를, 또한 무엇보다도 율리우스를 우선해주십쇼."

"……알겠다."

나리는 눈 감고 팔짱을 끼며 마지못해 수긍했습니다.

"자, 슬슬 자리를 파하도록 하지."

준비해 둔 술은 나리가 전부 마셨고 안주도 다 떨어졌습니다.

시간도 슬슬 자리를 파한 뒤 전투에 대비해서 기력을 쌓아 두는 게 좋을 무렵입니다.

"그리합죠."

"호킨."

나리는 일어서면서 제 이름을 불렀습니다.

"네가 필요한 인간이라는 사실은 변함이 없다. 꼭 기억해 둬라."

"……예이."

나리는 짧게 말한 뒤 방을 뒤로하고 나갔습니다.

저는 저 말이 「죽지 마라」라고 에둘러 격려하는 말인 줄 알아차리지 못할 만큼 둔감하지 않습니다.

"나리도."

이미 자리를 뜬 나리의 등에다 대고 저는 그렇게 중얼거렸습니다.

호킨

본명, 호킨. 평민 출신이기에 성씨는 없다. 과거에 괴도 천본 나이프라는 별명으로 불렸던 유명한 도적. 부정을 저지르던 악덕 귀족이며 거상을 목표로 도적질을 감행한 뒤 가난한 사람들에게 재물을 나누어 준 의적. 그러나 인신매매 조직을 조사하던 중 붙잡혀서 노예로 전락했고 지스칸에게 팔림으로써 그의 노예가 됐다. 편의상 지스칸의 노예 신분을 유지하고 있을 뿐 입장은 대등. 용사 파티의 인원 중 전투 능력이 가장 낮을지언정 갖가지 잡무를 맡아 처리하는 것으로 기여하고 있는 음지의 공로자.

아그너

운명.

사람에게는 날 때부터 미리 결정된 삶이 준비되어 있기에 결코 거역할 수 없다.

좋은 일상도 나쁜 사건도 전부 운명에 따라 결정될지니.

시답잖은 사고방식이다.

그러나 꼭 운명이 아니더라도 사람의 능력으로는 저항할 수 없는 흐름은 분명 존재한다.

나의 인생은 그런 흐름에 대한 거역의 연속이었다.

멸망을 향해 흘러가는 마족이라는 종족을 존속시키기 위하여 줄곧 거역했다.

지금이야 마족 중 나이를 먹어 고참에 속하게 되었다지만, 나 또한 태어난 지 얼마 안 되었을 무렵에는 젊은이였다.

그리고 그 무렵부터 이미 마족의 운명은 끊어지기 직전까지 몰려 있었다.

너무나 오래 지속된 인족과의 전쟁은 마족을 피폐하게 만들었다.

인족과 마족은 전체 숫자에서 차이가 극심하다.

아무리 마족의 능력치가 인족보다 뛰어날지언정, 역사서를 뒤적여서 시작을 알아낼 수 없을 만큼 먼 옛날부터 전쟁이 이어졌다면 승패의 천칭이 어느 쪽으로 기울어질지는 명백.

이대로 인족과 줄곧 싸운다면 패배는 시간문제다.

전쟁은커녕 방치해도 마족은 다시 부흥하지 못한 채 머지않아 멸망하리라.

늦는가 빠른가의 차이에 불과할 뿐.

그러나 나를 제외한 누구 하나도 뻔한 앞날을 깨닫지 못했다.

아니. 깨닫고도 눈을 돌렸다.

이미 미래가 내다보이는 상황이다.

그러나, 그럼에도 결국 미래에 맞이하게 될 멸망.

아직은 훗날의 위기이며 자신들이 살아가는 세대에서는 일어나지 않을 비극.

그렇다면 지난날과 똑같은 방침으로 행동하는 것이 더 편하다.

어떤 시대에서도 변혁이란 좀처럼 받아들여지기 힘든 법이니.

더군다나 언젠가 찾아들게 될 파멸을 대비해야 하는 변혁이라면 눈을 돌리고 싶어지는 심정도 이해가 된다.

게다가 무엇보다도 마왕이라는 존재가 변혁을 용납하지 않았다.

마왕이란 시스템의 꼭두각시다.

산 제물이라고도 말할 수 있겠군.

인족과의 전쟁을 마족에게 부득불 강요할 수밖에 없는 꼭두각시이자 산 제물.

적군인 인족뿐 아니라 아군인 마족에게서도 원한을 살 수밖에 없는 가엾은 존재.

다만 보유한 영향력은 마족의 입장에서 무시할 수가 없는지라 마왕의 존재 때문에라도 마족은 인족과의 전쟁을 끝내 멈추지 못했다.

그야 그리할 테지.

마족의 운명보다도 세계의 운명이 더욱 우선시되니까.
당연한 이치였다.
마족이 멸망한들 세계는 존속하겠지만 세계가 멸망하면 마족도 존속할 수 없다.
어느 쪽을 우선할지는 자명한 이치.
멸망의 길을 걸어가야 하는 우리들 처지에서는 도저히 납득할 수 없으나, 대의 앞에서는 한낱 종족의 존망 따위야 사소한 문제이다.
그런 이치를 잘 알아서, 불만을 품을지언정 마족은 이제까지 마왕에게 복종했었다.
복종할 수밖에 없었다.
나 또한 부끄러운 심정을 가슴속 몰래 품으면서도 가능한 한 마족의 피해가 적어지도록 싸우는 정도밖에 할 수 없었다.
이대로 마족이 멸망의 길로 나아가는 것을 가만히 앉아 지켜볼 수밖에 없단 말인가.
흐름에 거역하면서도 저항할 방법이 없기에 분노하고 한탄하고, 그러다가 체념하고…….
다만 사태는 마왕 부재라는 상상하지 못한 시대를 맞이함으로써 흔들렸다.
마왕이란 마족의 정점인 동시에 시스템의 광고탑이기도 하다.
마족이 어째서 인족과 싸워야만 하는가.
그 이유를 마족에게 널리 알려주는 것이 마왕의 첫 번째 의의.
마족은 마왕이라는 저항하기 버거운 권력에 빌붙겠다는 목적이 아닌, 시스템이라는 잔혹한 진실을 숨김없이 알게 된 까닭에 고뇌를 무릅쓰고 스스로 전장에 나서기 마련이다.

하지만 그것은 직접 마왕을 알현할 수 있는 고위 마족뿐.

그러나 고위 마족들이면 충분하다.

지금껏 여전히 내 뇌리에는 선선대 마왕님의 광기가 묻어 나오는 표정이 또렷하게 떠오른다.

"속죄해야 한다……."

그것이 선선대 마왕님의 입버릇이었다.

그분께서는 마왕 칭호를 받은 이후에 바뀌었다.

마왕 칭호와 함께 습득되는 금기 LV 10 스킬에 의해…….

무엇인가에 쫓겨 다니는 사람처럼 나날이 초췌해졌고, 우리를 전쟁으로 내몰았고, 스스로 솔선해서 전장에 나가 싸웠던 선선대 마왕님.

그토록 가혹했던 분이 마왕으로 취임하기 전에는 온후한 성품의 소유자였음을 아는 인물은 얼마 남지 않았다.

그리 확 바뀌는 과정을 또렷하게 목격한다면 마왕의 입에서 거듭 쏟아지는 시스템의 설명을 헛소리라고 치부하여 외면하기는 어렵다.

그러므로 고위 마족들은 마왕에게 복종할 수밖에 없고, 아울러 고위 마족이 복종한다면 더 아래에 있는 마족들도 따라오기 마련이다.

그런 행위가 마족의 명맥을 가늘게 좁힐지라도 복종할 수밖에 없다.

그런 구조로 만들어졌다.

다만 선대 마왕이 행방을 감춘 뒤 시스템의 광고탑이 사라짐으로써 마족의 의식은 변화했다.

인족과 전쟁을 벌일 여유가 없다는 사실을 깨달은 것이다.

이제껏 역대 마왕의 광기에 눌린 채 인족과의 전쟁을 지속해왔던 마족.

그러나 정작 마왕이 사라지면 제정신이 돌아온다.

전쟁을 지속하지 않으면 세계가 위태롭다는 말이 들려온들 그런 경고를 가장 큰 목소리로 부르짖던 마왕이라는 존재가 사라진 이상, 눈앞에 안 보이는 미래의 위기보다 눈에 보이는 당면의 위기로 시선이 가는 게 마땅하다.

마왕 부재의 기간 중 인족과의 전쟁은 삼가고 부흥에 힘을 쏟을 수 있었다.

시대가 나의 편을 들어주었다.

이미 절반쯤 꺾여 있었던 내 희망의 빛이 다시 본래의 광채를 밝히기에는 충분했던 사건.

아울러 다음 대 마왕이 될 인물은 십중팔구 나다.

마왕 부재의 기간, 그리고 내가 마왕이 된 이후 마족을 다스리는 기간, 두 세대에 걸쳐서 부흥에 힘을 들인다면 상당한 연명을 기대할 수 있겠다.

그럼에도 연명.

또한 나 역시 마왕이 되었을 때 선선대와 똑같이 바뀌어버릴 우려도 있다.

혹여 우려가 들어맞을 경우를 대비하여 신뢰할 수 있는 측근에게 내가 바뀌어버린다면 유폐시켜서 부흥에 힘쓰도록 당부해 두었다.

유폐 장소도 마련해 놨다.

가능한 조치는 전부 준비를 마친 셈이다.

그러나 모든 노력은 뜻밖의 사건 때문에 헛수고로 돌아갔다.

마왕으로 선택된 인물은 내가 아니었다.

그게 전부라면 계산은 틀렸을지언정 뜻밖이라는 표현까지 쓰지는 않았겠지.

시스템이 마왕을 선택하는 기준은 불명확하다.

내가 최유력자라고 짐작했을 뿐 달리 적임자가 없는 것도 아니었다.

발트 같은 인물도 선택될 수 있었다.

그러나 마왕으로 선택된 자는 내가 상정했던 누구도 아니었다.

애당초 존재마저 알지 못했던 분이었다.

아니. 존재 자체는 알고 있었던가.

동화 속 등장인물로…….

먼 옛날 여신을 모셨다는 태고의 신수.

그런 인물이 당대의 마왕, 아리엘 님.

동화 속 등장인물일 뿐 실재 존재 여부는 의문이었던 분.

무엇보다도 그런 분께서 현대까지 살아왔다는 사실이 믿기지 않았다.

외모는 나이도 차지 않은 소녀인데 불쑥 마왕을 자처한들 곧바로 믿을 순 없었다.

솔직히 말하자면 불신감보다 먼저 당혹감이 앞섰다.

전혀 일면식 없는 소녀가 마왕이 되었다면서 찾아온 데다 더군다나 자기 정체가 옛날이야기에 등장하는 태고의 신수라고 말했던 만큼 당연한 반응이다.

그러나 나의 반응을 예상했었을 테지, 감정석을 내밀더니 자기 자신을 감정케 했다.

감정 결과를 보고 저 말을 의심할 수가 없어져버렸다.

능력치 전부가 9만 전후.

방대한 양과 질이 갖춰진 스킬.

능력치는 1천을 넘기면 영웅이라 불릴 수 있는 역량의 소유자로 일컬어진다.

인족 중 저러한 영역에 다다르는 인물은 극히 소수뿐이고, 더욱 능력치가 뛰어나다고 알려져 있는 마족도 절대 수월하지 않다.

마왕 및 용사처럼 특별한 존재라면 1천의 곱절, 어쩌면 세 곱절에 다다르는 능력치를 자랑하기도 한다.

그러나 무려 9만이라는 어처구니없는 수치는 이제껏 본 적도 들은 적도 없었다.

게다가 스킬의 양도 일반적인 병사의 곱절은 탄탄하다.

다만 주목해야 할 부분은 양이 아니라 질.

스킬은 레벨이 올라가면 올라갈수록 성장이 어려워진다.

하나의 스킬 레벨을 끝까지 다 올리려면 숫제 인생의 대부분을 소모해야 할 만한 수련을 필요로 한다.

재능이 없다면 끝내 이루지 못하는 경우도 드물지 않다.

재능이 충분해도 스킬에 따라서는 상한 도달이 불가능하다고 알려져 있는 종류도 많다.

그럼에도 불구하고 상한에 다다른 스킬이 어찌 이리도 많은가.

아연실색.

나의 인생을 돌이켜서 이토록 자신의 눈을 의심하고 허탈했던 경험은 없었다.

또한 절망했던 경험도…….

온갖 가능성을 고려하여 대비한 뒤 부흥에 힘을 쏟아왔다.

그러나 아리엘 님이 마왕으로 취임한 것은 너무나 뜻밖의 사건.

드디어 광명이 보여왔던 마족의 부흥.

그 희망을 나락 밑바닥으로 밀어 떨어뜨렸던 것은 인족과 전면 전쟁을 벌이겠다는 아리엘 님의 방침.

역대 마왕이 시스템의 꼭두각시가 되고도 어떻게든 최후의 일선으로 지켜왔었던 마족의 존망.

그마저도 아리엘 님은 기꺼이 내버리겠다는 생각이시다.

아리엘 님은 마왕이었다.

올바른 마왕이었다.

또한 나에게는 절망을 통보하는 사절이었다.

개인의 전력으로 봐도 아리엘 님은 틀림없이 세계 최강.

대항 가능한 자는 그야말로 관리자, 혹은 포티머스밖에 없다.

그런 전투력을 배경 삼아서 우리 마족에게 사지로 나아가라고 협박하는 셈이다.

이것을 절망이라 부르지 않는다면 뭐라 불러야 하나?

거부는 불가능하다.

거부하면 아리엘 님의 어금니가 우리를 노리리라.

결코 주저할 분이 아니었다.

아리엘 님이 마왕이 된 시점에서 우리에게 남은 길을 둘 중 하나.

아리엘 님의 지시를 따라 인족과 전면 전쟁을 벌이든가 아리엘 님에게 애써 반항하든가.

둘 중 하나뿐이었다.

나는 후자를 선택했다.

분명하게 말하지.

그것은 악수였다.

아리엘 님 한 명과 인족 전체, 어느 쪽을 상대하는 것이 올바른가.

언뜻 보기에 단 한 명을 해치우면 끝나는 아리엘 님이 더 만만한 듯 여겨진다.

아니. 결단코 아니다.

마왕 및 용사는 혼자서 군대와 맞먹는다.

능력치가 곱절 이상이면 충분히 가능한 활약이다.

아리엘 님의 능력치는 마왕 및 용사의 수십 곱절.

일개 군대와 비교할 바가 아니다.

고작 혼자서 세계를 멸망시킬 수 있다.

마족뿐 아니라 인족의 총력을 모아 맞선들 승리하는 광경이 상상되지 않았다.

아리엘 님께 반항할 바에야 인족과 맞서 싸우는 것이 승산이 높다.

그러나 뻔히 알면서도 나는 악수를 두었다.

둘 수밖에 없었다.

설령 인족에게 승리하더라도 아리엘 님이 마왕의 자리에 앉아 있는 한 머지않아서 마족은 멸망한다.

그것은 언젠가 먼 미래에 찾아들 결말이 아니라 가까운 장래에 곧 일어나게 될 비극.

내가 줄곧 거역했었고 어떻게든 뒤로 미루고자 노력을 기울여왔던 마족의 멸망.

적어도 내가 살아 있는 동안에 일어나지는 않을 것이라 짐작했던 멸망이, 내 눈앞에서 일어나는 상황이 되어버렸다.

그런 처지를 허용할 순 없었다.

허용해버리면 나의 지난 인생을 부정하는 셈이기에…….

이성은 무모한 선택임을 이해할 수 있었다.

그러나 논리가 전부는 아닌 법이다.

너무나 외통수에 가까운 국면.

악수인 줄 알면서도 끝내 둘 수밖에 없었다.

다만 악수는 역시나 악수.

당연하게도 나의 계책은 실패로 끝났다.

게다가 나의 예상을 크게 밑도는 형태로…….

이전 제7군 군단장이었던 와키스를 부추겨서 반란군을 조직시켰고, 거기에 포티머스도 가담케 했다.

내가 접촉 가능한 인물 중 유일하게 아리엘 님과 싸워서 승산이 있는 포티머스를 움직이는 것.

그렇게 양측을 충돌시키겠다는 작전이었지만 반란군은 허망하게 진압되었고 포티머스도 이렇다 할 활약을 못한 채 종결.

양측을 충돌시키기는커녕 아리엘 님을 마왕성에서 한 발짝 움직이게 만들 수조차 없었다.

굳이 아리엘 님이 움직일 문제조차 아니었던 셈이다.

내 계략으로는 아리엘 님을 처단하기는커녕 움직이게 만들 수조차 없었다.

더욱이 내가 뒤에서 반란군과 포티머스를 사주했다는 사실까지 들통이 난 형편.

그런 처지에 다짐의 말까지 듣게 된다면 남은 길은 인족에게 승리를 거두는 것뿐.

그 자리에서 목이 떨어지지 않은 것만도 요행이다.

……과연 진정으로 요행이었던가?

내가 살아 있는 한 가능한 범위에서 마족의 연명을 위해 분주할 수는 있었다.

그러나 만사가 이미 틀어졌다.

아리엘 님이 계시니 마족의 멸망은 피할 도리가 없다.

아득히 먼 옛날부터 살아왔기에 수명 따위는 없는 것이나 마찬가지인 아리엘 님.

영겁을 살아가는 아리엘 님이 마족을 전쟁터로 끌어낸다.

결단코 피할 수 없는 파멸이었다.

나는 끝내 뒤집지 못했다.

뒤집을 수 있는 충분한 힘이 없었다.

나의 노력들 전부가 헛수고로 끝났음을 잘 알면서도 끝까지 발버둥 치는 데 과연 의미가 있기는 한가?

목이 잘려서 패배자답게 순순히 죽어 나갔다면 차라리 유종의 미를 거둘 수 있지 않았을까?

고민한들 아무 보람이 없다.

나는 살아 있다.

그렇다면 지금껏 해왔던 대로 최선이라 판단한 일을 할 수밖에 없지 않겠나.

나이를 먹으면 삶의 방식을 바꾸기가 어렵다.

결국 나는 죽을 때까지 흐름에 거역하는 삶을 살아갈 테지.

유종의 미 따위 더 이상은 거두고 싶지도 않다.

그러니 더더욱 꼴사납게 바닥을 기어 다니면서 이를 악물고 버텨 주겠다.

"……."

못마땅하게 저 멀리 요새를 노려보는 남자가 있었다.

"브로우, 진정하도록."

나는 남자에게 말을 건넸다.

"그럼요, 진정했습니다."

그리 답하면서도 브로우는 다리를 정신 사납게 흔들고 있었다.

결코 진정한 모습으로 보이지 않는다.

"자네가 마음 졸인들 전황은 달라지지 않네. 장군이라면 여유를 보이는 것 역시 중요한 임무잖은가. 주위를 보게. 자네 부하들이 불안한 표정을 짓고 있네."

내게 지적을 받은 브로우가 주위에 있는 부하들의 표정을 살폈다.

브로우의 측근들은 주인이 진정하지 못하는 모습을 불안하게 여기고 있을 뿐 아니라 또한 표정에서 드러났다.

이 녀석도 이 녀석이지만 부하도 부하로군.

태도도 표정도 수습을 하지 못하니.

"……죄송합니다."

자기 태도가 부하들에게 악영향을 끼치고 있음을 늦게나마 깨닫고 브로우는 겸연쩍어하며 사죄했다.

"되었네. 어차피 전선에 나간 자네의 부하들에게는 이 한심한 꼴도 보이지 않을 테지."

"끅!"

브로우가 수치를 견디려는 듯 신음했다.

브로우가 지휘하는 제7군, 그리고 내가 지휘하는 제1군은 현재 크솔리온 요새를 공략 중이다.

크솔리온 요새는 인족의 성채 중에서도 특히 견고한 곳이며 지형적으로도 그에 충분히 걸맞은 중요 거점으로 자리하고 있다.

다른 군단장이 하나의 군단만 갖고 각 요새의 공략을 실행 중인데 반하여 두 군단이 투입된 현 상황은 크솔리온 요새의 난이도를 대변해주고 있었다.

다만 현 상황에서 공격을 나간 병력은 제7군뿐.

게다가 피해를 아랑곳 않는 과격한 공세를 벌이고 있다.

물론 이러한 공격 방식은 피해가 막대하다.

크솔리온 요새는 하루만에 공략 가능한 곳이 아니었다.

오래도록 마족의 침공을 막아왔던 저 성채는 시대와 함께 확장을 거듭하면서 복수의 방벽이 건설되었다.

정면 승부로 공략하려는 심산이면 방어 측보다 곱절 이상의 인원수를 동원하고도 몇 개월, 자칫하면 연 단위의 시간을 들여 쭉 전투를 이어 나가야 한다.

숫자에서 밀리는 마족에게 방어 측보다 곱절 이상의 인원수를 준비할 힘은 물론 없을뿐더러 능력치의 우위도 방벽이라는 지형의 우위 앞에서는 빛이 바랜다.

또한 지금의 마족에게는 장기전을 유지할 만큼의 여유가 없었다.

무거운 세금을 부과하여 백성들에게서 식량을 착취하고 있기 때문에 얼마간의 물자는 비축됐다.

다만 인족이 비축해 둔 물자는 훨씬 더 많을 테고 지속적인 생산력 역시 마족과 비교가 되지 않는다.

인원 보충도 이쪽은 이미 한계까지 징병했기 때문에 거의 불가능한 데 반하여 인족은 타국에 요청하면 아직껏 더 많은 추가 병력이 파견될 여지가 있다.

장기전에서는 승산이 없다.

그런 까닭에 단기 결전.

그렇지만 과격한 공세에는 상응하는 대가가 돌아왔다.

제7군의 피해는 막대하다.

저들의 역할은 결사적인 특공으로 활로를 개척하는 그런 게 아니다.

제7군의 역할은 화려한 연출을 보임으로써 적을 끌어내는 미끼였다.

과격한 공세를 벌인 까닭에 제7군의 피해는 컸다.

다만 보람이 있어서 적의 피해도 적진 않았다.

그렇다면 미끼를 물게 되리라.

그때를 대비하여 제1군은 온존해 두면 된다.

미끼가 된 제7군은 가엾을 따름이나 달리 방법이 없었다.

브로우도 모든 상황을 잘 알기에 못마땅하지만 이 작전을 반대하지는 않았으니까.

제7군은 지난 반란을 일으켰던 병력들로 구성되었다.

실제는 반란이 발생되기 전에 진압되었던지라 반란 미수지만 사소한 차이일 테지.

어쨌든 그런 사소한 차이 덕택에 수모자 와키스는 처형당했어도 병사들까지 해를 당하지는 않았다.

……이러한 명분을 내세웠을 따름이다.

실제 제7군이 받는 대우는 지금 미끼로 전선에 동원된 처지에서 짐작할 수 있겠다.

저들은 대충 소모품으로 써도 상관없는 사병(死兵)이다.

과거에 반란을 일으켰던 병사들.

그들을 아리엘 님께 걸핏하면 대들었던 브로우에게 맡기면 아리엘 님께 불만을 품는 불온 분자들이 자연히 한 곳으로 모여든다.

조금이라도 머리가 돌아가는 인물이라면 와키스 및 네레오가 처형당했고 또한 나까지 아리엘 님께 복종의 뜻을 표시한 상황에서, 아리엘 님께 반항하는 행위가 어리석음의 절정임을 깨달을 테지.

그런 사실을 못 알아채는 인물들이 브로우의 아래로 밀려들었다.

그리되도록 부추김을 당했다.

브로우가 저들을 지휘해서 반기를 들든 휘어잡아서 복종하든 어떻게 돼도 아리엘 님께 나쁜 결과는 아니었다.

반기를 들면 박살을 내서 본보기를 보이는 한편 시스템의 에너지 보충에 이용할 수 있다.

복종할 경우에는 전력으로 혹사시키면 그만이다.

또한 브로우는 훌륭하게 저들의 불만을 통제함으로써 폭발하는 사태를 막아 지금 이때까지 부대를 단속해 냈다.

그 수완은 칭찬하기에 충분하다.

그러나 브로우는 너무 과하게 감정적이었다.

아리엘 님을 지나치게 정면에서 부정해왔다.

그런 우직함을 이용당한 끝에 소모품들의 대장 신세가 되어버린 것은 재난이자 자업자득이었다.

하지만 궁지에 몰린 채 골칫거리를 떠안고도 굴하지 않고 제7군을 단속해왔다.

본성은 성실한 남자다.

그리고 정이 두터운 남자이기도 하다.

그 때문에 소모품으로 죽어 나가는 제7군의 병사들을 진심으로 걱정할 뿐 아니라 저들의 죽음을 한탄하고 분노하며 조바심친다.

어서 적이 미끼를 물길 바라며…….

"브로우. 드디어 미끼를 무는 것 같군."

그래서 곧장 낭보를 전해줬다.

"아!"

"준비하도록."

세차게 얼굴을 들어 올린 브로우에게 나는 짤막한 말로 지시했다.

목적은 달성했다.

그러나 결국 제1단계에 불과하다.

제7군이 다대한 피해를 감수했던 끝에 드디어 미끼를 물어줬다.

오히려 이제부터가 진짜 승부처다.

미끼를 문 상대를 처단하지 못하는 한 승산은 없다.

"용사가 행차하셨군."

인족의 희망, 용사.

이곳에서 저자의 목을 베어 인족의 사기를 꺾어 놓겠다.

마왕 아리엘 님의 목은 벨 수 없었다.

그때처럼 이 또한 악수.

그러나 악수일지라도 두어야 한다.

브로우와 마찬가지로 나 역시 재난이자 자업자득을 짊어지고 있는 신세이지 않은가.

V
마족군 제1군
아그너
마족군 제7군
브로우
크솔리온 요새
용사 파티
지스칸
호킨
하이린스
율리우스
야나

크솔리온 요새 공략전, **여기가 포인트!**

시로의 해설 코너!

대령님이랑 양아치 두 사람이 공격을 맡은 요새는 아무것도 없어!

엥? 뭔가 있지 않겠냐고? 쯧쯧쯧.

이 경우는 아무것도 없다는 게 중요 포인트란다!

아무 특징도 없는 평야 지형은 곧 행군이 쉽다는 의미.

대군을 움직이기 쉬운 지형이면 그만큼 중요한 장소가 된다.

인족의 입장에서 봤을 때 저곳을 수비하지 않으면 대군이 밀려올 우려가 있는 곳이잖아.

다른 곳이 어떻게 되든 이곳만큼은 기필코 사수해야 한다는 거지.

그런 요충지가 이곳, 크솔리온 요새!

그만큼 중요한 거점이라서 특별히 대령님이랑 양아치까지 두 군단으로 공격을 담당시켰던 거야.

이 부분은 인족도 비슷한 입장이라서 요새를 수비하는 인원은 다른 곳보다 훨씬 더 많다.

게다가 인족의 최대 전력인 용사도 여기에 배치됐고.

순수한 마족 중 최강인 대령님과 인족의 상징이라는 용사.

그야말로 승부처.

이곳의 전투 결과가 이번 전쟁의 승패를 결정한다 해도 과언이 아니겠네. 지켜보는 내 손에도 힘이 막 들어갑니다!

……그나저나 이 요새는 이름을 어떻게 못 바꾸는 걸까?[#1]

#1 ……그나저나 ~ 못 바꾸는 걸까? 크솔리온 요새의 일본어 발음은 쿠소리온인데, 일본어로 쿠소는 대변, 찌꺼기 등을 의미한다.

지스칸

모험가가 된 이유는 단지 어쩌다 보니까.

얼떨결이라고도 말할 수 있겠다.

연줄 없는 꼬마가 제대로 돈을 벌 수 있는 가장 간편하고 빠른 방법은 모험가가 되는 것이었다는 맥 빠지는 이유다.

내가 태어난 고향은 아주 벽촌이었다.

마을이라 표현하기에도 애매한, 기껏해야 낡은 오두막이나 몇 채 지어 둔 초라한 곳이다.

마물 방비용 벽도 못 지어서 거의 의미가 없는 가느다란 나뭇가지 울타리에 의지한 채 근근이 살아갔다.

언젠가 마물이든 도적이든 습격을 받아 죽게 될 테지.

그런데도 이제껏 안전했던 만큼 앞으로도 안전하다는 묘한 자신감을 갖고 똑같은 생활에서 벗어날 생각을 안 했다.

아무런 근거도 없건마는…….

현실을 잘 알았기에 나는 꼬맹이 시절 홀로 고향을 떠나서 모험가가 됐다.

처음에는 하루하루 먹고살기도 버거웠다.

어쨌든 꼬맹이였으니까.

모험가의 주된 임무는 마물 처리인데 꼬마한테는 마물 토벌을 맡겨주지 않는다.

마물은 사람을 죽이면 급격하게 레벨이 오를 뿐 아니라 경우에 따라 진화까지 이루어 낸다.

그런 이유로 모험가가 죽지 않도록 제도를 정비해 뒀다.

꼬마나 햇병아리가 무모한 짓을 벌이지 않게 규칙대로 적절한 의뢰를 할당하는 것이 모험가 길드의 역할이다.

모험가는 아무나 될 수 있지만, 아무나 돈벌이를 하는 게 아니라는 뜻이다.

가장 벌이가 좋은 의뢰는 마물 토벌인데 꼬맹이 시절에는 받을 수 없어서 허드렛일밖에 못 했다.

온종일 이리저리 뛰어다니며 받은 돈 몇 푼은 하루하루의 식비와 잠자리 확보를 위해 사라졌다.

각박한 생활이 이어졌다.

나 같은 부랑아가 모험가 업계에 진출하는 경우는 드물지 않았다.

또한 대부분의 녀석들은 궁상맞은 생활을 못 견디고 소매치기 등 경범죄에 손을 뻗었다가 신세를 망치곤 했다.

내가 보았을 때는 더없는 바보짓이었으나 하루 온종일 일해서 겨우 버는 금전이 한 번의 소매치기로 손에 들어온다.

편한 돈벌이 방법을 배운 뒤 범죄자의 길로 폭주하는 녀석이 참 많고도 많았었지.

뭐, 그런 녀석이 다음 해까지 남아 있는 경우는 거의 없었지만…….

소매치기가 편하게 돈을 버는 방법일 수는 있지만 돈을 얻는 대신에 훗날의 인생까지 내버리는 짓이다.

그런 녀석들은 고지식하게 일을 맡아서 해내던 나를 바보로 취급했었다. 그러나 내가 봤을 때는 그 녀석들이 훨씬 더 바보였다.

딱히 난 소매치기가 범죄라서 안 했던 것이 아니다.

수지가 맞지 않아서 안 했을 뿐이다.

잠깐은 돈을 벌 수 있어도 나중에는 높은 확률로 철창 신세를 지게 되잖은가.

자신은 체포될 리 없다며 묘한 자신감을 갖고 소매치기를 계속했던 녀석이 많았으나, 결국은 다들 붙잡혀 들어갔다.

고향 녀석들도 마찬가지였는데 어째서 사람들은 자기 자신만큼은 특별할 것이라 믿고 싶어 할까.

결국 고향은 도적의 손에 망했고 소매치기를 하던 녀석들은 한 명도 남김없이 체포당했다.

나는 자기 자신을 특별하다고 생각하는 대신에 단지 위험을 피해 다녔을 뿐…….

나와 녀석들의 차이는 별것 아니었다.

그랬던 내가 모험가로 대성해서 용사 파티의 일원이 될 줄이야.

꼬마 시절의 내게 가르쳐줘도 안 믿을 테지.

어쨌든 나 자신이 가장 놀라고 있는 처지이니까.

모험가가 된 이유는 어쩌다 보니까, 다만 나하고 꽤 잘 맞는 직업이었다.

복수의 무기를 능란하게 사용하는 무기 전문가, 그런 겉멋이나 든 수식어를 붙여줬는데 이렇게 된 이유를 떠올리면 쓴웃음이 나올 뿐이다.

내가 복수의 무기를 썼던 이유는 단순하게 무기가 없었기 때문이다.

무기가 없는데 복수의 무기를 쓰게 되었다는 말이 무슨 뜻인가?

내 설명을 듣는 녀석들은 대부분 비슷하게 되묻던데, 요컨대 제대로 된 무기가 없었던 탓에 선배 모험가의 낡은 장비나 폐기해야 할 허술한 무기 따위를 닥치는 대로 써먹었던 까닭이다.

돈이 없었단 말이다.

이래저래 취향을 가릴 처지도 아니라 있는 물건은 뭐든 써먹었다.

상점에서 구입할 수 있는 제대로 된 장비가 아니기에 수명도 짧았고, 나는 온갖 무기를 소모품처럼 버려 가면서 휘둘러야 했지.

그런 덕분에 수입이 차차 안정되어 겨우 제대로 된 무기를 구입할 수 있게 됐을 때는 갖가지 무기에 정통하게 됐던 셈이다.

나를 동경하는 젊은 모험가가 사실을 알면 환멸할 법한 참 궁상맞은 여담이다.

젊은 모험가들 사이에서는 내 흉내를 내서 복수의 무기를 사용하는 것이 유행한다던가.

그런 경향이 바람직한지 아닌지는 나 자신도 판단이 조금 어려웠다.

복수의 무기를 사용하는 전법은 장점과 단점이 분명하다.

장점은 대응력이 향상된다는 것.

마물은 종류에 따라 유효한 공격 수단이 달라진다.

참격, 타격, 관통, 충격.

유효한 속성이 있고 불리한 속성도 있다.

저런 요소를 정확하게 의식한 뒤 유효한 무기로 맞서 싸운다면 전투가 한결 수월해진다.

그럼 단점은 무엇인가. 스킬의 성장이 느려지는 것과 소지품이 많아진다는 것, 나아가서는 무기 유지비 및 관리의 번거로움 등이다.

스킬 레벨을 올려 나가겠다면 한 종류의 무기를 꾸준하게 써야 좋다는 것은 당연한 이치다.

복수의 무기를 사용하면 마땅히 단련해야 할 스킬 숫자도 늘어나고 물론 스킬마다 받을 수 있는 경험치까지 분산된다.

검 하나에 매진한 동격의 모험가와 검으로 승부하면 내가 지겠지.

그리고 소지품 문제.

상황에 따라 임기응변으로 무기를 바꿔야 할 텐데, 그러자면 항상 복수의 무기를 갖고 다녀야 한다.

공간 마법의 공간 수납이 부여된 장비라도 있다면 괜찮겠지만 공간 관련이 부여된 물건은 예외 없이 비싸다.

숫자가 적고 수요도 많은 터라 고액인데도 시장에 나온 순간에 곧 매진되어버린다.

그렇게 더욱 가격이 비싸지는 악순환.

뭐, 나는 호킨이 염가로 사다 준 물건을 가지고 있다.

덕분에 대량의 무기를 짊어지지 않고 전장에 나갈 수 있었다.

그때까지는 무거운 무기들을 짊어지고 날라야 했었지…….

호킨에게 감사해야겠군.

다만 운반의 문제가 해결되어도 무기 유지비는 소모되는 데다가 관리는 빼먹지 말아야 한다.

무기는 자신의 목숨을 내맡기는 동료니까.

관리를 게을리하다가 전투 중 파손돼서 위기에 노출되는 신세가 되지 않도록 항상 최선의 상태를 유지해줘야 한다.

나는 햇병아리 시절에 낡아 빠진 무기를 썼기 때문에 그런 위험성을 아~주 잘 알고 있었다.

과거의 경험 덕택에 비로소 지금의 내가 있는 셈이지만 무기는 필히 제대로 된 품질의 장비를 써야 하는 법.

물론 제대로 된 무기를 작정하고 구입하려면 돈이 든다.

관리도 마찬가지.

무기의 가격은 보통 성능에 비례하니까.

나 정도 수준의 모험가라면 꼭 일정 이상의 품질이 되는 무기를 사용해야 했다.

나의 능력치에 견딜 수 있는 무기가 아니면 한 번 휘두른 뒤에 새로 구입해서 바꿔야 하는 신세가 될 테니.

모험가는 강해지면 강해질수록 수입이 좋아지지만, 그만큼 장비에 소모해야 하는 지출도 많아진다.

나는 이렇듯, 안 그래도 터무니없이 비싼 장비를 한 벌도 아닌 복수로 구매해야 했다.

적당히 비싼 물건이면 안 된다.

믿음을 갖고 맡길 수 있는 장인에게 제작을 의뢰하고, 그곳에다가 관리까지 일임해야 비로소 안심하고 사용할 수 있었다.

그런 장인들과의 중간 역할도 실은 호킨이 맡아서 처리해줬다.

어느 나라에서 의뢰를 받아 인신매매 조직과 접촉했을 때 어쩌다 보니까 눈에 띄었던 호킨을 사서 데려왔는데, 그것이 바로 내 인생 최고의 판단이었다고 지금이라면 분명하게 말할 수 있다.

호킨이 아니었다면 나는 지금쯤 파산했을 테니까…….

내가 용사 파티에 가담했던 이유는 솔로 활동이 힘들어졌기 때문이다.

분명 거짓은 아니다.

그러나 세간 사람들은 내가 솔로로 활동하다가 실력의 한계를 느껴서 함께할 수 있는 동료를 찾아다녔다고 생각했다.

솔로로 활동하는 모험가가 아주 없지는 않을 뿐 대부분은 대성하지 못한다.

항상 죽음과 이웃하는 전투에 몸을 던져야 하는 모험가의 직업상 솔로 활동은 리스크가 너무나 높았다.

누구 한 사람이 실수해도 동료가 곧장 거들어줄 수 있는 파티와 달리, 솔로의 경우는 단 하나의 사소한 실수가 죽음으로 직결된다.

파티가 연계하면 쉽게 처리할 수 있는 상대여도 솔로로 도전하면 난이도는 훌쩍 뛰어오른다.

그래서 더더욱 모험가들은 실력이 비슷한 부류끼리 파티를 구성한다.

다만 나는 쭉 솔로로 활동해왔다.

딱히 솔로에 고집이 있었던 것은 아니다.

그러나 햇병아리 시절은 꼬맹이였던 데다가 가난해서 같이 다녀줄 녀석이 없었다.

비슷한 흐름으로 엉거주춤 솔로 활동을 이어 나가다가 어느 틈인가 A랭크까지 치고 올라가버렸더니 실력이 있는 다른 모험가가 없어져버리더군.

모험가가 된 이유와 마찬가지로 어쩌다 보니까 처지가 이리되었을 뿐 별다른 이유가 없었다.

큰 문제는 아니었다.

다행히도 내 실력이라면 어지간한 마물은 혼자 대처할 수 있었다.

대처할 수 없는 마물은 처음부터 안 싸우면 그만 아니겠나.

그러니까 나는 실력이 부족해서 솔로 활동에 한계를 느꼈던 것이 아니다.

더욱 절실한 이유, 즉 돈이 없었던 거다…….

모험가는 마물을 해치워서 돈을 벌어들인다.

그렇게 버는 금액은 대개 해치우는 마물의 강함에 비례한다.

하지만 큰돈을 벌 수 있는 강력한 마물은 쉽게 마주칠 수가 없었다.

보통 사람들이 걸음을 들여놓지 않는 비경에 가면 위험도 A랭크 이상의 마물도 마주칠 수 있겠지만, 그런 장소에 갔다가 돌아올 수 있는 모험가는 적었다.

솔로인 내가 저런 비경에 갔다가 돌아올 수 있는가 묻는다면 아마 무리일 테지.

단지 살아남자는 목적이면 마물에게 들키지 않도록 몰래 숨어 다니면서 버틸 순 있겠지만, 숨어 다니면 돈벌이가 안 되잖나.

그렇다고 약한 마물을 마구잡이로 사냥하는 짓도 바람직하지 않다.

마물을 줄이는 것은 중요한 임무여도 사냥이 너무 과하면 생태계가 무너져서 예상치 못한 반동을 만들어 낼 수 있었다.

적당하게 숫자를 줄이는 것이 제일이다.

내 실력이라면 먹고사는 데 지장은 없다.

그러나 내 실력이면 실력에 견뎌줄 수 있는 값비싼 무기를 준비해

둘 필요가 있다.

게다가 복수로…….

먹고사는 데 지장은 없으나 장비를 제대로 갖추고자 하면 막대한 금액이 소모된다.

그런 큰돈을 벌 의뢰는 좀체 흔하지가 않았다.

고액 의뢰를 꼽아보자면 강력한 마물의 토벌이거나 혹은 국가 관련의 임무이거나.

비록 A랭크라지만 솔로로 활동했던 나는 어떤 의뢰도 수주할 기회가 좀체 찾아들지 않았다.

실력에 걸맞은 의뢰가 없기 때문에 나는 자금난에 시달렸고, 그 결과 솔로로 활동하는 데 한계를 느껴야 했다.

한심할 따름이다만…….

나를 동경하는 젊은 모험가 제군들, 꿈을 부수는 것 같아서 미안하군.

그런 사연으로 어느 나라에서 의뢰를 받았던 인신매매 조직의 조사, 곧이어 뒤따랐던 인신매매 조직 토벌대 참가는 나에게 바라 마지않은 기회였다.

국가에서 맡긴 의뢰는 일단 고액인 데다가 토벌대에는 많은 나라가 자금을 각출했다.

더욱이 토벌대는 각국의 정예가 모인 집단이다.

잘만 풀리면 어느 나라든 전속 고용을 해줄 수 있지 않겠나.

그런 타산도 있어서 나는 호킨과 함께 토벌대에 참가했다.

호킨이 순수하게 어린 용사를 걱정했던 것과 다르게 나는 참으로 현실적인 이유를 떠올리고 있던 셈이다.

그리고 토벌대가 해산됐을 때 나는 용사 파티의 일원으로 들어갔다.

……스스로도 놀랐다.

토벌대 해산 뒤풀이에서 율리우스에게 말을 붙였던 이유는 단순한 변덕이었다.

어린 나이에 이것저것 잔뜩 짊어지고 있는 율리우스에게 인생의 선배답게 조언이나 한마디 들려주자는 별 부담감 없는 가벼운 마음으로…….

토벌대 활동을 통해서 나는 율리우스의 인품을 직접 목격할 수 있었다.

뭐랄까, 풋내 난다는 것이 솔직한 감상이었다.

이래 보여도 모험가로서 쓴맛 단맛을 다 보았던 몸이라 율리우스의 물러 빠진 생각은 마주 대하는 나까지 부끄러워졌다.

또한 위태롭다는 느낌도 받았다.

올곧은 자세가 딱히 나쁘다는 말은 아니다.

정의감 강한 인간도 필요하다.

다만 세상사가 전부 아름다움으로 가득 차 있지 않은 것 또한 사실이니.

선함도 탁함도 두루 포용할 줄 알아야 어른 아니겠는가.

그래서 아름다운 부분만 쭉 추구했던 인간은 더러운 것을 직시했을 때 약해진다.

눈을 돌려서 못 본 시늉이라도 할 수 있다면 괜찮겠지만 보통 정의감이 과하게 강한 인간들은 대번에 마음이 꺾인다.

그런 불상사를 막기 위해서 토벌대는 율리우스에게 일찌감치 더러운 꼴을 보여주려는 장소이기도 했을 것이다.

나는 율리우스가 이러한 사정들을 잘 이해하고 있는가 아닌가 확인하는 한편, 조언해주고자 말을 붙였다.

막상 결과는 어떠했던가?

"저도 인간이 쉽게 악한 길로 치달린다는 것을 토벌대에 속해 활동하면서 봤습니다. 그럼에도, 그렇기에 더더욱 제 힘이 필요할 겁니다."

"저는 용사입니다. 용사는 사람들에게 있는 희망의 상징. 정의의 증거. 그리고 악을 처단하는 자입니다. 제가 사람들의 희망이 되고, 악은 용서하지 않음을 쭉 보여주겠습니다."

"저는 여기에 있습니다. 용사가 여기에 있습니다. 그 사실을 사람들에게 알려주고 싶습니다. 그러면 분명 미래는 희망으로 가득 차오르겠죠."

선함도 탁함도 모두 이해하면서 그럼에도 눈을 돌리지 않고, 마음이 꺾이지 않고, 탁함을 선량함으로 바꿔 보이겠다고 괘씸하게 큰소리를 늘어놓았다.

오호라, 이런 녀석이어야 용사가 될 수 있구나 하고 납득했었더랬지.

어린아이인 주제에 이 녀석이 아니면 누가 용사를 하겠냐고 기꺼이 확신할 수 있는 대답이었다.

그리고 정신을 차렸을 때 나는 스스로를 팔아 치우고 있었다.

어째서 그런 행동을 했는지 스스로도 알 수가 없다.

율리우스가 망설임 없이 승낙했던 이유도 알 수가 없군.

이리하여 나는 용사 파티의 일원이 됐다.

인생은 뭐가 어떻게 될지 모른다더니…….

어쨌든 후회는 없다.

용사의 동료라면 돈 때문에 곤란할 일은 없었다.

호킨이 여러모로 바삐 뛰어다녀줘서 나는 자금난에 허덕이는 일 없이 마음껏 힘을 휘두를 수 있었다.

그리고 용사 파티에 속함으로써 명성도 올라간다.

무엇 하나도 모자람이 없었다.

고아와 거의 다를 바 없는 신세였던 꼬마 시절을 떠올리면 나는 모험가로서 더할 나위가 없도록 대성했다고 말할 수 있겠다.

만족이다.

나는 아무래도 출세욕이라는 것이 결여된 인간 같다.

모험가로 A랭크까지 올라간 것도 강해지고 싶었던 결과가 아니었다.

단지 생활을 좀 더 개선하고 싶어서 빈궁함에 허덕거렸던 시절부터 아득바득 버티던 중에 저절로 랭크가 올라갔을 뿐이다.

용사 파티의 일원으로 기대 이상의 부와 명성을 획득했으나 내게 더 높은 위치를 추구할 뜻은 없었다.

욕심이 없다 평하는 것은 적절치 않다. 나 또한 다르지 않다.

남들만큼 욕심은 있다.

맛있는 식사를 배불리 먹고도 싶고 멋진 여자를 안고 싶다.

돈은 있으면 좋고, 명성 덕분에 칭송을 받을 때마다 기분이 좋다.

다만 과도한 욕망 및 야심이 자기 신세를 망칠 수 있음을 잘 알았기에 더 욕심내지는 않았을 뿐이다.

율리우스처럼 과하게 청렴하고 올바른 삶이라면 어깨가 결릴 듯싶다만, 어쨌든 절도를 지키고 규칙을 따르면서 살아가는 게 맞다는 생각을 한다.

규칙이란 규칙일 필요가 있기 때문에 정해지는 법이다.

규칙을 깨뜨린들 수지가 안 맞는 경우가 많다.

나는 특별히 청렴결백한 것이 아니라 수지가 안 맞기 때문에 규칙을 따를 뿐이다.

그런 점으로 말하자면 선량한 사람만 잔뜩 모여든 용사 파티에서 나만은 유독 이단자겠군.

아니, 나 말고도 하이린스는…….

뭐, 다른 각도에서 의견을 제시할 수 있는 인물도 율리우스에게는 필요할 테지.

율리우스 본인도 이런 사정을 알기 때문에 나 같은 인간을 가까이 두는 것인지도 모르고…….

최연장자라는 이유도 있지만 용사 파티에서 나는 다른 녀석들을 이끌어주는 교사 비슷한 역할을 맡아왔다.

처음에는 성미에 안 맞지 싶어서 염려했는데 몇 년씩 계속하니까 제법 익숙해지더군.

덕분에 보호자가 된 기분이다.

어쨌든 불편한 마음은 아니었다.

……나도 나이를 꽤 먹은 듯싶군.

옛날이었다면 꼬마 돌보기 따위는 죽어도 사절이라며 내쳤을 텐데.

내가 솔로로 활동했던 주된 원인은 동격의 실력자가 주위에 없었기 때문인데 인간관계가 귀찮았던 까닭도 있다.

어쨌든 나는 출신이 출신이니까.

근거 없는 비방을 많이 겪었고 시샘에도 적잖이 시달렸다.

누명임이 금방 판명됐으나 소매치기 혐의를 뒤집어썼던 경험도 있다.

여러 번거로움을 겪었기에 진정 신뢰할 수 있는 상대가 아니라면 파티는 관두자는 생각이었다.

율리우스 등 용사 파티의 구성원들로 말하자면 아주 난감할 만큼 선량한 녀석들이라서 의문의 여지도 없었지만…….

질투나 시샘과는 인연이 없는 녀석들이다.

그런 의미에서는 걱정하지 않았으나, 솔로 활동만 했던 내가 다른 사람들의 버팀목이 되어주고 이끌어줘야 하는 입장이 될 줄은 상상도 하지 못했다.

은퇴하면 모험가 교관을 하는 것도 나쁘지 않겠다고 장래의 계획을 세울 만큼은 마음이 넓어졌다.

나도 나이를 먹었다.

아직껏 인간 중에는 꽤 젊은 부류지만 모험가로서는 연배가 있는 부류에 들어갈 테지.

모험가는 직업 특성상 아무래도 오래 활동할 수 없다.

나이에 따른 쇠약함은 사선을 헤치고 나갈 때 족쇄가 되고 아울러 나처럼 실력과 돈벌이의 균형이 어긋난다.

결혼해서 아내 및 아이를 두면 가족을 부양할 책임도 생겨난다.

모험가 중 일정 이상의 실력, 연령에 다다른 인물은 조금 더 안정된 일자리를 찾는 경우가 많았다.

더 이전 단계에 모험가라는 위험한 직업에서 발을 씻는 녀석도 적지는 않다.

나 역시 슬슬 모험가 활동을 중단하고 훗날을 고민할 시기일 테지.

율리우스와 다른 녀석들도 이미 훌륭한 어른이고 내가 없어도 무난하게 활동할 수 있도록 충분히 힘을 길렀다.

마족과의 전쟁이라는 중요한 임무.

이번 위기만 무사히 버텨 낸다면 내 후임을 찾는 한편으로 추후의 진로를 고민해보도록 하자.

이 나이를 먹을 때까지 특정 상대와 깊은 사이가 된 경험도 없었던 만큼 멋진 여성을 찾아보는 것도 나쁘지 않겠지.

뭐, 무엇을 하든 누구를 찾든 이 전쟁에서 살아남은 뒤 느긋하게 생각해볼까.

우리가 배치된 곳은 크솔리온 요새.

다수 건설된 요새 중 가장 중요한 거점이기에 인족의 마지막 수단 율리우스가 지키는 곳으로 어울리는 장소다.

적도 사정을 잘 아는 듯 극히 격렬한 공세가 쏟아지고 있었다.

지휘관이 버럭버럭 소리 높여서 지시 내리고, 수비 병사들이 이리저리 분주히 움직이고 있다.

그러나 이렇듯 결사적인 수비도 마족의 흡사 자해에 가까운 공세 앞에서는 밀리는 분위기였다.

"에라이!"

방벽에 걸린 사다리를 걷어찼다.

중간쯤 사다리를 타고 오르던 마족까지 함께 쓰러졌지만 바로 옆쪽에 다시 또 다른 사다리가 걸쳐진다.

똑같이 걷어찼더니 이번에는 방금 막 밀쳐 냈었던 사다리가 다시 걸쳐졌다.

끝이 없군.

다른 위치에서는 나와 똑같이 사다리를 밀쳐 내려다가 결국 적이 받치는 힘이 더 강했는지 실패했다.

성벽까지 올라온 마족과 전투가 벌어졌다.

"이얏!"

그렇게 올라온 마족을 단칼에 베어 내는 율리우스.

"치유를!"

야나 아가씨가 치료 마법으로 부상병들을 치유해준다.

"물러나라!"

하이린스가 방벽 바깥으로 치켜든 방패에 원거리에서 날아온 적의 마법이 직격했다.

"옜다, 받아라!"

그 방패의 뒤편에서 벽 아래 적 병사들을 목표로 호킨이 무언가를 집어 던진다.

아래쪽에서 비명이 들려오는 것을 보면 꽤 위험한 아이템일 테지.

우리가 있는 위치는 어떻게든 방어가 된다.

다만 적의 숫자가 너무 많았다.

크솔리온 요새는 넓은 곳이기에 전 방향에서 공세가 들이닥치면 우리들 소수 인원이 모든 지점을 다 수비하기는 불가능하다.

"꺄?!"

"이런."

그때 요새가 흔들리며 야나 아가씨의 자세가 허물어졌다.

그러자 재빨리 부축해주는 율리우스.

결과적으로 야나 아가씨를 율리우스가 거의 끌어안다시피 한 상태가 됐다.

시각에 따라서는 연인의 장난질로 보이는 데다 두 사람은 서로를 의식하고 있었다.

하지만 둘 다 용사 파티의 일원.

전장에서 넋이나 놓는 바보가 아니었다.

두 사람은 금세 떨어져서 방금 전 흔들림의 원인이 있는 방향으로 시선을 보냈다.

"……안 좋은데."

율리우스가 험악한 표정으로 중얼거렸다.

직후, 다시 한 번 방금 전과 똑같은 흔들림.

방벽의 정문, 그곳을 거대한 기둥 비슷한 공성 병기가 가격했기 때문에 발생한 흔들림이었다.

"쳇! 저쪽 수비는 어떻게 된 거야?!"

하이린스가 분통을 터뜨렸지만 정문 부근을 지키는 병사들 또한 가만히 놀지 않았다.

죽기 살기로 공성 병기에 가격당하는 사태를 저지하고자 힘썼으나 적의 기세가 너무 과격한 탓에 방해를 성공하지 못했을 뿐이다.

공성 병기를 다시 한 번 문에 부딪치려고 움직이는 마족들.

그들을 저지하고자 공성 병기를 짊어지고 있는 마족들에게 요새 위쪽에서 마법을 쏟아 냈지만 직격을 당하면서도 끝내 녀석들은 멈추지 않았다.

불길에 타오르고, 벼락의 식격을 맞아 경련하고, 흙 마법의 직격을 맞아 몸 일부가 떨어져 날아가고, 그럼에도 아득바득 공성 병기를 내려놓지 않고 문을 꿰뚫는다.

"돌파당했나."

자신의 목소리가 잔뜩 굳어지는 것을 자각했다.

파괴된 문 안쪽으로 쇄도하는 마족들.

이곳 크솔리온 요새는 고작 방벽을 하나 돌파당했다고 함락되진 않는다.

방벽 안쪽에는 또 다른 방벽이 들어선 터라 경우에 따라서는 공격군을 협공할 수 있는 구조로 만들어졌다.

따라서 아직 조바심을 낼 단계는 아니었으나, 난공불락이라고 명성을 자랑했던 크솔리온 요새의 방벽 한 장이 깨어졌다는 사실은 아군에게 적잖은 충격을 줬다.

안 그래도 적의 지나치게 격렬한 공격 때문에 기가 꺾이고 있는 상황에서 이러면 달갑지가 않다.

아군의 사기가 현저하게 떨어질 수밖에…….

"율리우스, 어떡할 텐가?"

"……치고 나가죠."

율리우스에게 대응 방법을 물었더니 잠시 망설인 뒤에 정문을 향해 달려 나갔다.

"우리가 저쪽을 휘젓고 오마! 안심해라! 그러니까 이곳은 맡기겠다!"

나는 병사들을 고무하면서 뒤따라 달려 나갔다.

우리가 빠져나감으로써 사기가 떨어지고 돌파당해버린다면 의미가 없다.

우리가 자리를 비운 뒤에도 버텨주어야 한다.

율리우스를 선두로 세운 채 우리들 용사 파티가 달렸다.

그리고 정문 부근의 벽에서 율리우스는 달려 나가던 기세를 늦추지 않고 뛰어내렸다.

"이야앗!"

적이 한 덩어리로 뭉쳐 있는 장소에 낙하의 기세를 고스란히 실어서 검을 휘둘러 찍어 누른다.

폭음이 울려 퍼진 뒤 그곳에는 율리우스가 적 병사였던 흔적을 밟아 디디고 착지해 있었다.

단 일격으로 주변에 있던 수많은 마족을 싹 쓸어버렸다.

정문 안으로 돌격하려던 마족은 전멸이다.

그러나 거기에서 만족하지 않고 율리우스는 파괴된 정문을 지나 바깥으로 뛰쳐나갔다.

"우리도 따라간다! 붙들어라!"

하이린스가 야나 아가씨를 안아 들고 뛰어내린다.

나도 호킨을 안고 뒤따라 뛰어내렸다.

일순간이나마 이대로 호킨을 놔둔 채 가버릴까 충동이 떠올랐던 것은 부정하지 않겠다.

다만 어젯밤 호킨의 각오를 뻔히 들었던 입장인지라 신의를 저버릴 수도 없는 노릇이었다.

공간 기동을 구사해서 품에 안아 든 호킨에게 가능한 한 부담이 가해지지 않도록 착지했다.

이미 율리우스는 적의 최전선과 교전을 벌이고 있었다.

아니, 교전을 벌이는 것이 아니라 도륙을 한다는 표현이 더 정확하겠군.

율리우스가 검을 휘두를 때마다 마족이 베여 쓰러진다.

마족은 인족보다 능력치가 더 높아도 용사 율리우스의 능력치는 더욱더 높다.

율리우스와 정면에서 싸울 수 있는 인물은 마족을 다 통틀어도 극히 일부뿐이겠지.

아차, 감탄이나 할 때가 아니군.

"혼자 앞서 나가지 마라!"

하이린스가 돌출해 있는 율리우스에게 따라붙어서 방패를 들어 올렸다.

나도 율리우스의 곁에 나란히 섰다.

"이대로 단번에 밀어붙이지."

이곳에서 우리가 날뛰면 양군의 눈이 쏠린다.

아군은 용사의 믿음직한 모습을 목격해서 사기가 올라갈 테고, 적군은 용사의 강한 무력에 두려움을 느껴서 사기가 떨어진다.

방벽 위에서 티격태격 싸울 바에야 율리우스라는 특출한 전력이 평지에서 마음껏 힘을 발휘하도록 풀어주는 게 좋다.

율리우스도 내 제안에 찬성하는 듯 곧장 앞으로 돌진했다.

율리우스가 적을 베어버리며 아무도 없는 들판을 달리는 것처럼 앞으로 쭉쭉 나아갔다.

내가 율리우스의 칼 바깥에 있던 적을 처리하고, 하이린스가 후위의 야나 아가씨와 호킨을 지키면서 뒤따라온다.

저 두 사람도 원거리 공격으로 전투에 공헌하고 있다.

호흡이 잘 맞는 콤비네이션.

이렇게까지 대규모 전투는 처음 겪지만 마물 및 도적을 상대로 길러왔던 연계 능력은 제대로 살아 있었다.

방금 전까지 감당이 안 되는 기세를 자랑했던 적군도 어쩔 수 없이 멈칫멈칫 주저하고 있다.

"길을 열어라! 도망치는 자는 쫓지 않겠다!"

율리우스가 소리 질렀다.

그러나 외침을 듣고 도망치는 마족은 없었다.

그야 그럴 수밖에…….

"아니, 율리우스. 인족어로 말을 걸어도 못 알아들을 텐데?"

하이린스가 침착하게 지적했다.

마족은 마족어로 말을 하니까…….

율리우스가 부끄러워하며 얼굴을 살짝 붉혔다.

전장의 한복판에 있는 상황에서 우리들 사이에 미묘한 분위기가 흘렀다.

"어쨌든 으름장으로 효과는 있었네요."

야나 아가씨가 분위기를 수습하며 말을 건넸다.

“율리우스의 터무니없이 강한 무력이 두려울 테니 말입니다.”

호킨도 말을 거들어준다.

실제 말뜻은 못 알아들어도 율리우스의 힘에 위축된 것은 분명했다.

“이대로 물러가주면 좋을 텐데.”

율리우스가 희망적 관측을 입에 담았으나 그런 바람이 이루어질 리 없음은 본인도 잘 알고 있을 것이다.

실제로 적의 후방이 소란스러웠다.

“율리우스, 온다.”

이미 알고는 있을 테지만 주의를 촉구했다.

마족의 대열이 갈라졌다.

그리고 전투마에 올라탄 적이 나타났다.

“용사! 각오하라!”

살짝 더듬더듬하게나마 인족어로 말을 외치며 마상에서 검을 쳐들고 달려오는 기마병.

율리우스는 적의 공격을 정면에서 곧장 방어해 냈다.

기마병은 혼신의 일격이 방어당하는 상황에서도 곧장 말의 진로를 옆으로 움직여 다시 달려 나갔다.

……강하군.

율리우스가 방금 전 교차에서 적을 쓰러뜨리지 못했던 것이 좋은 증거다.

율리우스는 적의 일격을 방어해 냈음에도 반격까지 날리지는 못했다.

비록 기마의 속도를 더한 돌진 이후의 일격이라지만 용사 율리우스가 방어밖에 못 했다는 것이 상대의 뛰어난 역량을 증명해준다.

틀림없이 마족의 정예다.

“음?! 하이린스! 위다!”

희미한 기척을 감지한 뒤 나는 하이린스에게 경고의 말을 날렸다.

내 말을 듣자마자 즉각 움직인 하이린스가 야나 아가씨를 노리고 위쪽에서 떨어져 내린 공격을 방패로 받아쳤다.

“으음, 끅!”

하이린스가 신음했다.

방패와 창날이 맞부딪치는 둔탁한 소리가 울려 퍼질 무렵에는 습격을 가한 그림자가 이미 주위에서 이탈을 마쳤다.

빠르다.

나는 손에 들고 있었던 도끼를 집어넣은 뒤 대신 쓸 무기로 활을 꺼내 들었다.

적은 하늘을 날고 있었다.

거구의 조류형 마물.

그 등에 탄 남자, 외모는 장년.

저 녀석, 만만치 않군.

내 위험 감지가 요란하게 경보를 울리고 있었다.

저 남자는 강하다.

방금 전 기마병도 상당한 강자였지만 저 녀석은 더한 숙련자다.

“나는 마족군 제7군단장 브로우. 용사여. 자, 정정당당하게 겨루어보자!”

굳이 인족어로 이름을 외친 기마병, 브로우라는 이름의 마족이 검을 겨눈다.
"용사 율리우스다. 상대해주지."
그러자 율리우스도 마주해서 검을 겨눴다.
"훗."
반면에 새 위에 타고 하늘을 나는 기사는 기마병 브로우를 살짝 어이없어하는 표정으로 지켜보면서 웃음을 흘렸다.
"그래. 이왕 마주친 김에 나 또한 이름을 밝히도록 할까. 나는 마족군 제1군단장 아그너. 전력으로 싸워주겠다."
브로우라는 녀석의 다소 더듬더듬했던 인족어와 달리 이쪽은 유창하게 자기소개를 하는 아그너라는 녀석.
정예인 줄은 알았지만 설마 군단장이라니…….
군단장이 두 사람.
우리들 용사 파티, 더 정확하게 말하면 용사 율리우스를 노리고 온 녀석들인가.
용사 율리우스가 만약에 거꾸러지면 인족이 받는 영향은 거대하다.
그 부분을 노린 셈인가.
다만 똑같은 우려는 상대에게도 적용될 수 있다.
군단장이 두 명이나 당한다면 적측에 가할 수 있는 충격도 거대할 테지.
지금이 승부처인가.
"율리우스! 그쪽은 맡기겠다!"
"네!"
율리우스라면 혼자서도 군단장을 상대할 수 있을 것이다.

문제는 이쪽이다.

"하이린스! 아가씨와 호킨을 철저하게 지켜라!"

"걱정 말라고."

"아가씨와 호킨은 서포트를 부탁하지."

"네."

"맡겨주십쇼!"

네 명이 한꺼번에 덤비지 않는 한 오히려 위험하다.

아그너가 마법 구축을 시작했다.

당연한 전법이군.

공중이라는 유리한 장소에서 퍼붓는 원거리 공격.

이쪽도 원거리 공격으로 응전하거나 어떻게든 접근해서 추락시킬 수밖에 없다.

반면에 저쪽은 자유롭게 공격 방식을 선택할 수 있었다.

더구나 전후좌우에 더하여 상하로도 회피할 수 있다.

공중에서 기동이 가능하다는 것만으로 이쪽이 불리했다.

우선은 저 녀석을 지면으로 추락시키는 것이 먼저겠군.

마법이 완성되기 전에 이쪽에서 치고 나간다!

활에 화살을 메기고 재빨리 쐈다.

그러나 거의 동시에 아그너의 마법이 완성되어 발사됐다.

화살과 마법이 충돌, 위력에서 이긴 쪽은 마법이었다.

나는 한 걸음 뒤로 물러나서 적의 마법을 피했다.

지면을 파헤치는 어둠의 창.

어둠 마법의 어둠 창인가.

까다로운 마법을 쓰는군.

어둠 계통의 마법은 빛 계통의 마법과 쌍을 이루는 골칫거리 마법이다.

다른 속성의 같은 레벨 마법에 비해 위력이 높고 어둠이라는 실체가 없는 공격이기 때문에 방어하기가 어렵다.

검 따위로 냅다 잘라버려도 전부를 쳐낼 순 없었다.

차라리 방패 따위로 빈틈없이 막는 게 확실한 수단이겠으나 허술한 방패라면 높은 위력에 관통당할 우려가 있다.

하이린스가 들고 다니는 방패라면 딱히 걱정은 안 해도 될 테지만 나는 피할 수밖에 없겠군.

이러한 까다로움에 더하여 마법을 구축하는 속도가 빠르다.

내가 화살을 메겨서 쏘는 것과 비슷한 속도.

그러나 위력은 저쪽이 우위.

게다가 공중이라는 유리한 위치까지 점하고 있다.

이거 상황이 만만치 않군.

……조금 위험을 무릅써볼까.

"아가씨, 서포트를 부탁하지."

다시 한 번 야나 아가씨에게 서포트를 부탁했다.

그리고 나는 활을 쏘았다.

아그너도 마법을 날렸는데 이번에는 화살을 상쇄하는 것이 아니라 곧장 나를 목표로 날아온다.

빠르다!

그러나 쏘는 순간을 미리 파악했다면 못 피할 속도는 아니었다.

저 녀석은 내가 활을 쏜 순간에 맞춰 마법을 날린 듯싶지만 내가 쏜 화살은 속임수였다.

적당히 힘을 빼내서 아무렇게나 쏜 화살이 엉뚱한 방향으로 날아간다.

제대로 힘을 들여서 활을 쐈다면 빈틈을 찔려 마법에 직격 당했을 수도 있다. 그러나 나는 아그너를 노리는 시늉만 했을 뿐 이미 다음 행동에 들어갔다.

다리에 힘을 넣어서 도약.

날아드는 마법을 뛰어넘은 뒤 공간 기동 스킬을 발동.

공간 기동 스킬은 제어가 어렵지만 집중력이 지속되는 짧은 시간이라면 공중을 지상과 마찬가지로 달려 다닐 수 있었다.

공간 기동 스킬로 발아래에 발판을 만들어서 아그너를 목표로 달려 나갔다.

활을 거둔 뒤 무기 교체도 잊지 않았다.

다만 내가 사정거리 안쪽에 들어가기보다 빨리 아그너의 마법이 다시금 나를 노리고 발사됐다.

빠르다?!

나의 생각보다 아그너의 마법 구축 속도가 빠르다!

공간 기동은 제어가 어려운 스킬이기에 세세한 조절이 되지 않는다.

사격 순간을 미리 파악한 마법이라면 사전에 움직임을 취해 회피할 수 있어도 그렇지 않은 경우는 회피가 몹시 어렵다.

당했다!

저 자식, 방금 전까지의 마법 구축 속도는 전력이 아니었던가!

이쪽의 대응 방식을 살필 의도였는가, 역량 파악을 위한 공격이었는가.

어쨌든 저 녀석은 본 실력이 아니었다.

끝장인가!

나를 향하여 발사된 어둠 마법이 뒤쪽에서 날아든 빛 마법과 충돌했다.

야나 아가씨의 빛 마법인가!

살았다!

어둠 마법과 빛 마법은 쌍을 이루는 존재다.

같은 레벨의 마법이라면 위력이 다를 바 없을뿐더러 양쪽 다 실체를 갖지 않기 때문에 서로 상쇄된다.

덧붙여서 야나 아가씨는 로난트식 마법 강화법을 습득했다.

본래의 마법보다 높은 위력을 발휘한다.

맞부딪치면 야나 아가씨의 마법이 이길 테지.

잠시 안도했던 나의 복부에 날카로운 통증이 치달았다.

안 봐도 알 수 있었다.

이것은 내 배에 녀석의 마법이 꽂힌 아픔이었다.

어찌 된 작자인가.

야나 아가씨의 마법과 겨뤄 이겨버렸다.

다행히도 마법의 위력은 상당히 떨어졌던 것 같다.

복부의 통증 수준으로 짐작해서 큰 부상은 아니었다.

뭘, 배때기에 새끼손가락만 한 크기의 구멍이 뚫렸을 뿐이다.

멈춰 설 만큼 지장이 있지는 않군!

아픔을 꾹 참고 공간 기동 스킬을 구사해서 다리에 힘주며 아그너와 거리를 좁혀 나간다.

역시 마법으로 요격하기에는 거리가 너무 가깝다고 판단한 듯 탑승하고 있던 괴조의 고삐를 잡아당겨서 날아 도망치려고 했다.

"놓칠쏘냐!"

거리는 아직 떨어져 있었으나 나는 손에 든 무기를 휘둘렀다.

사슬낫을 말이지!

사슬낫이 뻗어 나가서 괴조의 날개에 낫날을 박아 넣었고 괴조가 고통에 찬 비명 소리를 지르면서 발버둥 쳤다.

나는 사슬낫을 잡아당기며 돌격했다.

아그너가 검을 들어 올렸지만 발버둥 치는 괴조의 위에서는 아무리 대단한 녀석이어도 몸을 뜻대로 움직일 수 없었다.

그렇게 공중에서 나와 아그너가 교차.

나는 괴조의 날개에 틀어박힌 낫을 그대로 잡아당겨 아예 날개를 날려버렸다.

그 대가로 아그너가 내리 휘둘렀던 검이 어깨를 깊숙이 갈라 놓았다.

목을 노렸을 텐데 발버둥 치는 괴조 때문에 손이 살짝 어긋났던 것 같다.

행운이 편을 들어주었군.

그러나 중상임은 틀림없다.

괴조와 함께 낙하하는 아그너.

나도 공간 기동을 미처 제어하지 못하고 조금 떨어진 곳으로 낙하했다.

"으랏차!"

지면과 격돌하기 직전, 하이린스가 나를 무사히 받아주었다.

또한 곧바로 야나 아가씨의 치료 마법이 내게 발동됐다.

"이왕 안아서 받아주려면 아저씨가 아니라 귀여운 여자아이가 더 좋았을 텐데 말이야."

"헛소리 마라."

농담을 지껄이는 하이린스의 팔에서 탈출했다.

아직 전투는 끝나지 않았다.

쭉 타고 다녔던 괴조를 잃어버렸을 뿐 아그너는 상처도 없이 지면에 착지했다.

위험을 무릅쓴 보람이 있어 저 녀석을 땅으로 끌어내리는 데 성공했어도 오히려 이제부터가 진짜 승부다.

"마음 단단히 먹어라. 저 작자는 강하다."

내 말을 들은 다른 동료들이 임전 태세를 갖췄다.

한편 아그너는 우리를 마주 바라보면서 침착하게 검을 겨누고 있었다.

Diskhan
지스칸

본명, 지스칸.
평민 출신이라서 성씨는 없다.
복수의 무기를 능란하게 사용하는 전직 A랭크 모험가. 파티를 짜서 마물과 싸우는 것이 모험가의 기본인데도 솔로로 A랭크까지 치고 올라간 달인. 애초부터 혼자서 쭉 싸워왔었기 때문에 상황 판단력이 뛰어나고 시의적절하게 무기를 교체해서 싸울 수 있다. 용사 파티의 최연장자이기에 풍부한 경험을 살려 율리우스 및 젊은이들을 이끌어주는 형님 비슷한 위치에 있다. 최근 들어서 젊은 동료들도 꽤 믿음직해졌고 더는 가르칠 것도 없는지라 슬슬 은퇴를 준비해볼까 생각 중이다.

브로우

애마를 달려서 용사가 날린 빛 마법의 광탄을 회피해 냈다.

멈춰 서는 순간에 끝장이다!

상대는 마왕과 쌍을 이루는 존재, 용사다.

쉽게 이길 수 있을 것이란 생각은 하지 않았다.

그럼에도 승리를 거둬야만 한다.

하지만 애타는 심정을 때려 부수며 용사는 가차 없이 격렬한 공격을 펼치고 있다.

온화한 인상의 외모와 달리 일절 주저하지 않고 이쪽을 죽이고자 덤벼든다.

잘 연마된 살기를 뒤집어쓰기만 해도 살아 있다는 느낌이 들지 않았다.

도대체 얼마나 많은 수라장을 헤치고 나와야 이리되는가.

용사의 전투 스타일은 마법 전사다.

마법을 주체로 싸우는 한편 검도 잘 다룬다.

맨 처음에 내가 마상에서 날린 일격을 검으로 막을 만큼 녀석의 힘은 나를 웃돈다.

그럼에도 불구하고 마법이 더 특기라니…….

거리를 벌리면 마법의 먹이가 된다.

그렇다고 간격을 좁힌들 녀석에게는 검도 있었다.

빈틈이 없군.

사람은 보통 잘하고 못하는 분야가 있는 법이다.

나는 마법이 영 형편없고 제6군의 휴이는 반대로 접근전이 서툴렀다.

대인전에서 상대의 강점과 약점을 판단한 뒤 자신이 유리하도록 싸우는 한편, 상대는 본 실력을 발휘하지 못하도록 견제하는 것은 무척이나 중요한 요소다.

그런데 용사에게는 딱히 서투른 약점이 없다.

두루두루 스킬 레벨이 높을 테지.

보통은 좀체 엄두를 못 내겠지만 상대는 용사였다.

존재 자체가 특별하다는 건가.

스킬을 단련하는 데 필요한 시간은 유한하다.

이것저것 많은 스킬을 성장시키려다가는 어중간하게 잔재주만 늘어나는 것이 고작일 텐데.

강한 무력을 추구한다면 어느 하나에 열중해서 집중적으로 스킬을 성장시키는 게 더욱 좋다.

군단장 중에서도 밸런스 좋게 모든 스킬을 단련하는 자는 기껏해야 아그너 씨밖에 없었다.

그 사람은 선선대 마왕 시절부터 실전을 경험했고 다른 군단장과는 살아왔던 시간의 길이가 다른 만큼 숙련도가 높았다.

그러나 아그너 씨는 예외에 속한 사람이다.

모든 분야를 높은 수준으로 갖추는 것은 이상일 뿐 현실적이지 않다.

그런 이상적인 경지를 용사는 체현해 냈다.

……이길 수 있나?

아니! 약해지지 마라!

이겨야 한다!

고삐를 잡아당겨서 애마의 진로를 변경했다.

내 특기는 접근전.

특히 굳세게 밀어붙이는 연속 공격이 장기이다.

일격의 무게로는 제3군의 코고우가 더욱 우위에 있고, 기교로는 제5군의 다라드가 나보다 더 뛰어나다.

그러나 실제 맞붙으면 내가 승리한다.

마법을 안 쓰는 접근전이라면 아그너 씨에게도 뒤지지 않는다고 자부한다.

용사의 힘은 첫 공격이 막혔던 때에 절절하게 느꼈다.

그러나 지금 물러나면 승산은 없다.

거리를 벌리면 마법에 압도당해서 끝장이다.

나의 가장 특기 분야인 접근전으로 끌고 들어가서 극복할 수밖에 없다.

"오오오오!"

우렁차게 소리 지르며 돌진했다.

반격을 위해 용사가 검을 겨눈다.

승부다!

이긴다, 내가!

이긴다! 기필코!

"내일의 결전, 제7군의 인원들은 사석(死石)이 되어줘야겠다."

어제 아그너 씨는 숨김없이 뜻을 밝혔다.

말을 듣자 하니까 용사를 유인하기 위한 미끼가 되어달라고.

크솔리온 요새는 인족의 요새들 중 한층 더 견고한 구조로 만들어졌다.

정면에서 공격한들 승산이 없다.

그런 불리함을 뒤집기 위해 인족의 최고 전력인 용사를 유인한 뒤 격파함으로써 인족의 전의를 꺾는 작전이었다.

몹시 모험에 가까운 작전이라고 생각했다.

제7군 녀석들이 애써 도발을 감행한들 진짜 용사가 미끼를 물까?

설령 미끼를 물더라도 과연 용사를 처단할 순 있을까?

게다가 용사를 처단한다고 쳐도 인족은 전의를 상실해줄 것인가?

그렇게 크솔리온 요새를 함락시킨다는 게 정말로 가능한가?

아그너 씨의 작전은 나에게는 어설픈 기대가 거듭되는 도박 비슷한 작전으로 들렸다.

그런 작전에 제7군 녀석들의 목숨을 내걸 순 없잖은가.

극구 반론했다.

"옳은 말이다. 다만 결국은 감행해야 한다. 도박일지라도 우리에게 남은 활로가 이것뿐이니까."

아그너 씨는 자신감 없이 자조하는 분위기로 웃음 지었다.

"참 어렵고도 딱한 입장에 몰리게 됐군. 나도, 자네도."

아그너 씨는 가만히 말한 뒤 주위를 둘러봤다.

그때는 다른 인원들을 물려 놨었기 때문에 주위에는 아무도 없었다.

"잠시 자리를 비켜주실 수 있겠소이까? 무얼, 사내들끼리 나눌 실없는 대화요. 이제 와서 엉성한 책략 따위를 어찌 꾸미겠소."

그럼에도 불구하고 아그너 씨는 누군가가 바로 근처에서 귀를 기울이고 있다는 듯이 그 누군가에게 부탁의 말을 건넸다.

내 기척 감지에는 아무것도 걸려들지 않았다.

다만 아그너 씨는 이곳에 무엇인가가 있다고 확신하는 모습이었다.

"글쎄, 과연 물러가 주었으려나……."

"아그너 씨? 지금 말씀은?"

"신경 쓰지 마라. 신경 쓴들 어찌 되는 게 아니니."

오한이 느껴졌다.

마치 내가 모르는 곳에서 내 전부를 감시하는 자가 있다는 듯한 아그너 씨의 발언.

그 마왕은 그런 게 가능하단 말인가?

아직껏 나는 마왕이 형의 말처럼 어쩔 도리가 없는 존재라고 생각되지 않았다.

그러나 그때 나는 처음으로 정체를 알 수 없는 공포를 느꼈다.

"떠났든 안 떠났든 나 또한 알 수 없구나. 어쨌든 누가 들었다 한들 위험한 이야기를 할 뜻은 없다."

설마 아그너 씨조차 감지할 수 없는 무엇인가에 감시당해왔다는 말인가?

무의식중에 주위를 둘러보는 내게 아그너 씨는 쓴웃음을 지어 보였다.

그러나 결국 아무런 기척도 느끼지 못한 채 당황하면서 아그너 씨를 다시 쳐다볼 수밖에 없었다.

그런 나에게 아그너 씨는 표정을 굳게 다잡은 뒤 말을 꺼냈다.

"브로우, 자네는 본인 혼자만 궁지에 몰려 있다고 생각할 테지만 그것은 착각이라네. 궁지에 몰린 처지는 자네뿐이 아닐세. 마족 전체지."

지친 음색으로 단언하는 아그너 씨.

평소의 태연하고 바닥을 짐작할 수 없는 위엄을 자아내던 아그너 씨의 약한 모습을 본 것은 이때가 처음이었다.

"지금 마족에게는 두 가지밖에 선택지가 남지 않았네. 인족에게 승리를 거둬 살아남는가, 패배한 뒤 멸망으로 치닫는가. 둘 중 하나뿐이야."

"그렇게 단순한 문제가 아닐 텐데요."

"아니. 그렇게 단순한 문제일세."

이기거나 지거나.

살아남거나 멸망하거나.

전부, 아니면 전무.

그런 단순한 문제로 치부할 수 없는 나와 다르게 아그너 씨는 타이르려는 듯이 설명을 거듭했다.

"세상사란 규모가 크면 클수록 복잡해지는 법이지. 다만 예외는 언제 어디에든 있지 않은가. 이번 전쟁이 좋은 사례군. 다름 아닌 마왕님께서 이렇듯 단순한 결말을 바라고 계시는 데야."

마왕.

그 여자를 떠올리기만 해도 나는 대단히 불쾌한 기분이 든다.

모든 사태가 녀석이 나타난 이후 이상해졌다.

"아그너 씨. 도대체, 왜 그딴 녀석한테……."
"더 이상 말하지 말게."
아그너 씨 정도의 사람이 마왕에게 복종한다.
아그너 씨가 마왕에게 반기를 들었다면 결과는 달라졌을지도 모르는데.
그런 심정에 무심코 입 바깥으로 나왔던 말이었지만 정작 아그너 씨에게 제지를 당해버렸다.
"……당할 수 없다네. 아니, 당할 수 없었다는 말이 옳겠군. 내 힘으로는 마왕님을 당할 수 없었지. 그게 대답일세."
아그너 씨의 대답에 나는 말문이 틀어막혔다.
당할 수 없었다고…….
아그너 씨가 패배를 인정했다.
그 사실이 터무니없이 무겁게 느껴졌다.
"나 또한 호락호락 멸망의 길을 나아간다는 것은 인정할 수 없었지. 저항하고 저항한 끝에 하나의 길밖에 남지 않았다고 판단했을 따름이라네. 정녕 승리만 남았어."
결국 마왕은 당해낼 수 없었기에 남은 길은 인족과 전쟁을 벌여 승리하는 길뿐이라고 아그너 씨 본인 스스로 판단했다는 말인가.
인정하고 싶지 않았다.
그러나 인정할 수밖에 없었다.
아그너 씨 본인의 발언이니까.
"승리를 거두기 위해 수단을 가릴 수 없네. 설령 도박일지라도 승리를 위해서라면 의지할 수밖에 없잖은가. 제7군 하나의 문제가 아닐세. 패배하면 모든 마족은 멸망의 길을 걷게 될 것이야."

그러니까 제7군이 먼저 선두에 나서달라.

그 말에는 단호한 결의가 있었기에 내가 뭐라고 더 반론한들 작전이 뒤집힐 일은 없음을 절감했다.

오직 승리뿐이다.

나와 제7군만이 아니다.

마족 전체의 운명이 우리의 승패에 달려 있었다.

다음 날 아침, 즉 오늘 아침에 나는 제7군의 녀석들에게 작전 개요를 설명했다.

제7군은 이전 군단장 와키스 씨가 일으켰던 반란 미수에 가담했었다.

그 때문에 제7군은 나쁜 대우와 괴로운 상황을 쭉 감수했다.

물자 배급은 다른 군단의 뒤로 미뤄지고, 제대로 된 장비도 갖출 수 없었고, 식사를 못 먹는 날도 있었다.

게다가 이번에는 사실상 「가서 죽어라」라는 명령까지…….

불만이 안 나올 리 없었다.

그럼에도 불구하고—.

"대장의 말씀이라면야."

병사들은 특공 명령을 받아들였다.

"우린 벌써 한 번은 죽었던 목숨이잖습니까. 어차피 죽을 신세라면 마지막에는 쓸모가 있게 죽고 싶습니다."

"우리가 오늘까지 살아올 수 있었던 건 전부 대장 덕분이죠. 대장이 부지해준 이 목숨, 자유롭게 써먹어주십쇼."

"이 자식들……."

이 녀석들이 말하는 만큼 난 특별히 해준 게 없다.

와키스 씨를 존경했던 병사들이 많았다.

어떻게든 원수를 갚기 위해서 무기를 들고 일어서려는 녀석도 많았다.

그런 녀석들을 달래고, 가끔은 두들겨 패서 말리고…….

병사들에게 먹이기 위해 곳곳을 돌아다니며 머리 숙이고 어떻게든 식량을 융통한다거나 직접 마물을 사냥하러 나돌기도 했다.

그러나 기껏해야 그게 전부다.

목숨을 맡기기에는 부족하다.

본인들도 잘 알고 있었던 거다.

자신들은 단지 목숨을 빼앗기지 않았을 뿐 죄까지 용서받은 게 아니라는 사실을…….

지난 죗값을 청산할 때가 왔을 뿐이라고, 이곳이 죽을 곳이라고 각오를 다져서 하는 말이었다.

그리고 나는 이 녀석들을 사지로 보낼 수밖에 없었다.

그러니까 이 녀석들의 마지막 활약을 무위로 돌리지 않기 위해서라도, 이토록 한심한 군단장인데도 나를 믿어주는 녀석들을 위해서라도 내가 패배할 수는 없단 말이다!

혼신의 일격을 용사에게 때려 박는다.

애마의 돌진, 나의 완력, 그리고 무엇보다도 우리의 간절함을 실은 일격.

이긴다!

그러나 마음을 배반하고 나의 일격은 용사의 손에 막혀버렸다.

"쳇!"

이번 일격으로 끝낼 수 있기를 기대했는데 역시 절대로 쉬운 녀석이 아니구나!

다만 첫 공격도 똑같이 막혔던 만큼 통용되지 않는 경우도 대비했다.

이제부터가 진짜다!

"타앗!"

말 위에서 재차 검을 내리찍었다.

상단 자세에서 내리찍는 묵직한 일격을 용사는 자기 검을 휘둘러 올리는 동작으로 받아쳤다.

서로의 검이 맞부딪쳤다가 동시에 튕겨 나간다.

마상이라는 높은 위치는 유리하게 작용했다.

내리찍는 일격은 중력의 힘이 더해지고, 반면에 휘둘러 올려서 반격해야 하는 용사는 그만큼 많은 힘을 쏟아야 한다.

그럼에도 호각.

능력치에서 용사가 더욱 우위를 점하고 있는 증거였다.

그러나 물러나지 않는다. 물러날 수 없었다.

전술적으로도, 심정적으로도…….

지금 물러나면 패배뿐이다.

튕겨 나갔던 검을 따라서 몸이 쏠릴 뻔했지만 힘을 실어 억지로 다잡았다.

검을 붙들어준 팔에서 빠각 소리가 들려오는 기분이었으나, 이를 악물어 견디고 곧장 힘을 실어서 다시 용사에게 휘두른다.

용사도 역시 마찬가지로 튕겨 나갔던 검을 회수해서 내 검에 맞부딪쳤다.

"에랏!"

내리 휘둘렀던 검은 또 방금 전과 마찬가지로 용사의 검과 마주 튕겼다.

아직 멀었다!

그대로 연속 공격을 감행했다.

기술이고 나발이고 없이 꼴사납게 완력만 쏟아붓는 연속 공격.

그러나 아마 정석대로 검을 겨룬들 패배하는 쪽은 나였다.

이렇게 기세로 쭉 밀어붙인다!

이 합, 삼 합을 맞부딪쳐도 결국 무너뜨릴 수 없었다.

"큭!"

반대로 오히려 내가 용사의 검을 점점 더 따라붙지 못하고 있었다.

일 합마다 미세하게, 다만 확실하게 내 검이 뒤처진다.

이대로 검을 부딪치면 위험하다.

슬금슬금 파국이 다가든다.

"이얏!"

그리고 용사가 외친 기합 소리와 함께 날아든 일격은 내 검을 세차게 튕겨 냈다.

제때 휘두르지 못해서 힘이 미처 담기지 못한 나의 검.

그 빈틈을 용사는 눈감아주지 않았다.

검이 휙 치켜 올라가는 반동으로 빈틈투성이가 된 나를 향하여 용사가 검을 찌른다.

검을 회수해서 막을 겨를이 없다.

끝장인가?!

직후, 애마가 나를 태운 채 반선.

뒤쪽에서 커다랗게 둔탁한 소리가 울려 퍼졌다.

"으앗?!"

균형이 무너져서 나는 애마의 아래로 내동댕이쳐졌다.

어떻게든 낙법을 써서 지면을 두세 번 구르다 세차게 몸을 뻗치고 일어섰다.

그리고 내 눈에 비친 광경은 뒷다리를 잃은 채 쓰러지는 애마의 모습이었다.

"이 자식……."

그 광경을 보고 상황을 깨닫는다.

이 녀석은 나를 지키고 용사의 일격을 뒷다리로 받아 냈다.

말에게 다리는 생명선.

다리를 잃어버리면 살아갈 수 없다.

고위의 치료 마법이라면 회복시킬 수 있을 테지만, 엄청난 피를 상처 부위에서 쏟아 내는 저 모습을 보면 치료 마법을 받기 전까지 버틸 수 없다는 것이 일목요연했다.

"……미안하다! 고맙다!"

짧게 말한 뒤 나는 용사에게 다시금 돌아섰다.

이 녀석은 어미 말에게서 태어났을 때부터 내가 키웠다.

제7군의 병사보다도, 그뿐 아니라 옛 보금자리였던 제4군의 병사보다도 오래도록 함께한 동료였다.

그런 녀석이 목숨을 걸고 지켜주었다.

그렇다면 나는 그 의지에 부응해줘야 한다.

나중에 실컷 슬퍼해주자.

지금은 용사와의 전투에 온 정신을 집중시킨다!

"우오오오오오오!"

우렁차게 소리 지르며 돌격했다.

애도는 일순간뿐.

용사는 검을 휘둘러 애마를 베어낸 자세 그대로였다.

저것을 빈틈으로 생각하지는 않는다.

한바탕 검을 맞부딪치면서 용사가 절대 어설픈 녀석이 아님은 잘 알았다.

분명 마법이 특기인데 접근전마저도 나를 능가한다.

하지만, 하지만!

그럼에도 물러날 순 없다.

나의 두 어깨에는 제7군의, 마족의, 여러 미래가 걸려 있다!

이 전투에서 죽어 간 제7군의 녀석들, 애마.

그 전에 죽음을 맞은 와키스 씨를 비롯한 반란군, 마왕의 압정을 견디지 못하고 도망쳤던 빈민, 도망조차 체념한 채 헛되이 죽은 사람들.

그 마왕 때문에 엉망진창으로 고생만 하다가 원통함을 풀지 못하고 죽어 갔던 사람들이다.

그게 전부가 아니다.

마왕이 나타나기 전 붕괴 직전의 마족을 다시 일으켜 세우기 위해 몸이 가루가 되도록 헌신했던 형과 아그너 씨를 나는 잘 알고 있었다.

잠들 시간도 아까워하며 정무에 힘썼던 형의 뒷모습을 지켜보면서 나는 자랐다.

그 노력의 위에 지금이 있다.

형의 노력이 무위로 돌아간다는, 그딴 미래는 인정할 수 없다!

형, 아그너 씨, 그리고…….

뇌리에 떠오르는 것은 정말이지 지긋지긋한 마왕의 뒤에 서 있는 시로의 모습.

질 수 없다. 질 순 없단 말이다!

"스읍! 하앗!"

커다랗게 숨을 들이마셨다가 기합과 함께 혼신의 일격을 내리 휘둘렀다.

용사는 별 어려움 없이 공격을 막아 냈다.

그러나, 아직 멀었다!

곧바로 검을 잡아당긴 뒤 각도를 바꿔 다시금 때려 박는다.

막혀도 막혀도 절대 물러나지 않는다, 멈추지 않는다!

결국에 힘이 다하는 순간까지 나의 연속 공격은 끝나지 않는다!

"아!!"

정신을 차렸을 때는 호흡이 멈춰 있었고 시야는 반쯤 안개가 낀 것처럼 흐려져 있었다.

용사 이외의 전부가 시야에서 밀려났고 검만을 눈으로 좇고 있었다.

《숙련도가 일정 수치에 도달했습니다. 스킬 〈사고 가속 LV 4〉가 〈사고 가속 LV 5〉로 성장했습니다.》

스킬이란 참 불가사의해서 훈련 때보다 이렇듯 실전을 겪는 상황에서 더욱 빠르게 성장한다.

죽음과 이웃하는 긴장감이 성장을 촉진시킨다는 말이 있고, 더욱 강력한 상대와 싸울 때 효과가 두드러진다.

그런 성장에 따라 승패가 역전하는 경우도 있다.

하지만 지금 막 새로 레벨이 올랐던 사고 가속 스킬 때문에 나는 분명하게 용사의 움직임을 인식하고 말았다.

이 자식, 내 검격을 모조리 관찰하고 있다!

성장했기에 비로소 알 수 있는 나와 용사의 격차.

내가 자신의 한계를 넘어 마구잡이로 검을 휘두르고 있는데도 용사는 모든 공격을 담담하게 관찰하면서 내가 빈틈을 노출하기를 기다리고 있었다!

가망이 없다!

이렇게까지 힘을 짜내도 가망이 없다!

패배할 순 없단 말이다!

여기까지 오는 데 도대체 얼마나 큰 희생을 치렀던가 떠올려봐라!!

그런데도, 그런데도!

간절한 마음과는 달리 멈춰 있었던 숨이 호흡을 재개시켰다.

커다랗게 벌린 입이 공기를 탐하면서 전장의 달아오른 기운이 목에 통증을 가져다준다.

몸의 움직임은 둔해지고, 검의 속도도 느려지고, 힘도 빠져나간다.

피로는 이미 한계까지 치달았다.

"아아아아아!"

그럼에도 기력만 가지고 억제해서 연속 공격을 이어 나갔다.

하지만—.

"그 공격은, 이미 다 봤다."

"어?"

검이 튕겨 나갔다.

내 몸은 더 이상 버텨주지 못한 채 맥없이 비틀거렸다.

그 순간 간발의 차이도 없이 날아드는 무수히 많은 빛 탄환.

용사의 빛 마법, 인식을 마친 직후에 못 견디는 충격이 몸을 습격했다.

"꺽! 끄학?!"

피한다거나 막는다거나 대처할 짬이 없었고 생각할 여유마저 없었다.

이것이 나와, 용사의, 차이라는 말이냐!

휙 날아가서 지면을 구르다가 털썩 엎어졌다.

"아직, 이다."

그러나, 아직 끝나지 않았다. 끝낼 수 없다!

스킬을 써서 상처를 치료.

그러나 그 대가로 몸에서 힘이 빠져나가는 게 느껴진다.

상처가 회복됐을 뿐 이미 싸움을 위한 체력이 거의 남지 않았다.

"무리는 안 하는 게 좋겠어. 실력 차이는 깨달았을 테지."

용사도 내 상태를 꿰뚫어 본 듯 저딴 소리를 지껄여 댔다.

"아직은 지지 않았다! 이대로 염치도 없이 지고 돌아간다면 형을 마주 볼 면목이 없지!"

형 하나뿐이 아니다.

모든 마족들과 마주 볼 면목이 없다!

"형제가 있다면 더더욱 이런 곳에서 죽을 순 없지 않겠어? 군대를 물려라. 굳이 추격하진 않을 테니까."

……이 자식!

퇴각할 수 있다면 고생은 안 한단 말이다!

"물러날 수가 없다고!"

일어서서 돌격했다.

머릿속의 냉정한 부분이 승산은 없다고 알려줬다.

그래, 알아!

나와 용사의 실력 차이는 분명하다.

그렇다 해도! 저놈의 마력 조금, 체력 조금이라도 깎아 낸다!

내가 못 이기더라도 이렇게 살짝 깎아 낸 차이 덕분에 아그너 씨가 이겨줄 것이라 믿고!

내뻗은 검이 맥없이 튕겨 나갔다.

그리고 광탄이 나를 덮쳤다.

방금 전과 완전하게 똑같은 패배.

그러나 뻔히 알면서도 나는 대처를 할 수 없었다.

다시 바닥에 쓰러졌다.

"아, 직……."

일어서려던 나의 눈 바로 앞 지면에 꽂히는 용사의 검.

그 검은 살짝만 당기면 내 목이 잘려 나가는 위치에 있었다.

“더는 일어서지 마라.”

움직임을 봉인당했다.

용사의 말에는 다시 일어나려고 들면 베어버리겠다는 명확한 의지가 담겨 있었다.

“너희만 짊어지고 있는 게 아니야.”

저 말에서 무게감이 느껴졌다.

당연한 소리지만 우리가 마족을 위해 싸우듯 용사도 역시 인족을 위해 싸우고 있았다.

내가 각오를 다진 뒤 이곳에 왔듯 용사도 역시 똑같은 의지를 갖고 왔다는 뜻이다.

의지에 차이가 없다면 이 결과는 단순한 실력의 차이.

의지만 갖고 뒤집을 수는 없는 현실.

왜냐하면 상대도 역시 똑같은 심정이니까.

“빌어, 먹으을……!”

손가락으로 지면을 긁는다.

일어서고 싶은데 꿈쩍할 수가 없다.

어째서 나에게는 힘이 없나!

용사에게 승리할 힘이!

마왕에게 승리할 힘이!

“네가 어떤 마음을 갖고 싸우는지 나는 짐작할 수 없어. 분명 나는 상상도 하지 못할 각오를 갖고 출전했겠지. 그렇지만 너희 마족이 인족의 평온을 어지럽힌다면 나 역시 인족을 지키기 위해 각오를 갖고 싸우겠어."

검을 쥔 용사의 손에 힘이 들어간다.

"어째서지?"

목소리에서 점점 분노가 배어 나왔다.

"어째서 너희 마족은 전쟁을 일으키지?! 이토록 절박하게, 어째서 싸우려고 들지?!"

용사의 부르짖음에 나 역시 분노가 치밀어 올랐다.

우리라고 싸우고 싶어서 싸우는 게 아니란 말이다!

"이러지 않으면 멸망당하기 때문이다!"

"뭐?"

내 대답이 예상 밖이었는지 용사는 분위기에 어울리지 않는 얼빠진 낯짝을 보여줬다.

"마왕이다! 그 자식이 인족과 전쟁을 해서 못 이기면 우리를 멸망시키겠다고 협박한단 말이다!"

그것이 쓸데없이 더 울분을 자극하기에 나는 분노를 쏟아 내면서 소리 질렀다.

"마왕이?"

"그래, 마왕이다! 그 자식이 나타난 다음 전부 다 이상하게 꼬여 버렸어! 우리라고 좋아서 전쟁을 하는 게 아니야! 안 싸우면 살해당할 테니까! 멸망당할 테니까! 젠장! 어째서! 어쩌다가 이딴 처지가 됐나?! 빌어먹을!"

검이 겨누어진 것도 잊어버린 채 지면을 있는 힘껏 때렸다.

시야가 눈물로 젖어 들었다.

한심하기 짝이 없는 몰골이지만 어차피 나는 이곳에서 죽는다.

그렇다면 최후의 순간에는 꼴사납게 울고불고해도 상관없겠지.

"……그럼 마왕을 없애버리면 이 전쟁은 끝나는 건가?"

"어엉?! 없앨 수 있다면 말이지!"

아무렇게나 용사의 물음에 대답하자 쓱, 검이 지면에서 뽑혀 나갔다.

"그렇다면 가서 마왕을 무찔러야겠네."

담담하게 저런 소리를 늘어놓는 용사를 나는 어안이 벙벙한 채 올려다봤다.

"……뭐?"

"전쟁의 원흉이 마왕이라면 무찔러서 해결할 수 있는 문제잖아. 무엇보다도."

거기에서 용사는 말을 잠시 끊었다.

"마왕을 무찌르는 것은 언제나 용사의 역할이니까."

농담처럼 말하는 용사의 눈은, 그럼에도 진지하게 빛나고 있었다.

용사는 마왕의 힘을 알지 못하기 때문에 큰소리를 치는 것일 뿐이다.

……그런데, 정말 그런가?

나 자신도 마왕의 힘을 정확하게 알지는 못한다.

아마 나보다 훨씬 강하다는, 고작 이 정도 인식밖에 없었다.

그리고 이 용사도 역시 나보다 훨씬 강하다.

……혹시, 어쩌면, 이길 수 있나?

정말로?

그렇다면…….

직후, 지면이 흔들렸다.

오한.

마치 물리적으로 압살될 것 같은 두려움, 이제껏 살아오면서 느껴본 적 없는 위압감.

"뭐, 뭐냐……?"

떨리는 몸을 주체할 수가 없었다.

이딴, 이따위 느낌, 말이 안 된다.

용사도 역시 눈을 커다랗게 부릅뜬 채 나의 뒤쪽을 보고 있었다.

돌아봐서는 안 된다.

그러나 돌아보지 않을 수도 없는 노릇이다.

흠칫흠칫 고개 돌렸던 곳에 「뭐냐」라는 방금 전 내 의문의 대답이 있었다.

그것은 터무니없이 거대한 마물이었다.

여덟 개의 다리가 땅을 꿰뚫었고, 여덟 개의 눈이 땅에서 기어 다니는 우리를 흘겨보고 있었다.

터무니없이 거대한 거미 마물.

나는 저것을 알고 있다.

직접 보아서 아는 게 아니다.

그러나 동화 따위에 가끔 등장하는 재난이라서 모르는 녀석은 아마 없었다.

그 재난의 이름은 퀸 타라텍트.

인족이 정한 마물의 위험도로 말하자면 사람의 손으로 감당할 수 없다고 판정되는 신화급으로 분류된 살아 있는 재난.

그런 마물이 어째서 느닷없이?!

내 의문을 아랑곳 않고 퀸 타라텍트가 움직였다.

저 주둥이가 크솔리온 요새를 향한 뒤 세계가 뒤집어졌다.

무슨 일이 일어났는지 이해할 수 없었다.

이해하고 싶지 않았다.

정신을 차렸을 때는 크솔리온 요새의 일부가 소실됐다.

그곳을 공격하고 있던 제7군과 한꺼번에…….

"아, 니……."

망연자실, 넋 빠진 목소리가 입에서 새어 나왔다.

혼란스러워서 아무것도 생각할 수가 없었다.

그동안에도 사태는 변화한다.

퀸 타라텍트가 이동을 개시했다.

그 앞쪽에는 크솔리온 요새.

아니, 붕괴한 크솔리온 요새의 잔해라고 말해야 할까.

다만 저곳에는 아직껏 적지 않은 인족이 남아 있었다.

거의 다 허물어진 성벽 위에서 나와 마찬가지로 퀸 타라텍트를 망연자실한 채 쳐다보는 사람들.

"도망쳐라!"

갑자기 바로 옆쪽에서 터져 나오는 고함.

그 목소리는 쥐 죽은 듯이 조용하던 전장에서 유독 커다랗게 울려 퍼졌다.
용사였다.
"내가 시간을 끈다! 그 틈에 도망쳐라!"
그렇게 말한 뒤 용사는 퀸 타라텍트를 향해 달렸다.
바보인가……?
누가 어떻게 봐도 저따위 마물을 처치할 방법이 없지 않냐고!
그럼에도 불구하고 용사는 주눅들지 않은 채 퀸 타라텍트를 향해 돌격했다.
나는 용사의 뒷모습을 어리벙벙한 표정으로 바라볼 수밖에 없었다.
너무나 어리벙벙했기에 쓰러져 있던 그대로 일어날 수조차 없었다.
그런 내 옆쪽에 누군가가 다가와 섰다.
먼저 발치가 보였고 얼굴을 들어 올렸더니 시로가 서 있었다.
제10군 군단장, 시로.
마왕의 관계자라는 사실 말고는 신원도 능력도 알 수 없는 여자.
다만 몇 안 되게 판명이 난 능력, 아니, 유일하게 알려져 있는 능력이 공간 마법이다.
느닷없이 출현한 퀸 타라텍트.
시로의 공간 마법.
머릿속에서 두 사실이 결부됐다.
"설마, 저 마물을 네가?"
나의 물음에 시로는 말없이 긍정했다.
"무슨 터무니없는 짓을 벌이는 거냐?!"
나는 무의식중에 버럭 소리치고 일어선 뒤 시로에게 바짝 다가붙었다.

나의 험악한 분위기에 위축된 듯 시로가 상체를 뒤쪽으로 젖혔다.

공간 마법은 습득하기 위해 대량의 스킬 포인트를 필요로 한다.

공간 마법을 갖기 위해서는 다른 스킬의 습득을 포기해야 할 만큼.

공간 마법 술사들 대부분은 공간 마법 이외의 스킬 레벨이 낮은 데다가 보유한 스킬의 숫자 자체가 적다 들었다.

즉 시로는 공간 마법밖에 강점이 없을 것이다.

다른 능력이 알려지지 않은 게 아니라 다른 능력이 없다.

시로의 전투 능력은 아마 일반인과 별 차이 없겠지.

공간 마법은 귀중하고 편리성이 높기 때문에 군단장으로 임명받았을 테지만 이런 위험한 전장에 나타나서 좋을 게 없었다.

애당초 시로 휘하의 제10군도 은밀 작전 담당일 텐데…….

시로의 제10군은 무엇을 하고 있는가, 그 활동의 실태가 알려지지 않았지만 아마도 마왕의 첩보 기관.

시로의 공간 마법을 이용해서 각지를 건너다니며 정보를 모아왔을 것이다.

이번 전쟁에서도 시로의 제10군은 어디로 출격하는지 발표되지 않았다는 것이 그 증거였다.

전면에 내세울 수 없는 군단이니까 당연하다.

그렇게 첩보를 맡은 군단장이 도대체 왜 혼자서 이런 곳에 나타났단 말이냐?!

그래, 알다마다!

저 퀸 타라텍트를 이곳까지 전이시켜야 했기 때문이지!

마왕의 명령으로!

전투력이 전무한 시로에게 저딴 괴물의 이송 임무를 떠맡긴다니 제정신이 아니군!

“이 녀석아! 죽으면 어쩔 셈이냐?!”

시로는 내가 소리치는 말의 의미를 이해할 수 없다는 듯이 고개를 살짝 갸웃거렸다.

저런 느긋한 태도에서 끓어넘치는 분노를 느꼈다.

무엇인가를 전이시키려면 꼭 술사가 손을 가져다 대서 접촉해야 한다.

즉 시로는 퀸 타라텍트에 손을 가져다 댔다는 뜻이다.

저딴 괴물에게 손을 가져다 댔다고?!

자칫 잘못됐으면 죽음을 못 면했겠지.

이렇게 가녀린 여자는 저 괴물이 몸만 움찔거려도 박살이 난단 말이다!

“이 녀석, 어쩌자고 그런 위험한 임무를 거절 안 한 거야!?”

시로는 더욱더 영문을 모르겠다는 듯이 턱에 손을 가져다 대고 생각에 잠긴 자세를 취했다.

굳이 물어볼 필요도 없겠지만!

아무리 마왕을 위해서라도 어떻게 자기 목숨을 아무렇게나 내던지는 짓거리를 하지?!

이 녀석은 항상 이렇다.

마왕과 이 녀석의 관계에 어떤 사연이 있는지 난 알지 못한다.

그러나 이 녀석의 행동은 언제나 항상 마왕을 위해서였다.

하필 마왕을 위해……!

어째서 그딴 자식의 말을 고분고분 따르는 거냐!

게다가 몸소 자청해서!

납득은 안 되지만 이 녀석에게 불평을 늘어놓은들 아무 대답도 못 들을 게 뻔했다.

“젠장!”

소리 질러서 쌓인 울분을 내뱉고 발길을 되돌렸다.

“너는 당장 이곳에서 도망쳐라!”

아무리 마왕이어도 퀸 타라텍트처럼 강한 괴물을 제어하기는 불가능하다.

그 자식, 시로를 이용해서 야생 퀸 타라텍트를 이곳으로 던져 놓은 게 틀림없다!

그렇다면 퀸 타라텍트는 무차별로 공격을 감행할 것이다.

실제로 크솔리온 요새가 싹 날아갔지만 거기에 휘말려서 내 부하들도 다수가 박살 났다.

이렇게 된 이상 적군이든 아군이든 알 바 아니다.

생존한 제7군의 녀석들을 수습해서 철수할 수밖에 없다.

……만약 가능하다면 말이지.

과연 나는 저런 괴물에게서 살아남아 도망칠 수 있을까?

“브로우.”

내가 부하 녀석들을 수습하러 가려던 때에 시로가 불러 세웠다.

……처음으로 이름을 불러준 것 같다.

“뭐냐?”

"철수."

시로가 나에게 손을 뻗었다.

저 말은, 설마 함께 전이로 철수하자는 뜻인가?

"……마음은 기쁘다만 못 따라가겠군."

반한 여자가 손을 내밀어줬다.

그러나 저 손을 잡을 순 없는 노릇이었다.

"대장이 제일 먼저 도망칠 순 없잖냐."

내게는 살아남은 부하들을 이끌어줄 책임이 있었다.

"먼저 가 있어라. 금방 뒤따라갈 테니까."

나는 가만히 말한 뒤 시로의 대답이 들리기 전에 달렸다.

근처에 적도 안 보이니까 전이를 사용 가능한 시로라면 충분히 도망칠 수 있겠지.

나도 부하들을 데리고 나온 뒤 서둘러 철수해야 한다.

……이딴 곳에서 죽을까 보냐.

용사에게 패배해서라면 모를까, 퀸 타라텍트에게 유린당해서 죽는 신세라면 개죽음과 다를 바 없다. 용납할 수가 없다!

기필코 살아서 돌아가주마!

그리고 마왕을 후려갈기겠다.

그 결과로 어떻게 되든 나는 더 이상 녀석의 명령을 따를 수 없다.

어디 저항해보자고.

퀸 타라텍트에게 이길 수 없다는 것을 알면서도 냅다 돌격한 용사처럼 말이지!

그때를 위해서라도 먼저 이곳에서 빠져나간다!

굳게 결의한 다음 붕괴된 크솔리온 요새로 달려 나가기 위해 다리를 내디디려던 그때였다.

부르르르르!

그렇지만 품에서 울리는 익숙지 않은 소리가 막 움직이려던 다리를 멈춰 세웠다.
……이 소리는.

발트

제발, 응답해다오!

기도하다시피 간절한 마음으로 유사 스마트폰이라는 마도구를 귀에 가져다 댔다.

유사 스마트폰이라는 이 작은 판 형태의 마도구는 마왕님께서 각 군단장에게 지급한 연락용 장치다.

통상의 마도구와는 비교도 안 될 만큼 멀리 떨어진 상대와도 염화로 대화를 나눌 수 있다던가.

그리고 지금 내가 이 마도구를 써서 부르고 있는 대상은 동생 브로우였다.

그 이유는 방금 막 마왕님께 연락을 취하도록 명령받았기 때문이기도 하고, 무엇보다도 브로우의 안부를 염려했기 때문이었다.

나는 급해지는 마음을 내리누르면서 방금 전 마왕님과 시로 님의 대화를 떠올렸다.

모니터라는 물건에 비치는 영상.

크솔리온 요새의 전투가 찍힌 영상은 브로우의 열세를 비추어줬다.

"이거 안 되겠는데."

마왕님의 한마디가 내 가슴에 틀어박힌다.

척 봐도 브로우는 용사 상대로 열세를 벗어나지 못했다.

누가 보아도 브로우의 패배는 시간문제.

아울러 패배는 브로우의 죽음을 의미한다.

그 순간을 상상하면 심장이 몹시 두근거린다.

"오? 시로야, 마침 잘 와줬네."

동요한 탓에 뒤늦게 알아차렸지만 시로 님께서 전이로 돌아오셨다.

"이대로 두면 브로우가 죽을 것 같단 말이지~."

가볍게 나오는 마왕님의 말.

나에게 동생 브로우의 죽음은 무겁다.

그러나 마왕님께는 전혀 무겁지 않음을 저 말의 가벼움이 대변해 준다.

뭔가 역전의 수가 있을까 생각해봐도 전장에서 멀리 떨어진 이곳에서 내가 손쓸 방법은 없었다.

바로 근처에 있는 아그너 님도 용사의 동료들에게 발이 묶인 처지라서 브로우를 도우러 달려갈 순 없을 듯싶다.

"으음. 아그너라면 용사랑 호각으로 싸울 수 있을 것 같았는데 너무 과대평가였나?"

"용사랑 동료들이 강할 뿐이야. 아그너는 잘 싸우고 있어."

처음 잠깐은 누구 목소리인지 알 수 없었다.

아그너 님을 감싸주는 발언을 한 분이 시로 님이었음을 한 박자 뒤늦게 알아차렸다.

"오옹? ……깜짝이야. 뭐야? 시로야, 아그너를 높이 평가해주네?"

놀란 사람이 나 혼자는 아니었는지 마왕님도 눈이 동그래졌다.

그야 그럴 수밖에, 시로 님은 웬만하면 입을 열지 않는다.

가끔씩 입을 열더라도 단어만 짧게 말할 뿐 이렇게 제대로 된 문장을 말했던 적은 없었다.

나도 이토록 길게 말하는 소리를 처음으로 들었다.

마왕님의 물음에 시로 님은 다시 말없이 긍정.

"와아~ 시로야, 저런 녀석이 취향이었구나~. 아저씨 취향이었어……."

마왕님이 복잡한 표정을 짓고 신음했다.

그에 반하여 시로 님은 고개를 휙휙 빠른 속도로 가로저었다.

그런 의미가 아니라는 동작이다.

"에이, 알아. 농담이야, 농담."

마왕님이 천진하게 미소 지었다.

저런 모습만 보면 친구와 장난치는 평범한 소녀로 보일 따름이다.

누가 이 사람을 마족에게 재앙을 불러오고 있는 마왕님이라고 생각할까.

그러나 다음 순간에는 미소를 싹 거두더니 시선도 예리해졌다.

돌아보자 모니터 안쪽에서 브로우가 용사에게 당해 쓰러진 채 절체절명의 상황에 몰려 있었다.

"브로우?!"

무의식중에 소리 질렀다.

그러나 용사는 브로우의 목숨을 빼앗을 뜻은 없는지 브로우와 문답을 나누고 있었다.

『그렇다면 가서 마왕을 무찔러야겠네.』

『……뭐?』

『전쟁의 원흉이 마왕이라면 무찔러서 해결할 수 있는 문제잖아.

무엇보다도 마왕을 무찌르는 것은 언제나 용사의 역할이니까.』

모니터에서 용사의 목소리가 울려 퍼졌다.

"흐응~. 말은 잘하네."

그 발언을 들은 마왕님이 사나운 미소를 지었다.

"그럼 예정한 대로 해치울까?"

그 눈빛에는 자비가 없고 냉철한 파괴자의 얼굴이 있었다.

그렇게 지시를 받은 시로 님이 전이로 사라진 뒤 크솔리온 요새의 바로 근처에 퀸 타라텍트가 투입됐다.

"어서 와~. ……어라? 아그너랑 브로우는?"

혼자 전이로 돌아온 시로 님을 마왕님이 맞이해준다.

시로 님은 혼자였다.

사전에 마왕님과 나눈 대화에서는 아그너 님과 브로우 두 사람을 회수할 계획이었는데도 불구하고…….

시로 님은 고개를 가로저을 뿐.

모니터의 영상은 퀸 타라텍트와 용사의 전투를 비추는 터라 브로우와 아그너 님의 안부는 이쪽에서 확인할 수 없었다.

또다시 나의 뇌리에 불길한 예감이 스쳐 갔다.

"어? 죽었어?"

마왕님의 질문에 대한 시로 님의 대답은 고개를 가로젓는 행동이었다.

제발, 이러지 마라.

안도했지만 이런 대화는 심장에 안 좋다.

"응? 그럼 왜 혼자야?"

"아그너, 전투 속행."

우선은 아그너 님의 상황부터 설명해줬다.

설명이라고 말해봐야 겨우 한마디뿐이었지만…….

자세한 상황은 알 수 없으나 아그너 님은 전투를 계속하고 있기 때문에 회수하지 못했다는 의미일까.

"브로우는?"

"부하들 피난."

"아하. 부하들을 피난시키기 위해서 남겠다고 거절한 거야?"

긍정.

역시 브로우답다고 말할 수 있지만 형의 마음으로는 어서 피난해 주길 바랐다.

"어……. 아니, 이래도 되나? 저 두 사람이 결국 휘말려서 죽으면 방금 타이밍에 퀸을 투입했던 건 의미가 없지 않아?"

마왕님이 난처하다는 듯이 눈살을 찌푸렸다.

……어떠한 의미, 어떠한 계획인가?

마왕님의 말을 순순히 받아들이면 마치 아그너 님과 브로우 두 사람을 구출하기 위해서 퀸 타라텍트를 투입한 것처럼 들렸다.

그러나, 설마 마왕님이?

그럴 리가.

"발트."

그때 내 이름이 불렸다.

"네."

동요가 얼굴에 드러나지 않게 평정을 가장하며 대답한다.

"잠깐 브로우랑 연락 좀 해볼래?"

그렇게 지금에 다다랐다.

퀸 타라텍트라는 신화급 마물이 날뛰는 장소인 반큼 브로우는 언제든 휩쓸려서 죽을 수 있는 상황이다.

촌각을 다툰다.

만약에 끝내 연락을 안 받는다면, 어쩌면 이미…….

이어지는 생각을 거부하려는 듯이 오로지 브로우가 응답해주기를 기원했다.

『으음, 이러면 연결되는 건가?』

"브로우!"

내 기원이 이루어졌는가, 브로우의 목소리가 들렸다.

『형인가?!』

"그래! 브로우! 무사하냐?!"

『그래, 간신히.』

생각보다 더 또렷한 응답이었기에 후유, 숨을 내쉬었다.

이렇듯 대화가 가능하다면 전투 상황이 아닐뿐더러 금방 휘말려서 죽을 위험도 없을 테니까 안심이 된다.

그러면 어서 전갈을 마치도록 하자.

"브로우, 다시 한 번 시로 님께서 직접 찾아가실 거다. 그러니까 부하들은 가만 놔두고 돌아와라."

『엉?!』

내 말에 브로우가 짜증스럽다는 목소리로 반응했다.

『형, 설마 나더러 부하들을 죽게 놔두라고 말하는 거야?』

"그렇다."

브로우의 꾸짖는 듯한 목소리.

그러나 지금 물러날 수는 없었다.

다름 아닌 단 하나뿐인 동생의 목숨이 달려 있기에…….

『형. 아무리 형 명령이어도 이번에는 못 들어주겠는데.』

"……너라면 안 들을 줄 알았다."

브로우는 옛날부터 이런 식이었다.

쓸데없는 부분에서 정이 두텁다.

그래서 더더욱 부하들은 호감을 가져주지만, 때와 상황을 가려다오.

"브로우. 제7군의 병력들은 본래 반란군이었다. 네가 신경 쓸 필요는 없단 말이다."

『다 지난 얘기잖아? 지금은 내 부하들이지. 그리고 내 부하라면 나는 신경 쓸 이유가 있어.』

이 자식아! 내 마음도 모르고!

"말 좀 들어라! ……브로우, 제발 부탁이다. 나는 그 녀석들보다 네가 더 소중하단 말이다……."

『형…….』

제7군의 얼굴도 이름도 알지 못하는 병사들보다 친동생이 훨씬 더 소중하다.

가족을 편애하는 행위, 상층부에 있는 인물로서는 실격일지도 모르겠지만 그것이 나의 어떠한 거짓도 없는 본심이었다.

『미안.』

"……꼭, 거기에 남아야겠나?"

브로우가 사죄의 말을 꺼내는 의미를 못 알아들을 만큼 형제의 거리가 멀지는 않았다.

정확하게 의미를 이해해버린다.

브로우는 결국 부하를 외면할 수 없는 듯싶었다.

『그래.』

"그런가. 그렇다면 퀸 타라텍트와 용사의 싸움에 휘말리지 않게 조심해라. 그리고 살아 돌아와라."

더 이상 설득한들 브로우가 의견을 굽히지는 않을 것이다.

그렇다면 나는 무사히 귀환하기를 기원하며 이렇게 말할 수밖에 없었다.

『알겠어, 형.』

"어차피 용사는 퀸 타라텍트에게 죽을 거다. 괜히 휘말려서 죽어나가는 꼴사나운 짓만큼은 하지 마라."

농담 비슷하게 의욕을 북돋아줬다.

『……이봐, 형.』

그에 반하여 브로우는 의문에 찬 목소리로 되물었다.

"뭐냐?"

『용사가 퀸 타라텍트한테 죽을 거라고 너무 단정하는 거 아냐?』

"음? 당연하지 않나."

나는 브로우가 무엇 때문에 의문을 느끼는지를 도무지 알 수가 없었다.

"퀸 타라텍트는 마왕님의 권속 중에서도 아마 가장 강력한 마물이지. 아무리 용사가 대단해도 승산은 전혀 없을 거다."

『……뭐, 라고?』

내 견해를 들은 브로우는 목소리가 갈라졌다.

"브로우? 무슨 일이냐, 브로우?"

『……권속?』

"그래. ……아, 그렇군. 너는 몰랐던 건가. 지금 나타난 퀸 타라텍트는 마왕님의 권속이다."

그러고 보니 브로우에게는 지긋지긋하게 마왕님을 두려워하라고 가르쳐줬을 뿐 마왕님이 타라텍트종을 거느리고 있다는 사실까지 얘기한 적은 없었던가.

브로우의 동요가 거기에서 비롯되었겠다 싶어서 납득했다.

『……형.』

"뭐냐?"

『……권속이라는 말은, 마왕 본인은 퀸 타라텍트보다 더 강하단 건가?』

"당연한 소리."

단언했다.

조련 등 스킬로 마물을 복종시키는 경우는 술사보다 강력한 마물을 거느리는 경우도 있다.

그러나 권속은 다르다.

권속은 반드시 지배하는 자가 더욱 강하다.

주종의 무력이 역전되는 순간, 권속 지배 스킬의 속박은 허물어진다.

따라서 권속은 결코 주인보다 강할 수 없다.

『……허! 그랬던 건가!』

자포자기한 듯한 브로우의 목소리.

그 목소리에서 나는 브로우가 드디어 마왕님의 무시무시함을 실감했다는 것을 알았다.

"이제야 이해가 되나?"

『그래. 진저리가 날 만큼. 젠장맞을!』

브로우가 다 포기한 사람처럼 소리 질렀다.

"정말 다행이군."

나는 진심으로 대답해줬다.

마왕님의 무시무시함을 깨달았다면 조금은 브로우도 태도를 바꿔줄까 싶었기에…….

"용사가 마왕님을 무찌르겠다는 둥 큰소리를 지껄였지만, 그 말은 절대로 실현될 수 없다. 마왕님의 무력은 퀸 타라텍트 따위와 비교도 되지 않으니까 말이다."

더구나 용사는 퀸 타라텍트 하나도 당해 내지 못할 것이다.

호언장담을 내뱉어 봤자 용사는 마왕님의 앞에 마주 서지도 못한 채 저곳에서 죽는다.

『……결국 마왕에게 복종할 수밖에 없단 말인가.』

"그것 말고는 길이 없구나. 없기 때문에 싸우는 거다."

마족에게는 달리 길이 남아 있지 않았다.

그게 전부다.

이번 전쟁에 마족의 존망이 달려 있었다.

그러나 지금은 마족 전체의 안위보다도 브로우가 먼저다.

“브로우. 아무튼 자신이 살아남는 것만 우선해라. 알겠나?”

『그래. 최선을 다해보겠어.』

그 대답에서 나는 도저히 지울 수 없는 불안감을 느꼈다.

『그럼 난 슬슬 가야겠군.』

“아, 잠깐! 브로우?! 브로우?!”

거듭 이름을 불러봐도 그 말을 끝으로 브로우의 목소리는 더 이상 들려오지 않았다.

야나

사랑은 빠져드는 것.

“그런가. 나는 이미 용도가 다했다는 말씀입니까. 마왕님…….”

느닷없이 나타난 퀸 타라텍트를 아연실색한 채 쳐다보고 있던 내 귀에 이때까지 맞서 싸웠던 아그너의 혼잣말이 들려왔다.

아그너는 강적이었다.

지스칸과 칼을 맞부딪치다가 동시에 마법을 써서 후위에 있는 나와 호킨을 공격하는 능란한 전법.

그렇게 하이린스를 우리의 수비 역할로 못 박아서 지스칸을 고립시켰다.

나에게 치료 마법을 받아 가면서 지스칸도 간신히 버텼지만 부상을 치료해도 체력까지는 회복되지 않는다.

지스칸은 점점 더 소모되고 있고, 이런 상황을 어떻게든 뒤집기 위해 호킨이 도구를 써서 판을 휘저어봐도 개의치 않는 강인함.

공격의 중심인 율리우스가 없다, 그런 변명을 제외해도 우리 네 사람이 한꺼번에 덤벼야 간신히 호각.

오히려 이쪽이 밀리고 있는 분위기.

나는 지금까지 이토록 강한 사람을 상대했던 경험이 없었다.

율리우스, 용사의 스승 로난트 님 등등 강한 사람이 있다는 것은 머리로 알았을 뿐 직접 적대했던 적은 없었다.

오늘 처음으로 저렇게 강한 사람과 진짜 죽이기 위해 싸우고 있다.

두려웠다.

마물과 싸울 때와는 다른 종류의 두려움이 느껴졌다.

이런 상황에서도 내가 꺾이지 않은 이유는 율리우스가 있기 때문에…….

쭉 버텨서 율리우스만 이쪽으로 돌아와주면 분명 승리할 수 있다.

그런 생각이었기 때문에 견딜 수 있었다.

그런데, 대체…….

퀸 타라텍트의 브레스가 크솔리온 요새에 직격했다.

또한 브레스의 직선상에는 아무것도 남지 않았다.

아무것도…….

견고한 성벽도, 안쪽에 보호받고 있던 본성도, 저곳을 지키던 사람들도, 공격하던 사람들도, 아무것도…….

"거짓말이지?"

자신의 혼잣말이 다른 누군가의 말처럼 공허하게 들려왔다.

그럴 수밖에, 이런 건 나는 모른다.

상대가 마물이든 사람이든 전투에 나선 이상은 승리를 내다보면서 싸운다.

왜냐하면 상대를 무찌를 수 있다는 전망이 빈틈없이 떠오르니까.

그런데 나는 저것을 무찌를 수 있다는 전망이 전혀 떠오르지 않아.

압도적인 힘의 차이가 있는 상대와 싸우려는 행동을 싸움이라고 부르지는 않는다.

유린이다.

나는 유린당하는 쪽을 줄곧 목격해왔다.

다름 아닌 율리우스의 손에 의해서 쓰러져 가는 적들의 모습을…….

마물도 사람도 율리우스의 앞에서는 유린당하는 처지였다.

물론 적들도 죽기 살기로 저항했다.

그래도 무력할 때는 결국 무력해진다.

당하지 못할 상대는 뭘 어쩌든 당할 수 없다.

눈앞에 있는 퀸 타라텍트가 무엇을 어쩌든 이길 수 없는 존재라는 것을 간단히 이해할 수 있었다.

지금 우리의 행동은 싸움이지 파괴가 아니다.

요새마저 싹 날려버린 퀸 타라텍트의 파괴력 앞에서는 사람의 기술 따위야 없는 셈이나 마찬가지.

나는 부상을 당한 사람들을 치유할 순 있어도 흔적도 못 남기고 싹 날아간 사람을 되살릴 순 없었다.

지스칸의 여러 무기를 다루는 기교도 손에 든 무기의 크기로는 찰과상밖에 내지 못할 거체가 상대여서는 대항할 방법이 없다.

호킨이 제아무리 거금을 쏟아부은 아이템을 다 동원한들 요새를 파괴할 수는 없었다.

하이린스의 방패는 방패까지 같이 파괴돼서 끝장이다.

이것이 신화급.

이것이 절망.

주저앉지 않은 나 자신을 칭찬해주고 싶다.

그때 바로 근처에서 금속이 맞부딪치는 둔탁한 소리가 귓불을 흔들었다.

"멍 때리지 마라!"

하이린스의 질타에 퍼뜩 놀라서 제정신을 차렸다.

하필 하이린스에게 혼나다니 이런 실수를!

"누가 멍 때린다는 거예요!"

"그러면 어서 움직여!"

곧장 받아쳤더니 다급한 고함 소리가 돌아왔다.

저 목소리에서 예상 이상으로 상황이 나빠졌다는 것을 절감했다.

치솟는 위기감이 의식을 현실로 다시 돌려놓았다.

그랬더니 바로 근처에서 하이린스가 아그너와 맞붙어 버티고 있었다.

"아앗?!"

이런 상황에서도 더 싸우려는 거야?!

어, 아, 큰일 났어!

지스칸이 피투성이로 쓰러져 있잖아!

내가 멍하니 서 있는 동안에 아그너한테 당한 것 같아.

"나리이!"

"바보 자식아! 오지 마라!"

그리고 지스칸을 향해 호킨이 달려들자 하이린스와 맞버티고 있던 아그너가 번뜩 눈을 돌렸다.

지금 뛰어들었다가는 끝장이야!

"호킨, 안 돼!"

내가 제지해도 듣지 않은 채 호킨이 몸을 날렸고, 아그너는 재빨리 하이린스에게서 떨어지더니 호킨을 향해 거리를 좁혔다.

"크?!"

호킨도 나이프를 들어 올렸으나 지스칸마저 맞상대하는 게 고작이었을 만큼 숙련된 아그너가 상대여서는 제대로 칼싸움이 될 리가 없었다.

하이린스가 뒤늦게 쫓아본들 따라잡기는 어려웠다.

그러면 내가!

즉각 빛 마법을 구축해서 아그너를 목표로 발사!

그러나 아그너는 미리 예측했었는지 어둠 마법을 날려서 상쇄.

그리고 이쪽의 수단이 바닥난 틈에 아그너는 호킨에게 검을 휘둘렀다.

"끄아앗?!"

호킨은 방어에 쓴 나이프와 함께 베여 나갔다.

나이프가 막대기처럼 절단되고 아무 장애도 없었다는 듯이 호킨의 몸을 베어 갈랐다.

"요건 몰랐지!"

"으음?!"

쭉 베인 호킨의 상처 부위에서 하얀 연기가 아그너를 향해 세차게 내뿜어졌다.

아그너는 연기를 뒤집어쓴 뒤 괴로워하며 눈을 감았다.

눈을 공격하는 연막탄이 방어구에 장치되어 있었던 거구나!

주춤거리는 아그너를 막 따라붙은 하이린스가 방패로 후려갈겼다.

하이린스의 방패는 방어력이 높고 대단히 무거운 장비.

이렇듯 둔기로도 사용할 수 있다.

더욱이 하이린스의 반대편에서는 피투성이가 되었어도 일어나 있던 지스칸이 도끼를 손에 들고 몸을 날렸다.

미리 상의한 것은 아니지만 연막탄도 효과가 있었던 데다 완벽한 타이밍의 협공.

제아무리 아그너가 대단하더라도 이번에는 회피도 방어도 못 한다!

"카앗!"

아그너가 기성을 내뱉는 한편 하이린스의 방패를 맨손으로, 지스칸의 도끼를 검으로 막아 냈다.

저것도 막아 낸다고?!

그래도……!

"큭?!"

아그너의 등에 내가 발사한 빛 마법이 직격했다.

그 충격으로 자세가 허물어진 아그너에게 하이린스와 지스칸이 즉각 덤벼든다.

이번에야말로!

그렇게 생각했던 순간, 폭발했다.

아! 어떻게 저런 짓까지?!

아그너는 제자리에서 어둠 마법을 작렬시킴으로써 하이린스, 지스칸과 함께 자기 자신까지 날려버렸다.

"흐어억!"

바로 근처에 있던 호킨도 휩쓸려 날아가다가 데굴데굴 땅을 굴렀다.

하이린스는 즉각 방패를 내밀어서 제때 막아 냈지만, 본래 깊은 부상을 당한 상태였던 지스칸은 정면에서 폭발의 여파에 휩쓸린 탓에 무릎을 꿇고 쓰러져버렸다.

당장 치료를 안 하면 위험할 거야!

그럼에도 앞을 가로막고 선 아그너.

폭발의 중심지에서 가장 큰 충격을 자기 신체로 받아 냈는데도 아그너는 쓰러지지 않은 채 우뚝 버티고 서 있었다.

퀸 타라텍트가 나타나 격전을 치르는 동안 아그너에게도 적잖은 상처가 만들어졌다.

그에 더하여 방금 전 공방.

분명 아그너 역시 만신창이일 테고 실제로 저자의 몸 곳곳에서 피가 배어나고 있었다.

그럼에도 눈은 부릅떴고 연막탄에 당해서 새빨갛게 물들었는데도 전의를 가득 쏟아 내는 안광은 물러날 뜻이 없음을 대변해준다.

하이린스가 재빨리 나와 아그너의 사이로 이동해서 검과 방패를 내밀고 경계했다.

앞쪽을 가로막고 선 아그너를 돌파하지 못하는 한 지스칸을 치료하러 갈 수 없었다.

어떻게 하지?!

그때 시야 한쪽으로 살금살금 움직이는 호킨이 눈에 들어왔다.

손에는 포션을 쥐고 아그너에게 들키지 않도록 조심조심 지스칸에게 다가가고 있었다.

지스칸의 상처가 포션으로 회복될 수 있는 정도인지 알 수 없지만 지금은 호킨에게 맡길 수밖에 없겠다.

그럼 아그너의 주의를 이쪽으로 끌어와야 해.

"대체 왜……?"

도저히 모르겠다는 느낌을 가장해서 중얼거렸다.

그러나 이 말은 연기 이상으로 나의 본심이기도 했다.

그렇잖아, 이렇게 싸움을 하고 있을 상황이 아니란 말야!

바로 저 너머에 있는 저 커다란 마물이 눈에 안 들어오는 거야?!

"마왕을 무찌르는 것은 언제나 용사의 역할이니까, 이리 말하는군."

"뭐?"

갑자기 아그너가 미소를 머금더니 잘 이해할 수 없는 소리를 꺼냈다.

"저 용사가 그렇게 호언했지."

율리우스가?

그렇다면 아그너는 우리와 싸우면서도 율리우스를 줄곧 의식했었다는 뜻이야?

기막힌 남자다.

그리고 기막힌 굴욕.

즉 아그너에게 우리는 용사 율리우스와 싸우기 전의 연습이었다는 뜻.

우리를 해치운 뒤 다음은 율리우스와 싸우겠다고 결정했기 때문에 율리우스의 동향을 쭉 확인했던 셈이다.

우리와 싸우면서…….

이런 처지를 굴욕이 아니라 뭐라고 말하겠어.

"그 말의 대답이 저것이다."

아그너는 내 심정은 전혀 아랑곳 않은 채 말을 이었다.

저자의 시선 저편에 있는 것은 퀸 타라텍트.

"마왕님의 말씀이시다. 할 테면 해봐라, 이상. 큭큭큭."

유쾌하게, 다만 어쩐지 서글프게 아그너는 웃었다.

저 퀸 타라텍트는 마왕이 보낸 메시지?

율리우스에게 무찌를 수 있다면 무찔러보라는 뜻으로?

그런 표현은 마치 저 퀸 타라텍트가 마왕 같잖아…….

"저 거미가, 마왕이라는 거야?"

"설마."

내 혼잣말을 아그너가 즉각 부정했다.

당연하지.

저런 괴물이 마왕이라니, 말도 안 되는…….

"저것은 마왕님의 부하 중 하나에 불과하다."

……뭐?

"물론 마왕님 본인께서는 저것보다 더욱 강하지."

……뭐라고?

"자, 용사여. 저런 마물조차 무찌를 수 없는 실력으로는 마왕님께 승리를 거두겠다는 말 따위 꿈속의 꿈이 아닌가?"

아그너가 웃는다.

그리고 그 시선의 저편에서 굉음이 울려 퍼졌다.

"율리우스?!"

그것은 퀸 타라텍트와 율리우스의 싸움이 개막되었다고 알려주는 소리였다.

"바보 자식이!"

하이린스가 조바심에 차서 외쳤다.

하이린스가 다급하게 외친 이유도 납득이 간다.

왜냐하면 아무리 율리우스가 강해도 저런 괴물과 맞서 싸운다는 것은 너무나 무모하니까!

"맞서 싸우려는가. 그렇기에 바로 용사일 테지. 다만 현명하다는 말은 못 하겠군."

아그너의 지적은 정곡을 찔렀다.

"어쨌든 저러한 삶의 자세, 싫지는 않구나."

아그너가 이제껏 보인 적 없는 온화한 웃음을 머금었다.

그러나 다음 순간에는 웃음도 휙 사라졌고 마치 동정하는 눈빛으로 바뀌었다.

"마왕님을 당할 순 없거늘. 그 누구라도."

그 말에는 묘한 실감이 담겨 있었다.

……방금 전 「나는 이미 용도가 다했다는 말씀입니까」라는 아그너의 혼잣말을 떠올렸다.

설마, 저 사람은…….

"당신은, 이미 마왕에게 패배한 적이 있었던 거야?"

"마왕이란 마족의 정점. 왜 정점이겠나."

아그너는 확답은 피했지만 저렇듯 자조적인 미소와 말을 감안하면 과거에 마왕에게 패배했었다는 사실을 인정하는 셈이다.

"용도가 다했다는 말은, 무슨 뜻이야?"

나는 너무나 신경 쓰였던 말의 뜻을 물어봤다.

"그대로의 의미다. 우리가 한창 싸우고 있는 와중에 저것이 나타났지. 즉 마왕님은 나와 군단과 너희까지 함께 처단하기로 결정하신 듯싶군."

설마 대답해줄 줄은 몰랐다.

그렇지만 아그너는 선뜻 이유를 설명했다.

아그너는 결국 버림받았다.

마왕에게…….

"그러면 대체 왜 당신은 아직껏 더 싸우려는 거야?!"

대체 왜 버림받고도 우리와 끝까지 싸우는가.

더는 우리와 싸울 이유가 없을 텐데…….

"마족을 위해서다, 당연한 질문이군."

"그렇지만, 이미 마왕한테 버림받았잖아?!"

"그것이 어쨌다는 말이냐."

"뭐?"

나는 아그너가 한 말의 의미를 이해할 수가 없었다.

"나의 같잖은 목숨은 마왕님께 바쳤다. 마족을 위해, 이리할 수밖에 없다 판단했기 때문이지. 쓰다 버리든 없애든 마왕님께서 내키는 대로 처리하실 테지. 거기에 이의를 제기할 순 없다."

저 각오가, 사고가 오싹하다.

대화는 주고받는데도 저자가 늘어놓는 말의 의미를 이해할 수 없었다.

살해당하는 처지마저 감수하겠다는 사고방식을 나는 이해할 수 없다.

즉 아그너는 자기 목숨을 이곳에서 허망하게 소모하더라도 상관없다고 말한 셈이다.

"내가 받은 명령은 크솔리온 요새의 공략. 그리고 용사의 토벌. 그렇다면 목적을 끝내 달성할 때까지 나의 싸움은 멈추지 않는다."

아그너는 다시 검을 치켜들었다.

"자, 시간은 끌어주었다."

그 말에 퍼뜩 놀랐다.

저쪽을 보면 호킨이 무사히 지스칸의 곁까지 도착해서 포션을 사용한 참이었다.

그래도 지스칸이 싸울 수 있는 상태가 아니라는 것은 변함없다.

"나 역시 상처를 치유할 만한 시간을 끌 수 있었지."

저 말에서 이쪽이 시간을 끌고 싶었던 것처럼 아그너도 시간을 끌고 싶었다는 것을 알아차렸다.

HP 자동 재생이나 스킬로 상처를 치료했었나 보다.

양측의 이해가 일치됐기에 발생했던 일시적 휴전.

그렇다면 상처를 회복한 다음 아그너가 취할 행동은…….

"하이린스!"

"그래, 알았다!"

하이린스가 달려 나간다.

동시에 아그너도 행동을 개시했다.

아그너가 노리는 것은 호킨과 쓰러져 있는 지스칸!

지금 확실하게 두 사람의 숨통을 끊기 위해서 달려가는 아그너.

호킨과 지스칸은 아그너를 사이에 두고 우리와 반대편에 있었다.

즉 아그너가 저쪽으로 달려간다는 것은 우리에게 등을 보였다는 뜻이기도 하다.

하지만—.

“못 따라잡는다!”

하이린스의 다리로는 아그너를 따라잡을 수 없었다.

하이린스의 다리도 느린 게 아니었지만 방패수 하이린스의 능력치는 방어에 치우쳤다.

애당초 본연의 능력치에서는 아그너가 더욱 우위에 있었다.

무방비하게 등을 보이는데도 정작 따라잡을 수가 없다니.

그러면!

저 등을 목표로 빛 마법을 발사했다.

다리로 따라가지 못해도 마법이라면 여유롭게 따라잡을 수 있어!

그 빛 마법을 아그너는 보지도 않은 채 옆으로 비켜서 회피했다.

아?!

아까부터 내 마법을 전부 다 피하다니!

뒤에도 눈이 달린 거야?!

마법이란 보통 이렇게 휙휙 피할 수 있는 게 아니다.

화살보다 빨리 날아가는 마법을 피하는 것은 달인이어도 어렵다.

그런데 아그너는 정확하게 움직여서 피했다.

사람의 기술이 아니야.

하지만 다음 일격까지는 못 피할걸!

하이린스가 팔을 커다랗게 휘둘러 올린 뒤 방패를 투척.

하이린스의 방패는 단순한 방어구가 아니다.

때로는 상대를 쳐서 날려버리는 둔기가 되고, 때로는 이렇듯 투척해서 포탄으로 바뀐다.

물론 방패수가 방패를 집어 던지는 짓은 자살행위와 마찬가지라서 하이린스도 이 수법은 웬만하면 쓰지 않았다.

그래서 더더욱 상대의 의표를 찌를 수 있는 하이린스의 마지막 수단.

호킨의 눈앞까지 다가들었던 아그너에게 포탄으로 바뀐 방패가 육박했다.

아그너의 머리에 직격! 직전에 아그너는 고개를 기울여서 방패를 회피했다.

이것까지 피하는 거야?!

이렇게까지 다 피한다는 것은, 아그너는 진짜 후방도 관측 가능한 스킬을 가지고 있는 게 아닐까?

꼭 눈으로 봐서 아는 게 아니더라도 비슷한 정확도로 배후를 확인할 수 있는 스킬을 보유했다고 가정하는 게 맞겠다.

즉 배후 기습은 통용되지 않는다.

"음?!"

그러나 아무리 초인이어도 진짜 정면에서 온 기습은 미처 대응하지 못했다.

아그너의 다리에 틀어박히는 호킨의 나이프.

내 마법을 피하고, 하이린스의 방패를 피하고, 게다가 또 정면에서 날아든 호킨의 나이프까지 전부 다 피할 순 없었다.

"호킨?!"

그러나 그 대가로 호킨은 아그너의 검에 정통으로 베여버렸다.

사방에 흩날리는 피.

아까 전처럼 일부러 맞아 연막탄 장치를 발동시키기 위한 게 아니다.

저 검은 호킨의 몸을 깊숙이 베어 갈랐다.

"적이지만 훌륭하군."

쓰러지는 호킨.

"제기랄!"

하이린스가 급히 달려간들 휘두른 검은 곧바로 돌아선 아그너에게 막혀버렸다.

방패를 손에서 놓은 하이린스는 아그너와 맞상대할 수 없었다.

"으라앗!"

그러나 내 예상과 반대로 하이린스가 더욱 세차게 밀어붙였고 아그너는 비틀거렸다.

그렇게 비틀거리는 아그너에게 피투성이의 몸을 힘겹게 일으킨 지스칸이 손에 든 검을 휘둘렀다.

"끄악?!"

명백하게 움직임에서 정교함이 결여된 아그너가 지스칸의 불꽃을 두른 마검에 일격을 허용했다.

그러나 지스칸 역시 저 일격을 먹이고 이번에야말로 진짜 힘이 다한 듯 맥없이 다시 지면에 허물어져버렸다.

"흐! 마지막 발버둥치곤 제법 쓸 만했지?"

쓰러진 지스칸은 그럼에도 히죽 웃어 보였다.

바로 곁에서 똑같이 히죽 웃음을 짓고 쓰러져 있는 호킨.

호킨의 손에 쥐여져 있는 나이프를 보고 갑자기 아그너의 움직임이 나빠졌던 이유를 깨달았다.

저 나이프는 율리우스가 로난트 님께 넘겨받았던 마검 중 한 자루.

마비와 벼락의 힘이 부여된 장비였다.
그 마비의 힘이 아그너의 움직임을 둔하게 만들었다.
"결판을 내라!"
"맡겨달라고!"
지스칸의 고함.
거기에 대답하는 하이린스.
하이린스의 검이 지스칸의 일격을 맞고 비틀거리는 아그너에게 명중한다.
하이린스의 검은 아그너의 가슴에 꽂혀 들어갔다.
"큭! 얕보지 마라!"
아그너의 고함.
역습의 일격이 하이린스를 덮쳤다.
"으앗?!"
하이린스는 즉각 손등의 방어구로 막았지만 얼떨결에 검을 손에서 놓아버렸다.
뒤로 뛰어서 물러나는 아그너, 거리를 벌리는 하이린스.
다행히도 아그너의 일격은 마비 및 부상 등 여러 요인 때문에 전혀 힘이 실리지 못했던 건지 하이린스는 특별히 다친 곳이 없었다.
"커헉!"
아그너가 피를 토했다.
그럼에도 아직껏 버티고 서 있었다.
"추, 태를……. 그러나, 아직……."
그렇게 말한 뒤 다시 검을 들어 올린다.

무시무시할 만큼 대단한 집념.

도대체 무엇이 저 사람을 저렇게까지 만든 것일까.

"……마 ……족, 을…… 위해…… 서……."

아그너가 검을 겨눴다.

무기를 잃은 하이린스가 경계하며 자세를 낮췄다.

"……음?"

그러나 아무리 기다려봐도 아그너는 움직이지 않았다.

하이린스가 걸음을 떼고 아그너에게 다가갔다.

"……죽었군."

아그너는 검을 겨눈 채 힘이 다해서 죽어 있었다.

……지독한 강적이었다.

지난날 동안 이렇게까지 강하고, 아울러 강한 신념을 가지고 싸우는 사람과 적대했던 경험은 없었다.

죽었는데도 끝까지 검을 겨누고 있는 사람과는…….

아차, 감탄이나 할 상황이 아니잖아!

"호킨! 지스칸! 무사해요?!"

나는 쓰러져 있는 두 사람에게 급히 달려가서 곧바로 치료 마법을 걸었다.

"무사하다고 말하긴 어렵겠군. 하지만 살아는 있어."

"마찬가지."

지스칸과 호킨은 힘없는 목소리로 대답을 했다.

그러나 얼굴에는 웃음이 떠올라 있다.

"나리, 저 말입니다. 제법 도움이 되었지요?"

"그래. 네 덕분에 이겼다."

지스칸의 말에 호킨이 자랑스럽게 미소를 떠올렸다.

확실히 호킨이 없었다면 아그너에게 승리할 수 없었다.

연막탄과 마비 나이프.

두 차례, 호킨이 자기 몸을 위험에 내던지면서 만든 커다란 기회.

그 기회를 붙잡을 수 있었기에 간신히 거둔 승리였다.

분명 호킨을 제외한 채 정면으로 맞붙었다면 아그너를 당할 수 없었을 거야.

"그렇지만 결국 여기까지군."

지스칸이 느릿느릿 상반신을 일으켰다.

"아가씨, 하이린스. 우리는 신경 쓰지 마라. 가라."

지스칸이 손가락으로 가리킨 곳에 보이는 것은 여전히 위용을 자랑하고 있는 퀸 타라텍트.

그리고 저곳에서 율리우스가 분투하고 있었다.

"그렇지만, 둘의 상처 치료는?"

"아가씨의 치료 마법 덕택에 조금 회복이 됐어. 포션도 있고. 죽지는 않아. 그러나 전선에 복귀하기는 무리겠어. 나도, 호킨도."

당연한 말이었다.

두 사람 모두 가벼운 부상이 아니었다.

아니, 단순한 부상이 아니라, 이렇게 다쳤다면…….

"짐덩이가 되지 않도록 포션으로 회복한 뒤 피난하지. 하이린스. 얼른 율리우스를 붙잡아서 데리고 와라."

"그래. 알겠다. 야나, 가자고."

"자, 잠깐만!"

"군소리 말고 가자니까!"

"저흰 신경 쓸 필요 없수다."

지스칸이 손을 흔들어서 얼른 가라고 재촉했고, 호킨이 쓰러져 있는 자세에서 웃는 얼굴로 살짝 손을 흔들었다.

하이린스의 손에 이끌려 내가 두 사람과 멀리 떨어지자 줄곧 걸어주던 치료 마법도 중단됐다.

"잠깐! 하이린스, 잠깐만!"

내가 제지하는 말소리를 무시한 채 하이린스는 손을 잡아끌었다.

"지스칸이랑 호킨이!"

"나도 알아!!"

그 노성에 움찔 몸이 떨렸다.

"……나도 안다고. 그렇지만, 두 사람의 마음을, 허사로 만들 순 없잖아."

아…….

하이린스도 알고 있었구나.

두 사람의 부상이 치명상이라는 것을…….

포션으로 회복할 수 있는 상처가 아니야.

아까 보았던 두 사람의 상태는 내가 전력을 쏟아도 치료가 가능할지 장담을 못할 만큼 몹시 위태로운 중상이었다.

줄곧 성녀로서 치료 활동에 종사해왔던 나의 진단에 착오는 없을 것이다.

즉 내가 전력을 쏟는다면 아직은 구할 가능성이 있었다.

그런데도 우리를 율리우스에게 먼저 보내는 이유는 자신들보다 율리우스를 구해주라는 두 사람의 지시.

지스칸도 호킨도 죽을 각오를 다지고 꺼낸 말이었다.

"……흑!"

저절로 눈물이 넘쳐흘렀다.

두 사람은 소중한 동료이자 의지할 수 있는 보호자이고 따뜻한 가족이었다.

용사 파티의 대등한 동료 사이면서 연상이라는 이유로 우리를 항상 지켜봐줬던 보호자들.

마치 부모님 같았기에 교회에서 자란 나에게는 두 사람이야말로 가족이었다.

그런 두 사람이, 죽는다.

추운 날씨도 아닌데 온몸이 얼어붙은 것처럼 오한이 들이닥쳤다.

머릿속이 차마 정리되지를 않고 의식이 자꾸 몽롱해졌다.

지금 이 순간이 꿈속인지 현실인지 일순간 알 수가 없었다.

그러나 도피한들 아무 소용이 없다.

이것이 현실.

우리는 소중한 동료들을 잃었다.

성녀라는 직업상 다른 사람의 죽음을 접할 기회는 많았다.

치료한 보람도 없이 목숨을 잃는 환자들.

용사 파티의 적으로 만나 목숨을 빼앗았던 경험도 있다.

그래도 결국 가깝게 겪었을 뿐 타인의 일이었다.

마음 어딘가에서 우리는 분명 괜찮으리라 막연하게 믿고 있었는지도 모르겠다.

율리우스가 있어준다면 분명 어떻게든 될 테니까.

그런 안심감에 완전히 몸을 맡겨버렸다.

이제껏 용사 율리우스가 생명을 위협받는 상황은 거의 없었으니 앞으로도 쭉 없을 것이라 믿고 싶었다.

다른 사람이 아닌 율리우스 본인이 언젠가는 최후를 맞이하리라 각오하고 있었기 때문에 나는 더더욱 오지 않기를 기도했다.

실제로 상위 용(竜)과의 전투나 흙 정령과의 전투 등 섬뜩한 상황은 겪어봤지만 절체절명의 위기에 몰렸던 적은 이제껏 없었다.

분명 이번 전쟁도 괜찮을 거야.

그렇게 생각했었다.

그렇게 생각하고 싶었다.

하지만 지스칸과 호킨은…….

그리고 지금 율리우스가 상대하고 있는 적은 퀸 타라텍트.

예전에 하이린스가 중상을 입어야 했던 불사조와 마찬가지로 신화급 위험도의 마물.

제아무리 율리우스가 강해도 이길 가망이 없다.

죽음.

뇌리에 율리우스의 숨이 끊어지는 광경이 스쳐 지나갔다.

무서워.

무서워 무서워 무서워!

싫어 싫어 싫어!

율리우스가 죽는다니. 싫어, 무서워.

지스칸과 호킨을 잃고 율리우스까지, 절대로 견딜 수 없어!

뒤얽히려는 다리에 다시 힘을 넣어서 하이린스가 이끄는 대로 달린다.

현실 도피나 할 때가 아니야.

내가 해야 되잖아.

내가, 율리우스를 구해야 되잖아.

그렇게 눈에 들어온 율리우스의 모습.

"……앗?!"

숨을 멈췄다.

율리우스는 엉망진창이었다.

그래도 버티고 서서 퀸 타라텍트에게 굳건히 검을 겨누고 있었다.

살아 있었다.

그렇게 안도하는 동시에 저 엉망진창의 모습에서 죽음의 환영을 발견해버렸다.

반면에 퀸 타라텍트는 건재.

상처다운 상처는 찾아볼 수 없을뿐더러 저 거체는 출현했을 때와 아무런 변화도 없는 위용을 자랑하고 있었다.

퀸 타라텍트가 앞다리 하나를 들어 올려 율리우스를 향해 내리찍었다.

"율리우스?!"

무의식중에 외친 목소리는 굉음에 묻혀 지워졌고 나 자신의 귀에도 거의 들려오지 않았다.

단순한 발 디딤.

그것이 땅을 꿰뚫고, 흙먼지를 피워 올리고, 폭포를 만든다.

율리우스의 몸이 바닥을 굴렀다.

직격한 것은 아니었다.

율리우스는 퀸 타라텍트의 다리를 분명히 피했다.

그렇지만 직격이 아닌 여파만 가지고 인간의 몸이 대번에 휙 날아갈 만큼 큰 충격을 주위에 쭉 퍼뜨린다.

바닥을 구른 율리우스를 보면서 등줄기가 얼어붙었다.

저렇게 바닥에 누운 채 두 번 다시 못 일어나는 것이 아닌가 하는 불안이 덮쳐든다.

다행히 율리우스가 곧장 일어서줘서 나의 걱정은 기우로 끝났다.

그러나 이대로 계속 퀸 타라텍트와 싸운다면 조만간 나의 걱정은 현실이 될 거라고 생각했다.

그럴 수밖에, 이것은 싸움조차 못 된다.

일방적인 유린.

율리우스에게는 만에 하나의 승산도 없고, 이미 결과가 정해져 있다.

그 결과를 내가 꼭 바꿔 내야만 한다.

"율리우스! 물러나라!"

"어?! 하이린스?! 야나?!"

하이린스가 율리우스의 앞에 나서서 방패를 들어 올렸다.

평소에는 안심한 채 뒤쪽에 몸을 숨길 수 있었던 방패가 퀸 타라텍트 상대로는 얄팍한 나무판자처럼 못 미더웠다.

나는 율리우스의 옆쪽에 나란히 서서 곧바로 치료 마법을 걸어줬다.

"안 돼! 둘 다 당장 도망쳐!"

"바보 자식아! 도망쳐야 할 사람은 너다! 내가 시간을 끌어주마! 야나! 얼른 저 자식을 데리고 도망쳐라!"

"아! ……알겠습니다!"

일순간의 망설임.

그러나 나는 하이린스의 말에 따르는 길을 선택했다.

시간을 끌겠다는 것은 말뿐이지 퀸 타라텍트 상대로 하이린스가 전진을 막을 방법은 없다.

그럼에도 목숨을 걸고 하이린스가 앞에 나섰다.

그 귀중한 시간에 망설일 짬은 절대로 없다.

우리는 용사 파티.

가장 우선되는 것은 용사 율리우스의 생명.

이러한 의무적인 사명감과 별개로 우리는 모두 율리우스가 살아 주기를 바랐다.

지스칸과 호킨도 자신들의 치료를 거절한 뒤 율리우스를 구하러 가라 말해줬잖아.

두 사람의 각오를 허사로 만들 순 없었다.

그리고 지금 막 목숨을 걸고 시간을 끌기 위해 제 몸을 던진 하이린스를 위해서도…….

"율리우스! 어서!"

율리우스의 손을 잡아끌었다.

그러나 율리우스는 움직이지 않았다.

"내가 이곳에서 도망칠 순 없잖아!"

그렇게 말하더니 퀸 타라텍트에게 달려들려고 했다.
무리다. 무모하다.
누가 어떻게 봐도 저것은 못 이긴다.
애당초 승부가 되질 않는다.
죽을 줄 알면서 사지로 뛰어드는 행위를 사람들은 무엇이라고 말하는가.
개죽음이다.
"율리우스! 당신은 몸을 피해야 돼요!"
"안 돼! 나는 용사야! 혼자 도망칠 순 없어!"
"용사라서 피해야 되는 거예요! 당신은 꼭 살아남아야 한다고요!"
문답할 시간도 아까웠다.
그렇게 생각했던 순간 눈앞에서 하이린스의 모습이 사라졌다.
뒤늦게 불어닥치는 돌풍.
무심코 얼굴을 가렸다.
그리고 바람이 가라앉아서 앞을 보았을 때는 퀸 타라텍트가 바로 눈앞까지 닥쳐든 상황이었다.
"……아."
하이린스는, 어디에 있지?
뭐가 어떻게 된 것인가 알 수 없었다.
그러나 퀸 타라텍트에게 무엇인가 당했을 테고, 아마도 저 다리에 맞아서 쓸려 나간 것이리라.
그렇다면 하이린스는 우리를 지켜주고 휙 날려 가버렸을지도 모른다.

하이린스는 무사한 거야?

하이린스의 안부가 신경 쓰였지만 우선은 지금 처한 상황부터 어떻게든 손써야 했다.

율리우스가 앞에 나서려고 한다.

그래서 나는 온 힘을 다해 아직껏 붙잡고 있던 손을 잡아당겼다.

율리우스를 만난 뒤 처음으로 품었던 감정은 친근감이었다.

동족 의식이라고도 말할 수 있을까.

나는 성녀 후보로서 어린 시절부터 교회에서 수행에 여념 없었다.

재능은 충분했냐고 누가 묻는다면 맞다고도 아니라고도 대답할 수 있겠다.

제법 우수한 축에 들었을 뿐 나보다 우수한 성녀 후보는 있었다.

다만 율리우스와 나이가 비슷하다는 이유 때문에 오히려 나보다 우수했던 성녀 후보들을 제치고 내가 성녀로 취임했다.

설마 내가 선발될 줄은 생각하지 못해서 처음 잠시는 바라 마지않은 결정에 기뻐했다.

그래도 선배 성녀 후보들을 제치고 성녀가 된다는 것이 어떠한 의미인지를 나는 그 후에 곧 알게 되었다.

성녀가 된다는 것은 성녀가 되지 못한 성녀 후보들의 위에 서야 한다는 뜻.

다른 후보들에게 부끄럽지 않은 존재로 살아가야 한다.

나는 어떻게든 중압감을 이겨 내겠다고 다짐했었다.

율리우스는 나와 마찬가지로 용사라는 중압감을 견디고 있다.

그러니까 제멋대로 친근감을 느꼈다.

그러나 인신매매 조직과 치른 전투를 통해서 깨달았다.

신께 선택받은 용사와 인간에게 선발된 성녀는 근본이 다르다고…….

율리우스는 올바른 용사였다.

악을 증오하고 정의를 존중하며 가시밭길을 기꺼이 나아가면서 줄곧 싸우겠다고 각오를 다진 사람이었다.

나처럼 어떻게든 이겨 내겠다는 강박 관념에 떠밀려 행동하는 것이 아니라 본인의 신념에 따라 행동한다.

정의롭도록 교육을 받아 성녀가 된 나와 정의를 좇아 용사로 선택받은 율리우스는 비슷한 듯 보이면서도 다르다.

그래서 다음으로 품었던 감정은 강렬한 동경이었다.

가짜가 진짜에게 품는 동경.

율리우스와 함께 지내면 나의 가짜 정의감도 언젠가 진짜로 바뀔 수 있지 않을까.

그렇게 되면 기쁘겠다.

그래 봐야 사실은 하루하루가 딴생각을 할 짬도 없이 바삐 지나갔지만…….

율리우스와 함께 싸우면서 보낸 나날은 바쁘면서도 충실했다.

그 이유는 율리우스의 싸움이 언제나 올발랐기 때문에.

율리우스는 자신이 믿는 정의를 위해 언제나 싸워 나갔다.

때때로 고뇌하면서도 항상 자신이 감당할 수 있는 최선을 다하려고 전속력으로 힘껏 달려 나갔다.

그 뒤를 따라다니기만 해도 너무 바빠서 정신이 없었다.

그래도 사람들을 위해, 율리우스를 위해 도움이 된다고 생각하면 충족감이 느껴졌다.

그렇게 동경은 어느 틈인가 연심으로 바뀌었다.

언제부터 바뀐 것인지 스스로도 자각은 없다.

어떤 극적인 사건이 있는 게 아니고 정신을 차렸을 때 나는 이미 율리우스에게 사랑을 하고 있었다.

언제까지나 이 사람의 곁에서 함께 걸어가고 싶었다.

그런 생각을 했다.

그러니까 말이야, 난 알고 있거든?

율리우스는 아무하고도 결혼할 뜻이 없다는 것을…….

내 마음을 알면서도 결국 받아줄 생각이 없다는 것을…….

못된 남자라고 생각한다.

이렇게 애태우도록 만든 주제에 받아줄 뜻은 없다는 게 최악의 난봉꾼이나 다름없잖아.

그래도 미워할 순 없었다.

내 마음을 받아주지 않는 것이 율리우스 나름의 다정함임을 알고 있기 때문에…….

율리우스는 언제나 약한 자신을 한탄했다.

더욱 강력한 힘을 가지고 있었다면 구할 가능성도 있는 생명이었다고.

그리고 힘이 없기 때문에 자신은 언젠가 무모하게 나선 끝에 목숨을 잃어버릴 것이라고.

그때 만약에 율리우스가 결혼을 한 상태라면 배우자를 슬프게 만들 테니까 아무하고도 결혼을 하지 않겠다고.

율리우스다운 생각이다.

보통은 저런 사고방식을 가지지 않아.

왜냐하면 율리우스 본인의 행복은 어디에도 없는걸.

나는 율리우스가 너무 과하도록 올바른 용사라는 게 결점이라고 생각한다.

사람들의 희망. 사람들을 행복으로 인도하는 사자. 그 때문에 상처 입으면서도 줄곧 싸워 나가는 용사님.

율리우스 본인의 행복 따위는 나중 문제.

자기희생의 결정체.

그러니까 제일 먼저 죽을 사람은 자신이라고 생각한다.

그래도, 아아, 그래도.

있잖아, 율리우스, 혹시 알아?

네가 살아가기를 바라는 사람들이, 네가 행복하기를 바라는 사람들이 잔뜩 있다는 사실을…….

네가 누군가의 행복을 바라듯이 우리가 네 행복을 바란다는 사실을…….

그러니까 너는 꼭 살아가줘.

율리우스의 팔을 잡아당겨서 뒤로 밀쳤다.

그때 율리우스의 얼굴은 경악으로 물들어 있었다.

나는, 어떠한 표정을 짓고 있었을까.

특별히 미인은 아니지만 나 역시 마지막 순간만큼은 힘껏 환한 표정으로 맞이하고 싶었다.

예쁘게 웃는 얼굴이면 좋겠어.

퀸 타라텍트의 거대한 다리가 머리 위까지 닥쳐들었다.

율리우스, 살아줘.

행복해야 해.

아, 하지만…….

행복을 기원해주는 한편, 내가 영원한 마음속 상처가 되어 율리우스에게 남아주면 좋겠다고.

그런 바람을 갖는 나는 못된 여자다.

사랑은 빠져드는 감정이며 막상 빠져들 때는 본인의 의사로 저항할 수가 없는 법.

빠져든다, 한없이…….

아무튼 나는 너를 사랑했고, 끝까지 후회하지 않아.

율리우스

만남이 있다면 이별도 있는 법.

나의 첫 번째 이별은 어머님이었다.

본래 몸이 건강한 분이 아니었는데 슌을 낳은 이후에 상태가 더욱 악화되었고 얼마 뒤 허망하게 돌아가셨다.

정비가 손을 쓴 게 아닐까?

그런 소문도 돌았지만 정비가 저열한 수작을 부리지는 않을 것이라 생각한다.

정비는 입장상 나의 아군이라고 말하기는 어려워도 그런 점에서는 신용할 수 있었다.

그 사람은 좋게든 나쁘게든 나라를 위한 톱니바퀴였다.

나라에 이익이 되지 않는 소행은 하지 않을 것이다.

……솔직히 이야기해서 어머님의 죽음과 얽힌 진상 따위는 아무래도 좋았다.

다만 아무도 원망하고 싶지 않았다.

어머님이 돌아가시고 너무나 많이 슬펐기에 그 슬픔을 누군가에 대한 원망으로 바꾸고 싶지 않았다.

소문의 표적이 된 정비.

그리고 마치 어머님의 목숨과 맞바꿔서 태어난 듯한 슌.

누구도 원망하고 싶지 않았다.

특히 슌을 원망해버리면 어머님이 살아 계셨던 증거를 부정해버릴 것 같아서 두려웠던 기억이 난다.

개인적인 감정으로 누군가를 원망하는 행동은 전혀 용사답지 않다.

어머님이 자랑스러워할 수 있는 용사에게 그런 감정은 어울리지 않는다.

그렇게 자신을 타이르면서 나는 아무도 원망하지 않고 그저 오로지 어머님의 죽음을 홀로 슬퍼하는 데서 멈췄다.

다만 딱 하나, 원망하는 것이 있다면 단지 자신의 힘이 모자라다는 사실에 대해서일까.

내게 힘이 더 있었다면 어머님을 구할 수 있지 않았을까 싶어서.

그리고 그런 마음은 줄곧 이어졌다.

인신매매 조직에 의해 가족을 잃어버린 사람들을 보고…….

마물에게 육친을 살해당한 사람들을 보고…….

티바 씨의 유해가 안치된 관을 보고…….

『사람은 살다가 언젠가 죽는 법이지. 도저히 바꿀 수 없구나. 죽는 방법을 선택할 수도 없고. 한데 말이다, 살아가는 방법은 선택할 수 있단다. 중요한 것은 어떻게 죽었느냐가 아니다. 어떻게 살았느냐다. 죽은 자에게 무엇인가 해줄 순 없었을까, 해줄 수 있었을 텐데 아쉬워하는 마음은 산 자의 오만이니라. 산 자는 다만 죽은 자의 죽음을 애도하면서 그 생애와 신념을 새겨 넣으면 족한 법이다.』

나의 스승님, 로난트 님은 말씀하셨다.

나는 언제나 자신의 힘이 더욱 강했기를 바라게 된다.

그때마다 스승님의 저 말이 떠올랐다.

사람은 언젠가 반드시 죽는다.

이별은 반드시 찾아온다는 뜻.

결국 아무도 피할 수 없는 것이 이별이기에 스승님은 나보다 훨씬 더 많은 이별을 경험해왔을 것이다.

그래서 더더욱 그때를 후회 없이 맞이할 수 있도록 언제나 전력을 다해 살아가라는 의미로 해준 말이었다고 생각한다.

그래도 나는 전력으로 살고 있으니까 더더욱 눈앞에서 누군가가 죽는 광경을 보고 싶지는 않습니다.

이 손이 닿는 한 구하고 싶어.

손이 닿지 않으면 무리해서라도 더 멀리 뻗어서…….

그 결과 나 자신이 상처를 입게 되더라도…….

그것이 나의 삶이라고, 그렇게 생각합니다.

이러한 말을 듣는다면 분명 스승님은 화낼 것이다.

그래도 나는 역시 이러한 삶의 방식을 바꿀 수 없으니까.

스승님, 저는 분명히 요절할 겁니다.

『좋다, 스승의 명령이니라. 나보다 빨리 죽는 것은 용납하지 않겠다. 알겠느냐? 내가 죽으면 오늘보다 더 엉엉 울면서 내 관에 매달리도록 해라.』

스승님, 그 명령은 못 들어드릴 것 같습니다.

그러니까 그때는 스승님께서 제 관을 앞에다 놓고 혼내주십시오.

「이 바보 제자가」라고 말이죠.

그렇다, 나는 자신이 죽을 각오를 하고 있었다.

그래도, 그래도, 나는 다른 누군가를 죽게 만들고 싶지 않았다.

그러니까 우선은 내가 먼저, 그렇게 결심했었다.

그렇게 결심했었는데…….

눈앞에서 야나의 모습이 퀸 타라텍트의 다리에 가려져 안 보이게 됐다.

지금 눈앞에서 일어난 일이 현실 같지 않았다.

방금 전까지 바로 곁에 있었던 야나.

방금 전까지 내 팔을 잡아끌던 야나의 온기가 아직 남아 있었다.

그래도, 그런데, 하지만—.

지금 내 눈에는 야나의 모습이 보이지 않았다.

사라져버렸다.

방금 전까지 같이 있었는데도.

같이, 있었는데도…….

그리고 퀸 타라텍트의 다리가 눈에 들어왔다.

저 아래에, 야나가…….

“구해야 해.”

자기 자신의 혼잣말에 퍼뜩 놀랐다.

그렇다.

나는 왜 멍하니 서 있는가.

어서 야나를 구해줘야지.

괜찮아. 아직 늦지 않았어.

분명히, 분명히, 분명히!

비틀비틀 퀸 타라텍트를 향해 걸어서 다가갔다.

“무슨 멍청한 짓이야!”

그때 내 손을 뒤에서 잡아당기는 누군가.

머리를 강제로 꽉 내리누르는지라 털썩 넘어졌다.

곧장 내 머리 위쪽을 퀸 타라텍트의 다리가 통과했다.

다리를 쓴 후려치기.

내가 아무리 뛰어난 능력치를 보유한 용사여도 직격당하면 죽음을 면치 못했을 일격.

목숨을 건졌다고 머리가 이해한 뒤 간신히 조금이나마 냉정함이 돌아왔다.

"하이린스?"

"그래! 드디어 정신 좀 차렸냐?!"

나를 넘어뜨린 녀석은 하이린스였다.

나와 마찬가지로 몸을 낮춰서 퀸 타라텍트의 일격을 모면했다.

이마에서 피가 흐르고 호흡도 거칠다.

자랑거리였던 방패가 찌부러져서 원형을 유지하지 못하고 있었다.

잘 살펴보니 왼손은 이상한 방향으로 구부러져 있었다.

방금 전 하이린스는 우리가 도망칠 시간을 벌어주려고 퀸 타라텍트의 앞을 가로막고 나서서 일격을 받아 냈었다.

하이린스는 아마 방패로 간신히 막아 냈을 뿐 결국은 많은 대미지를 받은 것 같았다.

"하이린스?! 팔이?!"

"지금은 팔을 신경 쓸 때가 아니잖냐! 당장 도망치자고!"

하이린스는 부러지지 않은 오른손 하나로 일어서더니 곧장 내 목덜미를 붙잡아 일으켜 세웠다.

"잠깐만! 야나를 구해 내야지!"

"뭐?!"

내가 도주를 거부하고 가만히 있자 하이린스는 울먹이며 표정을 일그러뜨렸다.

"야나는 이미 죽었어!"

그리고 내뱉었다.

결정적인 한마디를…….

세계의 시간이 멈춘 기분이었다.

물론 알고 있었다.

인정하고 싶지 않았을 뿐.

야나는, 이미, 죽어버렸다.

퀸 타라텍트에게 짓밟혀서, 죽었다.

"제 몸까지 던진 야나를 위해서라도 너는 꼭 살아남아야 한다!"

하이린스가 내 어깨를 붙잡아서 잡아당겼다.

그대로 나와 함께 뒤쪽으로 쓰러지다시피 몸을 빼낸다.

방금 전까지 우리가 있던 장소에 퀸 타라텍트의 다리가 내리찍혔다.

야나를 짓밟을 때와 똑같은 다리가…….

순간, 내 머릿속에서 무엇인가가 끊어졌다.

"율리우스! 일어설 수 있냐!"

"그래."

자기 입에서 자기 목소리 같지 않은 차가운 말이 새어 나왔다.

"율리우스?"

"하이린스, 먼저 가라."

"너, 무슨 소리를……."

"나는 이 자식을 죽여야 하니까."

내 기백에 하이린스가 숨을 멈췄다.

일어서서 검을 겨눴다.

"율리우스! 무모하다!"

하이린스가 제지한들 아랑곳하지 않았다.

개인적인 감정 때문에 누군가를 원망하는 행동은 전혀 용사답지 않다.

그렇지만, 지금은, 지금부터는 용사의 싸움이 아닌 율리우스 재건 애너레이트 개인의 싸움이다!

하이린스를 뒤로 밀쳤다.

직후 횡으로 휘둘러진 퀸 타라텍트의 다리를 나는 수그려서 피했다.

퀸 타라텍트는 거대하다.

거대한 체구 때문에 공격은 큼지막한 움직임이 된다.

움직임의 속도 자체가 예사롭지 않을 뿐 공격하는 순간을 미리 파악한다면 피할 방법은 있다!

"율리우스!"

뒤쪽에서 하이린스가 부르짖는 소리가 들려왔지만 나는 뒤돌아보지 않고 전진했다.

공간 기동을 써서 공중을 달려 올라가며 곧장 퀸 타라텍트의 품으로 뛰어들었다.

목표는 다리가 연결된 부분.

관절의 이음매.

외골격은 아마도 내 힘으로는 흠집 하나도 못 낼 만큼 단단하다.

그렇지만 관절의 이음매라면!

끼이이잇!

그러나 무정하게도 내 검은 튕겨 나갔다.

외골격은커녕 약해 보이는 관절의 이음매조차 흠집 하나 못 내는 것인가.

이렇게, 이렇게 약하구나!

나는!

자신의 모자란 힘에 분개했다.

그러나 이를 갈 짬도 없이 퀸 타라텍트의 몸체가 내려왔다.

이 자식! 나를 몸체로 뭉갤 작정인가!

퀸 타라텍트의 거체라면 아주 손쉽게 뭉갤 수 있겠지.

거체이기에 자연히 공격 면적이 넓어져서 피할 수가 없었다!

막 들이닥치는 퀸 타라텍트의 몸뚱이를 피할 수 없기에 짓눌리고, 또한 지면에 협공을 받는 처지가 되었다.

그러나 직전에 나는 흙 마법을 써서 지면과 사이에 나 한 사람이 몸을 피할 수 있는 공간을 만들어 놨다.

그곳으로 재빨리 몸을 던져 충격을 회피.

퀸 타라텍트는 나를 눌러 죽였다고 착각한 듯 곧장 몸뚱이를 들어 올렸다.

그 틈에 지면에서 기어 나온 뒤 도주한다.

역시 강하다.

강한 줄은 알았지만 신화급은 역시 끔찍하다.

미궁의 악몽처럼, 불사조처럼.

내가 이제껏 마주쳤던 신화급 마물은 모두 강대했다.

그리고 퀸 타라텍트도…….

지금까지 치른 대결에서 퀸 타라텍트의 강력함은 지긋지긋할 만큼 실감했다.

퀸 타라텍트의 강력함은 높은 능력치에서 비롯된다.

거체로 구사하는 다리 공격은 단순하지만 일격이 필살의 무기가 될 만큼 위력적이다.

그리고 이쪽의 공격을 아랑곳하지도 않는 뛰어난 방어력.

단순하기에 오히려 공략법도 더욱 한정된다.

즉 상대의 방어를 돌파할 만한 공격력이 절대적 조건.

그것이 얼마나 난감한 조건인지는 용사인 내 일격이 통용되지 않는 시점에서 짐작할 수 있겠다.

그러나 지금 물러날 순 없었다.

물러나기 싫다!

그래, 알고말고.

야나의 죽음은 내 탓이다.

내가 도망을 안 치겠다고 고집부린 탓에 야나는 나를 지키고 죽었다.

내 고집이, 용사의 의무감이, 결국 야나를 죽인 거다!

내가 약했기 때문에, 내 힘이 모자랐기 때문에!

야나의 마음을 허사로 만들지 않기 위해서는 분명 도망치는 것이 정답이다.

하지만 도망치면 나는 나 자신을 용서할 수 없다.

나는 원망한다.

힘없는 나 자신을…….

그리고 야나를 죽인 퀸 타라텍트를!

『사용할 텐가?』

그때 머릿속에 직접 목소리가 울려 퍼졌다.

목소리에 이끌려서 허리에 차고 있었던 또 한 자루의 검에 시선을 보냈다.

목소리의 주인은 검에 깃들어 있는 용, 광룡 벡이었다.

그리고 저 검의 정체는, 용사검.

단 한 번뿐이지만 어떤 상대든 무찌를 수 있는 힘을 발휘한다는 용사만 다룰 수 있는 검이라던가.

벡은 검을 사용할 건지 묻고 있었다.

"……쓰지 않겠어."

마음 끌리는 제안이 아니었다고 말하면 거짓말이 된다.

퀸 타라텍트는 무시무시한 마물이다.

제대로 맞붙어서 이기기는 어렵다.

그러나 어떤 상대든 무찌를 수 있다는 용사검을 사용하면 무찌를 가능성이 있지 않을까.

용사검을 손에 넣었을 때 나는 벡에게 검을 쓰지 않겠다고 말했다.

그 이유는 누군가 한 사람을 검에 의지해서 처단한들, 자신의 것이 아닌 힘으로 애써 완수한들 진정한 평화를 거머쥐기는 불가능하다고 생각했기 때문이다.

그 생각은 지금도 바뀌지 않았다.

진정한 평화는 그때를 살아가는 사람들이 부단한 노력으로 쌓아 올려야 만들어 낼 수 있다고 믿는다.

그래도 내가 지금 용사검을 안 쓰는 이유는 그것이 아니었다.

“지금 써버리면 마왕한테 쓸 수가 없잖아.”

퀸 타라텍트는 마왕이 이곳으로 보낸 하수인이라고 했다.

브로우라고 이름을 댄 마족군 장수는 마왕 때문에 마족이 전쟁터로 끌려 나오고 있다 말했다.

싸우지 않으면 멸망당하기 때문이라고도…….

인정한다.

퀸 타라텍트를 복종시킬 만큼 강력한 힘을 가진 상대라면 명령을 따를 수밖에 없겠지.

즉 마왕이야말로 모든 사태의 원흉!

그렇다면 이 용사검을 써야 할 상대는 오직 마왕뿐이다.

“잘난 척 떠들어 놓고 민망하지만, 나는 기꺼이 용사검을 사용하겠어. 마왕에게.”

나는 원망한다.

힘없는 자기 자신을…….

야나를 죽인 퀸 타라텍트를…….

그리고 무엇보다도! 퀸 타라텍트를 사역하는 마왕을!

단 한 차례 사용하면 힘을 잃어버린다는 용사검.

나는 분명히 퀸 타라텍트까지 복종시킬 수 있는 마왕을 당할 수 없다.

용사검의 힘에 의지하지 않고서는…….

나는 약하다.

무엇인가를 이루기 위한 내 힘이 너무나도 약하다.

사랑하는 여자아이 한 명을 지켜주지 못할 만큼…….

한심하지만, 그렇기 때문에 그때는 꼭 의지하자.

"그때가 오면 힘을 빌려다오!"

『……그대가 원한다면 그렇게 하지.』

"고마워."

『인사는 필요 없다. 그나저나, 하면 이것은 어쩔 셈인가?』

눈앞에 있는 것은 위용을 자랑하는 퀸 타라텍트.

"이겨야지."

솔직히 이길 수 있는 요소는 전혀 없었다.

그래도 이기겠다.

"지면 그때는 저세상에서 야나한테 엎드려 빌어야지."

그런 신세도 나쁘지는 않겠다.

이기든 지든 후회는 안 남을 테고…….

결정한 덕에 어쩐지 마음이 후련해졌다.

다만 질 생각은 전혀 없었다.

야나의 원수를 갚겠다.

설령 야나는 바라지 않는 행위일지라도, 다름 아닌 나 자신이 바라기 때문에 싸울 테다!

용사가 아닌 율리우스 재건 에너레이트 개인의 싸움.

"간다!"

마법을 구축!

잔재주는 통하지 않는다.

내가 가지고 있는 힘 전부를 쏟아붓는다!

성광 마법, 성광선.

광선이 퀸 타라텍트에게 직격했다.

퀸 타라텍트의 거체는 강대한 무기가 되는 반면에 거대한 표적도 된다.

그러나 뚜렷한 단점도 별 의미가 없어지는 방어력.

성광선이 직격했는데도 퀸 타라텍트의 몸에는 상처 하나가 없었다.

물론 예상했다.

이런 정도로 기죽을까 보냐!

번뜩, 퀸 타라텍트의 여덟 개 눈이 나를 포착했다.

직후에 다리 하나가 사라졌다.

실제로 다리가 사라진 것은 아니다.

다만 사라진 것으로 착각할 만큼 빠르게 다리를 휘둘렀을 뿐.

"끄윽!"

즉각 옆으로 뛰어서 직격은 피했다.

그럼에도 바로 곁에서 대폭발이 일어난 듯한 충격이 몸을 덮쳤다.

그러나 그 충격에 주춤거릴 틈은 없었다.

다른 다리가 사라진다.

저토록 거대한 덩치인데도 눈으로 좇을 수 없다.

감에 의지해서 무작정 몸을 움직인다.

바람이 불어닥쳤다.

그것이 퀸 타라텍트의 다리가 휘둘러졌기 때문에 일어났던 여파임을 깨닫는다.

무작정 다리를 움직여서 피해 다녔다.

일순간 뒤에는 짓밟혀 뭉개지는 게 아닌가 싶은 공포와 싸우면서…….

그렇지만 마냥 피해 다녀서는 승산이 없다.

다리를 움직이면서 마법 구축도 함께 진행했다.

그리고 성광선을 발사.

목표는 눈!

안구는 어떤 생물이든 약점 중 하나.

퀸 타라텍트가 파격적인 방어력을 보유했더라도 눈이 약점이라는 사실은 변함없을 것이다.

나의 가설을 증명해주듯 이제껏 이쪽의 공격 따위는 신경도 쓰지 않았던 퀸 타라텍트가 처음으로 회피 행동을 취했다.

눈으로 날아든 성광선을 회피했다.

그것은 즉 성광선이 눈에 직격하면 퀸 타라텍트여도 상처를 입는다는 뜻이다.

그러나 그와 동시에 퀸 타라텍트는 성광선을 피할 수 있음이 증명되어버렸다.

성광선은 발사부터 착탄까지 거의 시간의 차이가 없다.

그만큼 빠른 속도인데도 빗나갔다.

성광선은 구축에 시간이 걸리기에 예비 동작을 예측당하기 쉬운 마법이기는 하다.

그러나 지금 퀸 타라텍트는 내가 성광선을 발사한 이후에 회피했다.

즉 녀석은 성광선과 비슷하거나 더욱 신속하게 움직일 수 있다는 뜻이다.

이제껏 퀸 타라텍트가 내 공격을 피하지 않은 까닭은 피할 수 없었기 때문이 아니었다.

피할 필요가 없어서 안 피했을 뿐이었구나.

내가 퀸 타라텍트에게 대미지를 주기 위해서는 녀석의 움직임을 막고 나서 눈에다가 혼신의 일격을 때려 박는 방법밖에 없겠다.

……저런 거체의 움직임을 막는다?

그런 게 정말 가능한가?

안 된다! 약해지지 마라!

승산이 희박하다는 것 따위 충분히 알고 덤볐을 텐데!

퀸 타라텍트도 생물이다.

무적도 불사신도 아니다.

그러면 무찌를 수 있다.

무찔러 보이겠다!

퀸 타라텍트의 여덟 개 눈이 이쪽을 향했다.

저 눈에서 이제껏 없던 감정이 드러났다.

조바심이다.

아까 전까지 아무 감정도 느껴지지 않고 작업처럼 나를 상대하던 때와는 달라졌다.

아무래도 이제부터가 진짜 싸움이 되겠구나.

그렇게 마음을 다잡았던 순간, 나는 휙 날려 가버렸다.

"크헉?!"

입에서 피가 쏟아진다.

지금 무엇이 어떻게 된 것인지 전혀 이해할 수 없었다.

아까 전까지 겪은 공격들도 전부 무시무시했지만 어떤 공격인지 이해할 수 없는 부류는 아니었다.

즉 아까 전까지는 봐줬었다는 말인가?

무엇을 위해?

생각이 정리되지 않는 와중에 퀸 타라텍트가 천천히 걸음을 뗐다.

마치 자신의 모습을 과시하려는 듯이 일부러 천천히…….

"큭!"

서둘러 일어선다.

그런 나를 향하여 퀸 타라텍트가 천천히, 커다랗게 다리를 들어 올렸다.

마치 절망을 과시하려는 듯한 움직임.

실제로 나는 이제 여기까지인가, 하고 체념에 휩싸였다.

힐끔, 허리에 찬 용사검으로 시선을 보내면서 지금 사용해버릴까 라는 유혹이 솟구칠 만큼…….

저 다리가 내리 휘둘러졌을 때 나는 죽는다는 확신이 들었다.

그러나 그렇게 되진 않았다.

퀸 타라텍트를 향해 무수히 많은 마법이 직격했다.

"어?"

도대체 누가?!

마법이 날아오는 방향을 돌아봤더니 그곳에는 수많은 병사가 말을 달려서 이쪽으로 접근하고 있었다.

그렇다, 크솔리온 요새에 있던 병사들이다.

"어째서?"

도망치라고 말했을 텐데…….

"용사님을 지켜라!"

"지원 사격을 날려!"

"뭐든 상관없다! 닥치는 대로 쏴라, 쏴!"

말을 달리면서 마법을 쏘는 병사들.

퀸 타라텍트에게 저런 공격은 통용되지 않는다.

그러나 성가시기 때문인지 나를 향해서 들려 올라가던 다리는 다시 내려갔다.

"용사님 한 분에게 다 떠넘기고도 병사라고 할 수 있나!"

"내 아이를 용사님께서 구출해주셨다! 지금 은혜를 갚지 않으면 언제 갚겠나!"

"인족의 저력을 보여주겠다!"

공포를 삭이기 위해서일까, 각자가 소리 지르면서 돌진했다.

"다들 널 위해서 달려온 거다."

"하이린스?!"

어느 틈인가 옆에 하이린스가 서 있었다.

"대체 왜, 도망쳤던 거 아냐?"

"바보냐! 너를 놔두고 도망칠 수 있겠냐!"

하이린스가 부러진 왼손으로 내 머리를 툭 때렸다.

"다들 마찬가지다. 너를 놔두고 도망친다는 게 말이나 되냐. 다들 네가 살아주기를 바라는 거다. 야나처럼 말이지."

"……."

저런 소리를 들으면 나는 뭘 어떻게 해야 하는지 알 수가 없잖아.

왜냐하면 이 싸움은 나의 고집이니까.

용사가 아닌 나 개인의 싸움이다.

"내 고집에 다른 사람들까지 끌어들일 수는……."

"괜찮아. 가끔인데, 뭐. 너는 언제나 자기 형편을 뒤로 미뤄왔잖냐. 이런 때 한번 고집 좀 부려도 용서받을 수 있어."

생사가 달린 싸움에 많은 사람들을 끌어들이게 된 상황인데도 불구하고 하이린스는 괜찮다는 말을 해줬다.

"이길 거잖냐?"

"……응."

"그럼 용사답게 화끈하게 해치우고 와라!"

"응!"

퀸 타라텍트가 우리 대화가 끝나기를 기다린 것처럼 다시 움직였다.

달려드는 병사들을 향해서…….

"위험해!"

퀸 타라텍트의 입이 벌어진다.

저것은 브레스의 조짐.

크솔리온 요새를 날려버렸던 브레스!

나는 퀸 타라텍트와 병사들의 사이에 끼어들었다.

"율리우스?!"

마법을 구축.

『잘 듣거라, 율리우스. 마법을 단지 쓰기만 할 거면 스킬을 소유하는 것으로 충분하느니라. 한데 진정 마법을 능란하게 쓰고 싶다면 그래서는 한참 부족하다. 평소 자신이 어떠한 방식으로 마법을 발동시키고 있는가. 그 부분을 항상 의식하거라. 어찌하여야 더욱 강하게, 더욱 빠르게, 더욱 정확하게 마법을 발동시킬 수 있는가를 항상 고민하거라.』

스승님의 말씀이다.

따라서 나는 의식한다.

마법을, 어떻게 써야 하는가. 그 마법으로 무엇을 바라는가.

지금 바라는 것은 모두를 지킬 수 있는 견고한 방패!

『받아넘기기입니다.』

생전의 티바 씨와 나눴던 대화를 떠올린다.

『상대의 힘이 너무나 강할 때 오로지 정면으로 맞받는 게 전법의 전부는 아닙니다. 때로는 힘을 받아넘겨서 빈틈을 만드는 요령도 중요합니다.』

이런 뜻이었겠죠, 티바 씨!

나는 마법으로 만들어 낸 빛 방패를 비스듬히 치켜들었다.

곧이어 발사되는 퀸 타라텍트의 브레스.

그것을 나는 빛 방패로 받아넘겼다.

"끅, 으으읏!"

무시무시한 충격.

받아넘기고 싶어도 용납하지 않겠다는 위력.

이대로 가면 밀려버린다!

『혼자서는 못 한다? 그럼 다 같이 해내면 되지 않겠냐? 혼자선 못

하는 일도 동료와 함께라면 해낼 수 있다고. 이번에도 마찬가지야. 그래, 율리우스 혼자선 아무 방법이 없었을 거다. 그런데 우리가 같이 있었잖냐. 그러니까 이렇게 살아 돌아올 수 있었지. 옆에 나란히 서서 함께 싸워주는 동료가 있단 말이다. 더 많이 의지해줘라.』

"하이린스!"

의지하라고 말해줬던 친우의 이름을 부른다.

"그래!"

하이린스가 내 몸을 받쳐줬다.

한쪽 손이 부러져서 하이린스도 괴로울 텐데 머뭇거림이 느껴지지 않는 굳건함으로…….

"오오오오오오오오오오!"

하이린스의 뒷받침을 받아서 브레스를 튕겨 냈다.

궤도가 어긋난 브레스는 하늘 저편으로 사라져 갔다.

퀸 타라텍트가 처음으로 동요한 듯 주춤거렸다.

"지금이다아아아!"

곧장 돌격하는 병사들.

기마에 의한 돌진.

퀸 타라텍트의 방어력을 감안하면 결국 어떠한 타격도 입힐 수 없을 것이다.

그러나 잠시 주춤거리는 빈틈에 때려 박았던 수십 기마의 돌진은 대미지를 가하진 못하더라도 발을 묶기에는 충분했다.

퀸 타라텍트가 헛발을 디뎠다.

그것은 아주 근소한, 다만 확실한 빈틈.

"가라!"

"그래!"

하이린스에게 등을 떠밀려서 기세를 붙인 채 뛰쳐나갔다.

공간 기동으로 하늘을 박차고 검에 성광을 휘감았다.

퀸 타라텍트의 여덟 개 눈이 나를 노려봤다.

그중 하나에 나는 혼신의 힘을 담아서 검을 내리찍었다!

"!!!!!!!!!!!!!!!!!!!!!!!!!!!!!!!!!!"

퀸 타라텍트의 비명이 대기를 뒤흔든다.

마침내 퀸 타라텍트에게 상처를 입히는 데 성공했다!

고작해야 눈 하나를 박살 냈을 뿐.

그러나 하나면 충분하다!

『도구는 써야 소용이 있는 물건입죠. 아껴서 안 쓰고 죽으면 본전도 못 건지는 셈입니다요.』

『무기도 역시 소유자의 힘이다. 힘을 써서 이기는 게 뭐가 나쁜가?』

호킨과 지스칸의 말이 다시금 들려왔다.

그렇다, 지금이야말로 사용할 때!

나는 허리에 손을 뻗었다.

그리고 검집에서 단숨에 뽑아 들었다.

용사검은, 아니다.

짤막한 단검.

작렬검이라고 불리는 마검.

스승님께 넘겨받았던 열 자루의 마검, 그중 마지막 한 자루!

용사검과 마찬가지로 한 번만 사용할 수 있는 마검.

그것을 퀸 타라텍트의 상처가 난 눈 안쪽에다가 비틀어 박았다.
"이야앗!"
그뿐 아니라 단검을 쑤셔 넣다시피 성광선을 발사!
작렬.
그리고 일순간의 정적.
"쓰러진다?!"
퀸 타라텍트의 거체가 천천히 기울어졌다.
나는 서둘러 벗어났다.
직후, 퀸 타라텍트의 거체가 격한 진동을 흩뿌리면서 지면에 쓰러졌다.
"……무찌른, 건가?"
하이린스가 도저히 안 믿긴다는 얼굴로 중얼거렸다.
나는 천천히 검을 하늘로 치켜들었다.
"우, 우오오오오오오오오오오오오오오오오오오!"
누가 먼저랄 것도 없이 함성이 터져 나왔다.
나는 줄곧 검을 치켜든 채 함성을 받아들였다.
아직 울지 마라!
사람들 눈이 있는 동안은 용사답게 굴어라.
나중에 혼자가 됐을 때 마음껏 울자.
그래도 부르짖는 정도는 용서해주면 좋겠다.
"아아아아아아아아아아아아아아아아아아아아아!"
해냈어, 야나.

사람들이 퀸 타라텍트 토벌에 열광하는 동안 하이린스가 분주히 걸어갔다.

그 모습을 발견한 나는 묵묵히 뒤를 따라갔다.

그리고 하이린스의 다리가 멈췄다.

나도 가까이 다가가려던 때에—.

"오지 마라!"

하이린스의 성난 목소리에 제지당했다.

"하이린스, 거기에, 있는 거야?"

"그래……."

"그러면……."

"오지 마라! 율리우스, 넌 오지 마라!"

저곳에 있다.

그럼에도 불구하고 하이린스는 오지 말라고 제지했다.

"부탁이다. 오지 말아주라. 너는, 보지 말아줘. 야나도, 너한테는 보여주고 싶지 않을 테니까……."

하이린스의 목소리에는 미처 억누르지 못한 오열이 섞여 있었다.

하이린스의 등에 가려져서 보이지 않는 저곳에 야나가 있다.

그래도 하이린스는 나더러 보지 말아달라고 부탁했다.

그렇기에 야나가 어떤 상태인지를 저절로 상상하게 된다.

그래서 나는 하이린스의 말을 무시하고 보러 갈 수가 없었다.

볼, 용기가, 없었다.

……이런 자식이, 용사인가.

사랑하는 여자애 한 명도 못 지켜주는, 못난 자식이!

복받치는 눈물을 힘겹게 내리눌렀다.

아직이다.

아직은 울 때가 아니었다.

“음?! 율리우스?!”

하이린스의 경고에 반응해서 나는 막 들이닥치던 칼날을 아슬아슬하게 튕겨 냈다.

“쳇!”

혀 차는 소리가 바로 곁에서 들려온다.

즉각 혀를 찬 주인에게 검을 세차게 휘둘렀다.

날카로운 쇳소리가 울려 퍼지면서 내 검과 상대의 검이 충돌했다.

그 상대는 얼마 전까지 내가 싸웠던 마족의 장군, 브로우였다.

브로우는 기습이 실패로 끝났음을 깨닫고 곧장 뒤로 물러났다.

“아직도 더 싸우겠단 말인가?!”

퀸 타라텍트는 죽었다.

퀸 타라텍트는 마족에게도 분명 마지막 수단이었을 것이다.

그것이 쓰러져버린 지금 마족의 사기는 쭉 떨어졌을 텐데…….

그럼에도 불구하고 계속 싸우겠다는 말인가.

쓱 둘러보니 마족이 이곳으로 모여들고 있었다.

눈빛에 아직 투지가 남았다.

그리고 소란을 전해 들었던 인족 병사들도 역시 모여든다.

“물러나라. 지금은 더 이상, 싸우고 싶지 않아.”

나는 브로우에게 퇴각을 촉구했다.

얼마 전 싸움에서 내게는 이길 수 없음을 절감했을 테니까.

기습마저 실패한 지금 브로우에게 승산은 없었다.

나 역시 지금은 더 이상 싸우고 싶지 않았다.

"부탁하겠어. 더 이상 나를 개인적 원한 때문에 싸우게 하지 마."

지금 싸우면 나는 모든 원한을 마족에게 쏟아 낼 것이다.

저자들 역시 마왕의 피해자인지도 모른다.

그래서 더더욱 개인의 원한 때문에 싸우고 싶지 않았다.

"지금이니까 싸우는 거다!"

브로우는 나의 애타는 심정은 알 바 아니라는 듯이 검을 겨눴다.

"용사! 너는 굉장한 놈이야! 안다, 인정한다! 하지만 소용없다! 고작 권속한테 이렇게 엉망진창으로 고전하는 녀석이 어떻게 마왕을 당할 수 있겠나!"

브로우는 애써 인족어로 말할 기력도 없어졌는지 마족어로 떠들어 댔다.

"못 당한단 말이다!"

저 말에서는 고뇌가 배어나고 있었다.

"마족을 위해, 넌 이곳에서 죽어줘야겠다!"

그리고 브로우는 곧장 덤벼들었다.

저자에게도 양보할 수 없는 절박함이 있었을 테지.

그러나 나도 마찬가지다!

야나가 부지해준 이 목숨, 이곳에서 잃어버릴 순 없단 말이다!

매섭게 덤벼드는 브로우의 공격을 쳐낸 뒤 회수하는 검으로 몸을 베어 갈랐다.

브로우가 피를 흩뿌리면서 쓰러졌다.

"빌어, 먹, 을. 혀, 엉."
띄엄띄엄 꺼냈던 말은 마족어였다.
그러나 나는 말의 의미가 저절로 이해되고 말았다.
씁쓸한 마음이 끓어오른다.
그래도 덤벼드는 적에게 자비를 베풀 순 없었다.
숨이 끊어진 브로우의 시체에서 눈을 돌린 뒤 나머지 마족들에게 시선을 보냈다.
"다시 말하지. 물러나라!"
나머지 마족들에게 권고했다.
이런 상황에서도 굳이 더 싸우겠다면, 그때는……!
그때, 마족들 사이에서 한 명의 소녀가 걸어 나왔다.
오싹할 만큼 새하얀 소녀였다.
『알겠느냐? 인간은 약하단다. 차마 대책이 없도록 약하구나. 대다수의 인간은 나보다 약하지. 그러니까 대다수의 인간은 나를 보면서 강하다 말하느니라. 한데 말이다, 나 역시 인간이잖느냐. 인간이라는 범주에서 제법 강한들 결국 나 역시 인간이란다.』
갑작스럽게 과거에 스승님께 들었던 말이 떠올랐다.
『진정한 강자에게 인간의 힘 따위 너무나 미미하더구나.』
나는 저 말을 실감했던 경험이 있다.
과거에 미궁의 악몽이라고 불리면서 두려움을 샀던 마물을 자기 눈으로 직접 목격했던 그때…….
어째서인지 그때의 공포가 되살아났다.
그리고 소녀의 닫혀 있었던 눈이 벌어졌을 때—.

주인을 잃은 머플러가 땅에 떨어졌다.

白 2

“…….”

장내에는 답답한 분위기가 가득 차 있었다.

마왕도 표정이 시원찮았다.

발트는 자리를 비웠다.

발트에게는 이미 브로우의 죽음을 알려줬다.

잠시 혼자 있고 싶다면서 발트는 밖으로 나갔다.

이곳에 남아 있는 인원은 나와 마왕과 규리규리, 즉 쿠로.

제9군 군단장의 자리를 맡은 수수께끼의 남자, 코드 네임 쿠로의 정체는 바로 규리규리였다.

뭔가 농담을 할 분위기도 아니란 말이지~.

답답한 분위기는 쿠로에게서 쏟아지고 있었다.

“……내게 불만을 제기할 자격은 없다.”

묵직하게, 쿠로가 입을 열었다.

“다만, 지금은 잠시, 자리를 비우도록 하지.”

그렇게 말한 뒤 쿠로는 바깥으로 나갔다.

뭐, 어쩔 수 없겠네.

쿠로도 이것저것 느끼는 바가 있을 테니까.

마왕은 떠나가는 쿠로를 지켜보다가 역시 묵직하게 한숨을 내뱉었다.

“……무슨 일이든 잘 풀리지를 않는구나.”

“……응.”

이번 전쟁, 분명하게 말해서 대실패였다.

우리가 처음 세웠던 몇몇 목표 중 달성한 것은 적었다.

“군단장 전사자는 휴이, 브로우, 아그너구나.”

마왕이 군단장 전사자의 이름을 꼽는다.

그중 쇼타 휴이는 아무래도 좋다고 치고 아그너가 죽은 것이 많이 아깝다.

여러모로 유능한 녀석이었으니…….

게다가 브로우도…….

귀찮은 녀석이었지만 싫진 않았어.

“……시로야, 너 말야. 왜 아그너랑 브로우를 안 데려왔던 거야?”

마왕의 의문은 지당하다.

내가 작정했다면 두 사람을 같이 데리고 철수할 수 있었다.

시각에 따라서는 내가 두 사람을 죽게 방치한 것처럼 보일 수도 있겠다.

“신념.”

“으엥?”

“신념이라니까. 아그너도 브로우도 목숨을 걸고 싸웠어. 죽을 각오로. 내가 방해하는 건 무례한 짓이었어.”

아그너도 브로우도 죽을 줄 알고서, 그럼에도 끝내 싸웠다.

그 신념을 더럽히는 만행은 차마 저지를 수 없었다.

아라바의 최후와 두 사람의 신념이 겹쳐 보여서 나는 손쓰기가 망설여졌다.

"그랬구나."

마왕은 더 이상 추궁하지는 않았다.

휴이는 사고사와 비슷한 상황이었지만, 아그너와 브로우 두 사람은 죽게 놓아둘 계획도 아니었고 안 죽게 지켜줄 수 있었다.

그렇지만 가만히 놓아뒀다.

두 사람의 죽음은 오산 중 하나다.

그러나 최대의 오산은 아니었다.

"설마 용사가 퀸을 처치할 줄은 몰랐네."

"……그러게."

최대의 오산은 용사가 퀸을 처치했던 것.

아니, 처치한 것 자체는 문제가 아니다.

애당초 걔는 용사에게 처분당하라고 보낸 녀석이었으니까.

용사검을 사용하기 위한 존재.

"설마 용사검을 안 쓰고 자기 힘으로 처치하다니. 전투력을 비교하면 기적 아니야?"

"맞아, 맞아."

마왕은 충분히 불평을 내뱉을 수 있는 입장이었다.

제아무리 힘써 봤자 용사가 퀸을 처치할 가능성은 거의 없었다.

꼭 처치하고 싶다면 용사검을 쓰는 방법밖에 없었다, 없어야 했다.

용사검은 위험하다.

어쨌든 하필 D가 남겨 둔 신마저 처단할 수 있는 신검이니까.

딱 한 번만 쓸 수 있다지만 그렇게 위험한 물건을 남겨 두면 위험하잖아.

그 물건이 당대 용사의 손에 넘어갔다는 사실을 안 뒤에, 나는 그것을 사용하게 만들 계획을 세웠다.

그 상대가 바로 퀸이다.

처치되어도 아무 문제가 없는 퀸이었거든.

그냥 용사검에서 쏟아질 에너지를 회수하자는 가벼운 생각이었다.

그런데 설마 안 쓰고 끝날 줄이야.

오산, 오산, 아주 큰 오산이었다.

"뭐, 잃은 건 딱히 없으니, 괜찮다면 괜찮긴 한데."

나는 가만히 입을 열었다.

"퀸은 또 만들면 그만이고. 정확하게는 유사 퀸이지만."

그 녀석은 진짜 퀸 타라텍트가 아니었다.

나의 분체다.

지난 몇 년간 쌓은 수행의 성과 덕분에 내 분체는 저만큼 진화를 이뤘다!

에헴!

무력도 진짜한테는 뒤떨어지지만 용사를 가볍게 쥐어 잡는 것은 수월할 정도로 강하다.

그렇게 강했는데 말이지~.

아무리 용사검 사용을 유도하려고 대충 상대해줬다지만 픽 당해버릴 줄이야~.

망했어요~.

"그리고? 게다가 시스템 간섭도 실패했다고?"

으윽!

그 부분은 내 실수랄까, 역부족이랄까.

이번에 용사를 죽였을 때 동시에 시스템 간섭을 시도해서 용사라는 존재 자체를 지워버리려고 했다.

즉 용사 칭호의 폐지.

용사 칭호는 마왕 칭호에 대해 특수 효과를 발휘한다.

마왕은 아무리 발버둥 쳐도 용사를 이길 수 없도록 설계되어 있는 셈이다.

그렇게 걸리적거리는 용사라는 존재를 아예 없애버리기 위해 시스템 간섭을 시도했는데 결국 실패로 끝났다.

하지만 이 부분은 변명거리가 있었다. 그런데 마왕한테 들려줄 변명거리도 아니라서…….

일단은 내 실수라고 치고 가슴속에 담아 두도록 하자.

"그렇다면 어딘가에서 또 용사가 새로 태어났겠네?"

마왕이 거창하게 한숨을 쉬었다.

용사 칭호는 계승된다.

용사가 죽었을 때 세계에 있는 다른 누군가가 용사로 선택받는다.

따라서 용사를 죽인들 별로 의미가 없다.

누가 선택되든 골칫거리는 용사가 마왕을 쓰러뜨릴 수 있다는 명제 하나뿐이니까.

뭐, 하지만 걱정할 필요는 없지 싶은데.

"어차피 걔보다 더 나은 용사가 태어날 순 없잖아. 절대로."

내가 단언하자 마왕은「오옹~」하고 얼빠진 표정을 지어 보였다.

뭐야, 그 표정은?

"시로야, 용사를 엄청 높이 사주는구나? 미남한테 약했던 거야."

"아니거든. 그런 거 아니거든."

어쩐지 얼마 전에 거의 똑같 대사를 주고받았던 것 같군?

"농담이야, 농담. 그래도, 음. 대충 이해가 되네. 걔는 좋은 용사였어."

"……응."

나는 분체를 통해 용사의 활동을 쭉 관찰했다.

상당히 어려운 인생을 살아가면서도 꺾이지 않고 용사로 버텨 냈다.

더 대단한 용사가 튀어나온다는 것은 상상할 수 없어.

마왕은 용사가 두르고 다녔던 머플러를 손으로 만지작거렸다.

"시로야, 봐봐. 이거 거미줄로 만들었대."

마왕이 감정이라도 한 듯 머플러의 재질을 가르쳐줬다.

"인족들 사이에서 고가로 거래된다는 건 알았지만, 설마 용사가 직접 두르고 다녔을 줄이야~."

맙소사~ 얄궂다는 듯이 중얼거리는 마왕.

진짜냐.

어떻게 이런 우연이.

거미 마왕에게 적대했던 용사가 설마 거미줄로 만든 머플러를 장비하고 다녔던 거야?

"이거, 어떻게 할까?"

딱히 써먹을 데는 없지 않을까.

문득 마왕이 뭔가 사악한 미소를 지어 보였다.

"용사의 동생이 전생자랬지? 그럼 돌려주도록 하자."

그렇게 말한 뒤 손에 든 머플러에 마력을 주입했다.
뭔가 부여하는 것 같아.
"응응. 용사의 동생한테 마왕의 가호가 담긴 선물을 줄 거야. 꽤 운치 있지 않을까?"
아니, 평범하게 악취미라고 생각하는데, 응.
"이거 받았을 때 야마다 군은 어떤 표정을 지으려나~?"
즐겁게 웃는 마왕, 진짜로 취미가 고약하단 말이지?
아아, 야마다 군, 불쌍해라…….

하필 야마다 군이 새로운 용사로 선택받았다는 사실을 나는 나중에 알게 된다.

후세의 역사가는 이렇게 말했다, 후편

인마대전은 마족의 승리라고 말들을 한다.

많은 요새가 마족의 손에 떨어졌고 당시 인족의 희망이었던 용사가 결국 사망했기 때문이다.

당시의 용사, 율리우스 재건 애너레이트에 관해서는 본인의 동생 슈레인의 수기에 기록이 다수 남아 있을 뿐 아니라 그 밖에도 수많은 문헌에 이름이 기록되어 있다.

슈레인의 수기에는 형을 찬양하는 표현이 많고, 그런 까닭에 역대 용사 중 가장 고결한 인물로 유명하다.

전술했던 병사의 수기에 있던 문장은 용사 율리우스가 죽는 광경을 목격했던 까닭에 더욱 처절했었다는 의견이 많다.

인족의 희망을 잃어버렸던 대전.

그러나 후세의 역사를 아는 인물이라면 이해할 수 있을 것이다.

그 대전마저도 전초전에 불과했었다는 사실을.

동란의 시대.

아니, 이런 진부한 표현으로는 미처 다 나타낼 수 없는 역사의 전환점.

그런 시기가 임박하고 있었다.

■작가 후기

12시입니다. 점심입니다.

아차차, 12권입니다, 넵.

반가워요, 햇볕이 따사롭네요. 바바 오키나입니다.

심야 12시에 읽고 계시는 분은 달빛이 은은합니다.

12라는 숫자는 묘~하게 끝을 연상시킵니다.

시계도 12까지고요, 달력을 봐도 12월이 마지막이잖아요.

그래도 안심하시길!

아직 거미 시리즈는 끝나지 않는다!

그게 말이죠, 미리 꼭 말씀을 드려야 할 것 같더라고요.

왜냐하면 이번 권에서 몇몇 이야기가 드디어 끝을 맞이했잖아요?

스포일러가 될 테니까 여기에서 많은 걸 말할 수는 없지만, 저들의 삶을 독자 여러분들께서 어떻게 받아들이셨을까.

또한 남게 된 사람들이 어떻게 뜻을 이어받을 것인가.

이런 내용의 12권이 되었습니다.

뭐, 스포일러를 따지기에는 이미 결과가 앞권에서 다 밝혀져버렸지만요!

그런 의미로 결말을 이미 아는 입장에서 등장인물들의 마지막 순간을 지켜보는 이야기가 아니었을까 하는 생각이 드는군요.

숙연…….

작가님들 중에는 울면서 문장을 쓰는 분도 계신다던데, 그 마음을 조금이나마 알았습니다.

울진 않았지만.

어? 잠깐은 울어주라고?

어쩔 수 없어요.

난 피도 눈물도 없는 귀축이니까.

그럼요, 귀축이 아니라면 주인공한테 저렇게 난이도 높은 대미궁 공략을 시키지는 않죠.

핫핫하.

다른 이유로는 울어버릴 것 같지만요.

너무 바빠서 울어버릴 것 같습니다, 넵.

어째서 울 만큼 바쁜 것인가?

그 이유는, 여기에!

짜잔!

거미입니다만, 문제라도? TV 애니메이션 2020년 방송 결정!

와아~ 짝짝짝!

오래도록 기다려주셨습니다.

드디어 애니메이션 방송이 2020년으로 결정났습니다.

이쪽 일거리 때문에 엄청 바빴어요.

그래도 바빴던 보람이 있어서 드디어 여기까지 도달했습니다!

흐핫~!

그런고로 2020년에 방송 예정입니다!

이제까지 꽤 발표가 미뤄졌습니다만 드디어 결정이 났어요.

알몸 대기로 기다렸던 사람들은 분명 득도를 할 만한 지경에 다다랐겠죠.

그만큼 오래 기다려주셨습니다.

그러나! 오래 기다리게 만든 만큼 기대에 부응할 수 있도록 열심히 공을 들였습니다.

하하~.

2018년에 애니메이션 기획 발표.

기다리고~ 기다려서~.

2019년도 다 지나가버린 2020년 이때에.

드디어, 드디어! 드디어!!

이때가 와버렸습니다.

그런고로 방송 개시의 날을 기대하면서 다음 소식을 기다려주세요!

아울러 애니메이션 방송 개시에 맞춰서 설정 자료집 『거미입니다만, 문제라도? EX』의 발표도 예정되어 있답니다!

설정 자료집의 단골인 등장인물 소개 및 엘로 대미궁의 해설 등등 내용도 충실.

나아가서는 점포 특전 SS를 일부 수록하고 특별 단편 SS도 추가할 계획입니다!

애니메이션 시청 전 예습으로 읽어보시면 어떨까요.

훗, 알려드릴 소식이 잔뜩이었습니다.

2020년은 분명 거미의 해가 되겠군.

이제부터는 감사 인사를 전합니다.

이번에도 멋진 일러스트를 그려주신 키류 츠카사 선생님.

언제나 진심으로 감사드립니다!

그리고 등장인물이 많아서 죄송합니다!

저는 본문에 캐릭터의 외모를 거의 묘사하지 않아서 언제나 키류 선생님께 다 떠넘기는 셈입니다.

애니메이션 캐릭터 디자인 감수도 「키류 선생님이 괜찮으시면 괜찮지 않을까요」라는 느낌으로 전부 떠넘기는 상황.

정말 면목이 없어요!

그러나 잠깐! 앞으로도 쭉 의지하고 의지할 생각으로 가득 찬 귀축 작가가 여기에 있다!

만화판을 담당해주고 계시는 카카시 아사히로 선생님.

애니메이션 제작에서도 만화판을 대단히 많이 참고하고 있습니다.

그래서 생각했지요.

역시 카카시 선생님은 굉장하다.

그런고로 앞으로도 많이 의지하겠습니다!

스핀 오프 만화를 담당해주고 계시는 그라탱도리 선생님.

이미 충분하게 기묘한 거미가 주인공을 맡은 불가사의 원작인데, 더 나아가서 주인공을 넷으로 분열시켜서 개그를 선보여야 하는 기묘함의 극치, 더 난감할 수가 없는 만화 집필.

이 기획을 떠올린 사람이 진짜 굉장하구나.

그리고 진짜 실행하는 그라탱 선생님이 굉장하구나.

저절로 막 웃음이 나오는 재미있는 만화니까 꼭 읽어보세요.

그리고 애니메이션 제작에 종사해주고 계신 여러분.

2020년 방송! 기다리시라!

담당 편집자 W여사를 비롯하여 이 책이 세상에 나오기 위해 힘을 보태주셨던 모든 분들께.

이 책을 구입하셔 읽어주시는 모든 분들께.

진심으로 감사드립니다.

거미입니다만, 문제라도? 12

1판 1쇄 발행 2020년 4월 20일
1판 4쇄 발행 2021년 10월 7일

지은이_ Okina Baba
일러스트_ Tsukasa Kiryu
옮긴이_ 김성래

발행인_ 신현호
편집부장_ 윤영천
편집진행_ 김기준 · 김승신 · 원현선 · 권세라
편집디자인_ 양우연
관리 · 영업_ 김민원 · 조인희

펴낸곳_ (주)디앤씨미디어
등록_ 2002년 4월 25일 제20-260호
주소_ 서울시 구로구 디지털로 26길 111 JnK디지털타워 503호
전화_ 02-333-2513(대표)
팩시밀리_ 02-333-2514
이메일_ lnovelpiya@naver.com
L노벨 공식 카페_ http://cafe.naver.com/lnovel11

ISBN 979-11-278-5502-4 04830
ISBN 979-11-278-2430-3 (세트)

값 9,800원